KB202337

도산잡영

옮긴이

이장우李章佑─서울대학교 중어중문학과를 졸업하고, 국립 대만대학에서 석사학위를, 서울대학교 대학원에서 박사학위를 취득하였다. 중국 국립중앙연구원, 프랑스 파리 제7대학, 미국 하버드대학 등지에서 연구와 강의를 하였으며, 현재 영남대학교 중국언어문화학부 명예교수, 사단법인 영남중국어문학회 이사장, 동양고전연구소 소장으로 있다. 주요 저서와 번역으로『한유 시 이야기』(1988),『중국문화통론』(1993),『중국문학을 찾아서』(1994),『중국시학』(1994),『중국의 문학이론』(1994),『퇴계시(退溪詩) 풀이 1~6』(공역, 2006~2011),『고문진보(전·후집)』(공역, 2007),『퇴계 이황, 아들에게 편지를 쓰다』(공역, 2008),『퇴계잡영』(공역, 2009),『당송팔대가문초-소순(唐宋八大家文抄-蘇洵)』(공역, 2012) 등이 있다.

장세후張世厚─영남대학교 중어중문학과를 졸업하고, 같은 대학에서 각각 석·박사 학위를 취득했다. 영남대학교 겸임교수와 경북대학교 연구초빙교수를 거쳐 현재 경북대학교 퇴계연구소(退溪硏究所) 전임연구원으로 재직하고 있다. 주요 역서로는『한학 연구(漢學 硏究)의 길잡이-고적도독(古籍導讀)』[취완리(屈萬里) 지음, 1998],『초당시(初唐詩, The Poetry of the Early T'ang)』[스티븐 오웬 지음, 2000],『퇴계시(退溪詩) 풀이 1~6』(공역, 2006~2011),『고문진보(古文眞寶)·전집(前集)』(황견 엮음, 공역, 2001),『주희 시 역주(朱熹 詩譯註)·권지일(卷之一)』(2004),『주희 시 역주(朱熹 詩 譯註)·권지이(卷之二)』(2006),『퇴계잡영』(공역, 2009),『당송팔대가문초-소순(唐宋八大家文抄-蘇洵)』(공역, 2012),『주자시 100선』(2013),『춘추좌전 상·중·하』(2012~2013) 등이 있다.

도산잡영

초판 1쇄 인쇄 2013년 11월 10일
초판 1쇄 발행 2013년 11월 15일

지은이 이황
옮긴이 이장우·장세후
펴낸이 권오상
펴낸곳 연암서가

등록 2007년 10월 8일(제396-2007-00107호)
주소 경기도 고양시 일산서구 호수로 896번지 402-1101
전화 031-907-3010
팩스 031-912-3012
이메일 yeonamseoga@naver.com
ISBN 978-89-94054-46-9 03810
값 15,000원

도산잡영

퇴계, 도산서당에서 시를 읊다

이황 지음 | 이장우·장세후 옮김

연암서가

◆··· **일러두기**

1. 이 책의 주석에서 자주 인용되는 책은 다음과 같다.

『퇴계시 풀이』(1~6): 이장우 장세후 풀이, 영남대출판부, 2011.

『요존록(要存錄)』: 이야순(李野淳, 조선 후기) 지음, 필사본.

『고증(考證)』:『퇴계선생문집고증』, 유도원(柳道源, 조선 후기) 지음, 목판본.

『강록(江錄)』: 김강한(金江漢, 조선 후기) 정리,『고증』에서 재인용.

『연보(年譜)』:『퇴계선생연보』,『퇴계선생문집』에 수록.

『언행록(言行錄)』:『퇴계선생언행록』,『퇴계전서』(성대 영인)에 수록.

『연보보유』:『퇴계선생연보』, 이야순 지음, 필사본(1987년 퇴계학회 경북지부에서 정순목 번역으로 발간한『퇴계정전』에 수록).

2. 번역은 축어역(逐語譯)을 시의 원문과 병기하고, 다시 완전히 산문체로 풀어서 이해를 돕도록 하였다.

3. 표기는 한글 전용으로 하되 고유명사나 혼동의 가능성이 있는 경우에만 한자를 ( ) 안에 넣어 주었다.

4. 주석에 인용된 문장들은 직역을 원칙으로 하되 쉽게 풀어 써서 이해를 돕도록 하였으며, 원문은 시에서 인용된 부분만 제외하고 모두 생략하였다.

1

이 책은『도산잡영(陶山雜詠)』이라는, 퇴계 이황(李滉) 선생이 비교적 만
년에 지은 한시들 가운데 도산서당에서 지은 시들만 손수 가려 뽑아
(自選) 엮은 시집을 우리말로 옮기고 상세하게 주석을 달고 해설한 책
이다. "도산잡영"이라는 말은 "도산(서당)에서 이것저것 생각나는 대
로 시로 읊는다"는 뜻이다.

이 책에 나오는「도산을 여러 가지로 읊음」의 본래 제목은 "도산잡
영 병기(陶山雜詠 幷記)"인데, 그 다음에 나오는 시 7언절구 18수와, 5언
절구 26수 및 그 서문에 해당한다.

이들 시 18수에는 지금도 도산서원에 가면 접할 수 있는 암서헌, 정
우당, 절우사, 농운정사, 천광운연대 등 18곳의 모습이 나타나 있고,
다음의 26수에는 몽천, 열정 등 26곳의 모습이 묘사되어 있다. 그 뒤에
계속되는 5언절구 4수에는 농암, 분천 같은 주변 마을의 풍경까지 포
함되어 있다.

퇴계 선생은 처음(1561년, 61세 때)에 이 48수의 시만 "도산잡영"이라
고 하였으나, 그 뒤에 몇 년 동안 계속하여 이 도산서당에서 쓴 시들을
더 포괄하여 다시 한 권의 자선시집을 만들면서 역시 똑같은 제목을

붙인 것임을 알 수 있다.

퇴계 이황 선생이 평생 동안 지은 시는 지금 남아 있는 것만 하여도 거의 3,000수에 가깝다. 이렇게 많은 시들 가운데서 퇴계 자신이 도산 서당에 거처하면서 그 서당 안팎의 모습을 읊었던 시 40제(題), 92수 (首)만 뽑아서 자필로 정리하여 둔 것이 바로 이『도산잡영』이다.

이 책은 퇴계 선생이 퇴계[토계, 兎溪]라는 마을에서 지은 시만 모은 자선 시집인『퇴계잡영』과 함께『계산잡영(溪山雜詠)』이라는 이름으로 묶은 책의 절반 부분인데, 이『계산잡영』의 퇴계 선생 친필모각본(摹刻 本)이 지금 대구 계명대학교 중앙도서관 한적실에 보관되어 있다.

『계산잡영』의 목판본도 언제 간행되었는지 정확한 연대는 알 수가 없으나, 진작부터 나와 통행되었다. 1991년 4월 당시 계명대학교 도서 관장이던 고 이원주(李源周) 교수가 계명한문학회의 명의로 이 책의 모 각본과 목판본을 각각 영인하여 보급시켰다.

『계산잡영』의 모각본은 퇴계 선생의 행서체 친필로서 가치가 매우 높은 것임은 두말할 나위도 없으며, 목판본도 글씨를 쓴 사람이 누구 인지는 알려져 있지는 않으나 매우 아름다운 해서체로 적혀 있어 눈길 을 끈다.

2

퇴계 선생은 57세 때부터 지금의 도산서원 자리에 그렇게 규모가 크 지 않은 서당을 짓기 시작하여 61세에 완성한 후 제자들을 교육하고 자신의 연구에 전념하였다. 당시에 지은 건물이 완락재(玩樂齋)와 암서헌(巖栖軒)으로 구성된 도산서당과 학생들의 기숙사 역할을 했던 농운정사이다.

지금의 도산서원은 이 두 건물 뒤에 동·서 광명실(光明室)이라는 서고와, 동·서재(齋)라는 서생을 위한 기숙사, 전교당(典敎堂)이라는 대청 및 사당과 고직(庫直: 관리인)의 집, 장판각(藏板閣: 문집의 목판을 보관하는 창고) 등이 퇴계 선생 사후에 사액서원이 되면서 추가로 지어진 것이다.

3

이 책은 퇴계 선생이 57세에 지은 「서당을 고쳐 지을 땅을 도산남쪽에서 얻다」라는 시(2수)로 시작이 된다. 이 서당은 퇴계 선생이 55세 때 고향에 돌아와 퇴계(도산의 토계마을)에 머물기 시작한 가을부터 지어졌다. 제목에 "서당을 고쳐 지을 땅을……(改卜書堂得地……)"이라고 한 것을 보면, 도산서당이 있기 전에 이미 다른 서당이 있었다는 뜻이다. 선생이 계상서당(溪上書堂: 약칭 溪堂)이라는, 제자들을 가르칠 장소를 52세 때부터 퇴계에 마련하여, 이 도산서당이 완성된 뒤에도, 함께 계속해서 유지하였다는 것은 잘 알려진 사실이다(졸역 『퇴계마을의 노래』, 서울, 지식산업사, 1997, 246쪽 참조).

이 책의 내용은 저작 연대순으로 배열되었는데, 퇴계 선생의 당시의 간단한 연보와 곁들여 소개해 본다.

- 57세 ─ 봄에 도산 남쪽에 서당 지을 터를 마련함. 8월에 『주역』에 대한 저서 『계몽전의』를 완성함. 위에서 말한 「서당을 고쳐 지을 땅을 도산 남쪽에서 얻다」(2수) 등 시 3제, 4수 지음.

- 58세 ─ 3월 서당 근처에 창랑대(滄浪臺; 뒤에 天淵臺로 이름을 고침)를 지음. 10월에 성균관 대사성에 임명되었으나, 병으로 사직하자 그 다음 달에 실무를 맡지 않는 군사관계 명예직인 상호군(上護軍)에 임명되었다가 12월에 공조참판에 임명됨. 「창랑대에서 속마음을 읊음」 1제 1수 지음.

- 59세 ─ 2월에 휴가를 얻어 고향으로 돌아와서 여러 번 사직 상소를 올려 7월에 역시 명예직이며 실무는 없는 동지중추부사란 벼슬을 내려 받음. 송나라 말년에서 원나라, 명나라에 걸친 성리학의 흐름을 요약한 책인 『송계원명이학통록』을 편찬하기 시작함. 「가을날 혼자 도산에 가서 놀다가 저녁에 돌아오다」 등 2제 2수 지음.

- 60세 ─ 11월에 고봉(高峯) 기대승(奇大升)의 편지에 회답하여 사단칠정을 논변함. 이 해 도산서당이 완성됨. 「도산을 여러 가지로 읊음」과, 원래 "도산잡영"이라는 이름을 붙였던 시 3제 48수 외 1수 지음.

- 61세 ─ 고향 도산에서 머물며 3월에 서당 왼쪽에 절우사(節友社)라는 조그마한 화단을 만들고 매죽송국(梅竹松菊)을 심음. 4월 16일 밤에 아들과 손자와 제자 이덕홍을 데리고 탁영담(濯纓潭)에서 뱃놀이를 하며 함께 시를 지음. 「도산에서 뜻을 말하다」 등 9제 10수 지음.

- 62세 ─ 고향 도산에서 「절우사 화단의 매화가 늦봄에 비로소 피어……」 등 3제 5수 지음.

- 63세 — 한 해 동안 고향 도산에 머물게 됨.「정유일과 함께 탁영담에 배를 띄우다」등 7제 8수 지음.
- 64세 — 계속 고향 도산에서 지내며 4월에 여러 제자들과 청량산에 감. 9월에 정암(靜庵) 조광조(趙光祖) 선생의 행장을 완성함. 이때「마음에 체와 용이 없다는 말에 반박하는 글(心無體用辨)」이라는 논설을 지음.「역락재 제군들의 글모임에 부쳐」등 3제 5수 지음.
- 65세 — 도산에 머물며 4월에 글을 올려 동지중추부사의 관직을 해임하여 줄 것을 청하여 허락받았으나 12월에 다시 그 관직을 받음.「산에서 사철 거처하며, 네 수씩 열여섯 절구를 읊다」등 5제 3수 지음.

이 책은 퇴계 선생이 66세에 쓴「도산으로 매화를 찾다」,「매화가 답하다」2수로 끝을 맺는다. 이 해 다시 조정에서 공조판서 같은 벼슬을 내려, 정월부터 퇴계는 부득불 서울로 올라가게 된다. 예천까지 갔다가 다시 사직 상소를 올리고서 늦은 봄에야 겨우 다시 도산으로 돌아와서, 몇 달 동안 이별하였던 매화 두 송이가 늦게 핀 것을 반갑게 대할 수 있었다. 앞의 시는 퇴계가 매화를 보고 인사한 내용이고, 뒤의 시는 매화가 그 시를 보고 대답한 형식으로 쓴 것이다.

4

여기에 수록된 시들은 위에서 이미 이야기한 바와 같이 이퇴계 선생이 57세부터 66세까지 약 10년 동안 쓴 시 중에서 도산서당 안팎에서 지은 시를 모아 둔 것이다. 이 기간 동안 퇴계는 한두 번 조정에서 내리는 벼슬을 받아서 서울에 가기도 하고, 또 가는 도중에 사직을 하고 돌아오기도 하였지만, 대체로 도산에 머물면서 학문 연구와 제자들을 교육하는 데 전념하고 있었다.

수록된 시들을 살펴보면, 대체로 평소에 소원하던 바가 이룩되어 즐거운 마음으로 쓴 것들임을 알 수 있다. 그 대표적인 시를 한 수 인용하여 본다.

도산에서 뜻을 말하다

스스로 기뻐하네, 도산서당 반 이미 이루어졌음을,
산에 살면서도 오히려 몸소 밭 가는 것 면할 수 있네.
책 옮기니 차츰차츰 옛 서실 다 비고,
대나무 심어 보고 또 보니 새 죽순 싹트네.
깨닫지 못하겠네, 샘물 소리 밤 고요함에 방해되는 줄,
더욱 사랑스럽네. 산의 경치 아침에 개니 좋음이.
바야흐로 알았네, 예로부터 숲 속의 선비,
모든 일 깡그리 잊고 이름 숨기려 함을.

이 책 앞에서 말한 『퇴계잡영』과 이 『도산잡영』을 비교하면 『퇴계잡영』에는 '퇴계'라는 마을에 집을 짓고 살면서, 도연명 시의 운자를 그

대로 사용하였거나 도연명의 전원생활을 흠모하는 내용이 많은 데 비하여 여기서는 상대적으로 도산서당을 짓고서 학생들을 가르치면서 주자(朱子)를 흠모하는 내용이 더 많다. 그것은 앞의 책의 저술은 퇴계 마을에 은퇴하여 사는 것을 목표로 하였으나, 이 책의 저술은 '도산서당'이라는 서당에서 연구와 강학(講學)을 목표로 하였기 때문에 당연히 그렇게 되었을 것으로 생각한다.

이퇴계의 시를 역주하면서 느끼는 한 가지 의문은 이퇴계가 유학자로서 표면적으로는 불교와 노장(老莊)을 배격하고 있지만, 시에서 쓴 전고(典故)를 보면 『장자』나 신선들에 관련된 이야기를 수없이 인용하고 있다는 점이다. 이 점은 어떻게 설명해야 할 것인가?

시라는 것이 원래 도학자(道學者)들에게는 '한가한 수작(閒酬酌)'에 속하는 것이니까, 가벼운 마음으로 그쪽의 재미있는 전고를 이끌어다 썼다고 해야 할 것인가?

이퇴계를 근엄한 철학자로만 아는 사람들은 아마도, 이 책에 실린 시를 읽으면 이퇴계의 또 다른 면모를 발견하게 될 것이다 ─퇴계 자신의 말씀 가운데 공부에는 '긴수작(緊酬酌: 철학과 같은 어려운 학문)'과 '한수작(시문 예술과 같은 취미 활동)'이 있는데, 이 두 가지가 다 필요하다고 한 말(퇴계 선생의 문집 「정유일에게 답함」에 나오는 글)이 있다.

이 시집을 통하여 이퇴계의 또 다른 모습을 대하게 되기를 바란다.

5

이 책에는, 비록 퇴계 선생 당시보다는 건물이 많이 확장되고, 또 앞쪽에 옛날에는 볼 수 없었던 큰 댐이 들어서기도 하였지만, 지금까지도 대체로 퇴계 선생 당시와 같이 잘 보존되어 내려오는 도산서원 안팎의 여러 가지 건물과 시설, 또는 자연 경관에 대한, 퇴계 선생의 명명(命名) 유래나 퇴계 선생의 느낌이 잘 나타나 있다. 어떤 것은 퇴계 선생이 쓴 시 앞에 붙은 설명문에 나타나기도 하고, 어떤 것은 시 원문에 나타나기도 하는데, 한자 어휘로 된 깊은 의미를 지니고 있는 말들을 주석하면서 모두 힘닿는 데까지 상세하게 풀어 설명하여 보려고 하였다. 따라서 독자들은 이 책을 통해 아마도 지금까지 나온 어떠한 한글판 도산서원 안내 책자에서도 읽을 수 없었던 서원에 관한 상세한 내용을 접할 수도 있을 것으로 생각한다.

필자는 장세후 군과 함께 이미 20여 년이 가깝도록 퇴계 선생의 시 전부를 한글로 상세하게 푸는 작업을 진행해 오고 있는데, 퇴계문집의 내집(內集)에 실린 시부터 역주하여 『퇴계시역해(退溪詩譯解)』라는 이름으로 서울 퇴계학연구원에서 발간하는 「퇴계학보」(원래는 계간지였으나 지금은 반연간으로 바뀜)에 이미 80회가 넘도록 연재하였다. 연재가 끝난 부분은 다시 손질하여 『퇴계시 풀이』라는 이름으로 600쪽에 가까운 책 6권 분량을 탈고하여, 이미 영남대출판부를 통하여 발간된 바 있다. 앞으로도 이 작업은 아마 10년 가량 더 지속될 것 같으며, 이미 번역을 끝낸 내집과 별집 이외에 속집(續集)·외집(外集)에 있는 시까지 다 번역한다면 아마 이『풀이』는 10권이 넘는 총서가 될 것이다.

이 책은 위의 작업을 하는 과정에서 이루어진 하나의 부산물이라고 할 것이다.

이 책은 이미 2005년에 발간된 바 있다. 그러나 이왕에 위에서 이 책의 자매편으로 소개한 바 있는『퇴계잡영』(2009)을 낸 연암서가에서 함께 발간하게 되었다. 이를 계기로 일반 독자들의 입장에서 어렵게 느낄 수도 있는 용어 등을 다시 손을 보는 등 한 차례 더 검토할 수 있었다.

흔쾌히 출판을 맡아 주고 책을 보기 좋게 만들어 주신 연암서가 편집부에 고마움을 표하며, 시의 의역 부분을 다시 공들여 다듬어 주신 장세후 군의 친누나이며 동화작가인 장세련 선생님과 꼼꼼하게 교정을 봐 준 정호선(鄭鎬仙) 선생에게도 감사를 드린다.

2013년 9월

이장우(李章佑)

1 서당을 고쳐 지을 땅을 도산 남쪽에서 얻다
改卜書堂得地於陶山南洞[1]

1-1

계상서당에 비바람 부니   風雨溪堂不庇床
　　침상조차 가려주지 못하여,

거처 옮기려고 빼어난 곳 찾아   卜遷求勝徧林岡
　　숲과 언덕을 누볐네.

어찌 알았으리? 백년토록   那知百歲藏脩地[2]
　　마음 두고 학문 닦을 땅이,

바로 평소에 나무하고   只在平生采釣傍
　　고기 낚던 곳 곁에 있을 줄이야.

꽃 사람 보고 웃는데   花笑向人情不淺
　　정의(情誼) 얕지 않고,

새는 벗 구하면서 지저귀는데   鳥鳴求友意偏長[3]

1　도산(陶山): 퇴계가 살던 당시에는 예안현에 속하였으나, 지금은 안동군에 속한다. 「도산기(陶山記)」에 의하면 "이 산이 또 이루어졌기 때문에" 도산(곧 또 산)이라고 하였다 하며, 또 "이 산 속에 예전에는 도자기 가마가 있었으므로 실상을 들어 이름한 것이다."라고 하였다 한다. 상세한 것은 뒤의 「도산을 여러 가지로 읊음」 참조.

2　장수(藏脩): 마음에 두고 학문을 갈고 닦는 것을 말한다. 『예기ㆍ학기(學記)』편에 "군자는 학문에 대하여 문제되는 곳을, 항상 이것을 염두에 두고, 이것을 닦으며, 이것을 가지고서 쉬고, 이것을 가지고서 놀 것이니라.(藏焉脩焉息焉遊焉)"라 하였다.

뜻 오로지 심장하다네.

세 갈래 오솔길 옮겨와   誓移三逕來栖息[4]
    거처하고자 다짐하였더니,

즐거운 곳 누구와   樂處何人共襲芳
    함께 향기 맡으리?

◈… 퇴계 가에 지어 놓았던 서당에 비와 바람이 불어 댄다. 서당을 지
은 지가 오래되어 곳곳이 낡고 허물어져 잠잘 만한 조그만 침상조차

---

3 조명구우(鳥鳴求友): 『시경·소아·나무를 벰(伐木)』에 "나무 베는 소리는 쩌렁쩌렁, 새
   우는 소리는 지지배배, …… 저 새들을 보아도 오히려 벗 찾는 소리 내네.(伐木丁丁, 鳥鳴
   嚶嚶……相彼鳥矣, 猶求于聲)"라는 구절이 있고, 삼국 위(魏)나라 완적(阮籍)의 「마음속을
   읊음(詠懷)」 제3수에 "지저귀는 새들 벗 찾고, 『시경·소아·골짜기의 바람』 시의 허물
   풍자하네.(鳥鳴求友, 谷風刺愆)"라는 구절이 있다.

4 삼경(三逕): 은거자의 정원을 말한다. 서한(西漢) 말기에 왕망(王莽)이 세도를 잡고 있을
   때 연주자사(兗州刺史)로 있던 장후(蔣詡)가 벼슬을 사직하고 고향으로 돌아가서 은거하
   면서 정원에 소나무를 심은 길(松逕), 국화를 심은 길(菊逕), 대나무를 심은 길(竹逕)을 만
   들어 놓고 은거하였다는 고사. 남조 진(晉)나라 조기(趙岐)가 지은 『삼보결록(三輔決錄)』
   이라는 책의 "장후는 자가 원경(元卿)인데 연주자사로 나갔다가 고향인 두릉(杜陵)으로
   돌아와 문은 가시덤불로 막고 집안에 세 갈래 오솔길을 만들어 놓고 출입을 하지 않는
   데, 오직 구중(裘仲)과 양중(羊仲)이라는 친구하고만 좇아 노닐었다. 두 중씨는 모두 청렴
   함으로써 천거 받았으나 이름을 숨긴 선비이다. 두 사람은 어디 사람인지 모르는데 모두
   수레를 수리하는 것을 업으로 삼았으며 당시 사람들이 이중이라고 불렀다."라 한 데서
   유래하였다. 진나라 도연명의 「돌아가자꾸나(歸去來辭)」에 "세 지름길은 황폐하여졌으
   나 소나무 국화는 오히려 그냥 남아 있네.(三逕就荒, 松菊猶存)"라는 구절이 있고, 남송 양
   만리(楊萬里)의 「아홉 오솔길(三三逕)」에도 "세 오솔길 처음 연 이는 장후고, 두 번째 연
   이는 도연명이라네.(三逕初開是蔣卿, 再開三逕是淵明)"라는 구절이 있다.

가려주지 못하였다. 서당의 터를 옮겨 지으려고 경치가 빼어난 곳을 찾아 예안의 온 숲과 언덕을 헤매며 누비고 다녔다. 그런데 어떻게 알았겠는가? 한 평생 염두에 두고 학문을 닦고자 염원하였던 땅이 바로 평소에 나무하고 고기 낚으며 늘 자주 왕래하던 곳과 멀지 않은 곳에 있었다는 걸. 꽃을 보니 꼭 사람을 보고 웃는 듯하여 정의(情誼)가 얕아 보이지 않았고, 하늘을 나는 새는 벗을 구하면서 지저귀는 소리가 마치 『시경』의 「나무를 벰(伐木)」이라는 시에 나오는 "새 우는 소리는 지지배배, 저 새들을 보아도 오히려 벗 찾는 소리내네."라 하는 것과 똑같이 들리는 것이 그 뜻이 정말 의미심장하게 들린다. 서한시대의 장후가 벼슬을 사직하고 고향으로 돌아와 은거하면서 정원에 만들었던 소나무를 심은 길과 국화를 심은 길, 대나무를 심은 길 같은 세 갈래 오솔길을 내가 여기 도산 땅에 옮겨와서 여기서 거처하리라 다짐하였는데, 이런 즐거운 곳에서는 나 혼자만이 즐거움을 느낄 뿐 누구와 함께 향기를 맡으며 지내겠는가? 이러한 즐거움을 함께 느낄 사람은 아마도 지금 세상에는 그리 흔하지 않겠지?

1-2

도산의 언덕구비 남쪽 경계에
    흰 구름 깊은데,

한 줄기 몽천
    동북쪽 언덕에서 나네.

해질녘에 고운 새는

陶丘南畔白雲深

一道蒙泉出艮岑[5]

晚日彩禽浮水渚

물가에 떠다니고,

봄바람에 아름다운 풀은 　　　　　　　　春風瑤草滿巖林
　봉우리와 숲에 가득하네.

감개 절로 생겨나네, 　　　　　　　　　自生感慨幽栖地
　그윽이 깃들어 사는 곳에.

정말 뜻에 맞네, 저무는 해 　　　　　　眞愜盤桓暮境心[6]
　서성이는 마음이.

만 가지 변화 끝까지 탐색함 　　　　　　萬化窮探吳豈敢[7]
　내 어찌 감히 하리오?

원컨대 책 묶어 들고서 　　　　　　　　願將編簡誦遺音[8]
　성현이 남긴 소리나 외우고자 하네.

5　몽천(蒙泉): 샘물 이름으로 지금 도산서원의 앞에 있다. 이름을 몽천이라고 지은 유래는 26쪽의 주석 8, 87쪽의 「몽천」 시 참조.
　간(艮): 방위명으로 동북쪽을 가리킨다. 『주역·설괘(說卦)』에 "간은 동북쪽의 괘이다.(艮, 東北之卦也)"라 하였다.

6　반환모경심(盤桓暮景心): 반환은 머뭇거리면서 멀리 떠나지 않는 모양을 나타내는 첩운연면자(疊韻連綿字: 모음과 받침이 같은 소리가 나게끔 구성되어 뜻이 다른 두 자가 결합되면 전혀 다른 뜻으로 바뀌는 말)로 이루어진 의태어이다. 진나라 도연명의 「돌아가자꾸나(歸去來辭)」에 "해는 뉘엿뉘엿 지려 하는데, 외로운 소나무 어루만지며 서성이네.(景翳翳而將入, 撫孤松而盤桓)"라는 구절이 있다.

7　만화~기감(萬化~豈敢): 주자의 「서재에 거처하자니 흥이 일어(齋居感興)」 시의 제14수에 "어찌 산림에 은거하는 사람처럼, 만 가지 변화의 근원 깊이 탐색하리?(豈若林居子, 猶探萬化原)"라는 구절이 있다.

8　편간송유음(編簡誦遺音): 주자의 「사제(社祭)를 지낸 다음날 짓다(社後一日作)」에 "오히려 천년 전의 일 논하는데, 책에는 남은 향기 있네.(尙論千載前, 簡編有遺芳)"라는 구절이 있다.

◆…도산의 언덕구비에 있는 남쪽 경계에는 흰 구름 더없이 깊고,『주역』의 몽괘를 생각나게 하는 한 줄기 샘물이 동북쪽 방위를 나타내는 간(艮) 방위의 언덕에서 졸졸 흘러나오고 있다. 해질녘이 되자 고운 빛깔을 띤 날짐승이 물속에 있는 모래섬 가에서 둥실 떠 있고, 봄바람이 살랑살랑 불어오니 옥 같은 아름다운 풀이 바위산 봉우리와 숲 속에 온통 가득 차 있다. 그런 모습들을 보고 있자니 은자처럼 그윽이 깃들어 살려는 이곳에 대한 나의 감개가 절로 생겨나고, 도연명이 저녁에 지는 해를 보고 소나무를 어루만지며 서성이던 모습이 정말 내 뜻과 꼭 맞아떨어진다. 우주 만물의 온갖 변화를 끝까지 탐색하는 일이야 나 같은 사람이 어떻게 감히 해내겠는가마는, 원하는 것은 다만 옛 성현들이 남겨놓은 책들을 가지고서 그들이 남긴 목소리나 외우면서 여생을 조용하게 보내고자 하는 것이다.

2 │ 다시 도산의 남동쪽을 가서 보고 짓다

남몽오와 금응훈, 민응기와 아들 준이, 손자 안도에게 보이노라

再行視陶山南洞有作示南景祥 · 琴壎之 · 閔生應祺 · 兒子寯 · 孫兒安道[1]

퇴계의 가에 터 잡고 산 지,	卜居退溪上[2]
세월 몇 해나 지나갔는가?	年光幾流邁[3]
가난한 집 땅 자주 옮기니,	寒栖屢遷地

---

1 남경상(南景祥): 남몽오(南夢鰲; 1528~?)의 자. 호는 삼송당(三松堂)이며, 본관은 영양(英陽). 영천[榮川; 곧 영주(榮州)]에 거처하다가 선생의 문하에 들어왔다. 월천 조목, 학봉 김성일과 교유가 깊었으며, 소고(嘯臯) 박승임(朴承任)이 그에게 지어준 시가 있다.

금훈지(琴壎之): 금응훈(琴應壎; 1540~1616)의 자. 호는 면진재(勉進齋)로 일찍부터 형인 일휴당(日休堂) 금응협을 따라 퇴계문하에 들어왔다. 유성룡 · 조목과 교유가 깊어 의흥 (경상북도 군위 지역의 옛 지명) 현감에 제수되었을 때 두 사람의 요청으로 사직하고 퇴계의 문집 간행에 실무자로 참여하였다.

민응기(閔應祺): 자는 백향(伯嚮), 호는 경퇴재(景退齋) 또는 우수(尤叟). 영주(榮州)에 살면서 선생의 문하에서 수학하였는데, 선생도 그의 입지를 인정하였다. 사마시(司馬試)에 합격하여 왕자의 사부에 배수되었으며 『대학요람(大學要覽)』과 『심경석의(心經釋義)』를 지어 바쳤다. 현령(縣令)을 지냈으며, 그의 사후 광해군 때에 좌승지(左承旨)로 추증되었다. 『고증』참고.

준(寯): 자는 정수(廷秀)이며 퇴계의 맏아들이다. 가정(嘉靖) 계미년(癸未年; 1523)에 났으며, 일찍이 남다른 가정교육[過庭之訓]을 받았다. 문학적 소양이 풍부했으며 벼슬을 하면서 청렴과 부지런함으로 이름이 났으며 벼슬은 현령(縣令)을 지냈다.

안도(安道; 1541~1584): 퇴계의 손자로 아명은 몽(蒙)이며 자는 봉원(逢原), 호는 몽재(蒙齋)이다. 일찍부터 조부인 퇴계의 훈도를 받아 성리학에 조예가 깊었으며 문하의 명유들과 교유하였다. 생원시에 합격한 후 퇴계의 적손(嫡孫)이라 하여 음직(蔭職)으로 목청전참봉(穆淸殿參奉)에 임명되었으며 사온직장(司醞直長)까지 올랐다. 부친의 거상 중에 죽었다.

간들간들 곧 기울고 허물어졌네.	草草旋傾壞
비록 골짜기 그윽한 것 사랑스러우나,	雖憐泉石幽
형세는 끝내 막히고 좁네.	形勢終嫌隘
탄식하며 곧 고쳐 구하고자,	喟然將改求
높고 깊은 경계 다 가보았네.	行盡高深界
퇴계의 남쪽에 도산 있는데,	溪南有陶山
신비한 곳 가까이 있어 좋고도 괴이하네.	近秘良亦怪
어제는 우연히 혼자 찾았는데,	昨日偶獨搜
오늘 아침에는 함께 오기로 하였다네.	今朝要共屆
이어진 봉우리는 구름 등으로 오르고,	連峯陟雲背[4]
잘린 산기슭은 강 언덕을 바라보고 있네.	斷麓臨江介[5]
푸른 물은 겹 모래섬 두르고 있고,	綠水遶重洲

2 복거퇴계상(卜居退溪上): 주자의 「살 곳을 정하다(卜居)」 시의 첫 구절에서 "병산 아래 살
    곳을 정한 지, 고개 한 번 숙이고 드는 사이 서른 해나 되었네.(卜居屏山下, 俯仰三十秋)"라
    하였다.
3 연광기류매(年光幾流邁): "流邁"는 흘러가다의 뜻으로 유서(流逝)와 같다. 당나라 육구몽
    (陸龜蒙)의 「자야가를 변격으로 노래하다(子夜變歌)」에 "세월 물결 흐르듯 하니, 봄 다하
    고 벌써 가을 되었네.(歲月如流邁, 春盡秋已至)"라는 구절이 있다.
4 척운배(陟雲背): 당나라 왕발(王勃)의 「별안간 신선 세계에 노니는 꿈을 꾸다(忽夢遊仙)」
    에 "즐겁게 놀의 꼭대기에 오르고, 의연히 구름의 등을 밟고 오르네.(翕爾登霞首, 依然躡雲
    背)"라는 구절이 있다.
5 강개(江介): 강안(江岸), 곧 강가의 제방을 말한다. 『초사 · 구장 · 서울을 슬퍼함(哀郢)』에
    "옛날 나라 평화롭고 즐거웠을 때 생각하여, 강가 언덕에 남겨진 옛 모습을 슬퍼하네.(哀
    主土之平樂兮, 悲江介之遺風)"라는 구절이 있는데, 주자는 개(介)를 "사이(間)"라고 풀이하
    였다.

아득한 봉우리는 천 개의 상투로 이어져 있네.　　　　遙岑列千髻[6]

아래 한 동네 살피어 구하니,　　　　窺尋下一洞

묵은 바람 이에 보상받게 되었네.　　　　宿願玆償債

그윽하고 깊숙한 두 산 사이에,　　　　窈窕兩山間

갠 날의 이내는 그림 속에 들어온 듯.　　　　晴嵐如入畫

온갖 녹색에서는 안개 피어오르고,　　　　衆綠靄霧霏

분홍빛 꽃은 그물을 씌운 듯 곱네.　　　　紛紅絢罽曬

새 우니 「소아」의 시 생각하고,　　　　鳥鳴思雅詩[7]

샘물 고요하니 『주역』의 「몽괘」 완상하네.　　　　泉靜玩蒙卦[8]

주춤주춤 아름다운 감상 충분하고,　　　　躊躇足佳賞[9]

이것 이룬 땅 덩어리 신기하게 느껴지네.　　　　辦此感大塊[10]

6　개(髻): 상투라는 뜻의 "계(髻)"자와 같다.

7　조명사아시(鳥鳴思雅詩): 『시경·소아·나무를 벰(伐木)』시를 말한다. 그 시에 "나무 쩌렁쩌렁 베는데, 새들 지지배배 우네.(伐木丁丁, 鳥鳴嚶嚶)"라고 읊은 구절이 있기 때문에 이렇게 말하였다.

8　몽괘(蒙卦): 『주역·몽괘』의 단사(彖辭)에 "몽괘는 산 아래에 험한 것이 있고, 그 험한 것을 만나 몽에 멈추는 것이다. 몽매한 것을 트이게 하는 것은 (마음이) 트이는 것으로 시행하는 것이니 때에 맞다. 내가 몽매한 사람들에게 가르침을 구하는 것이 아니고 몽매한 사람들이 나에게 가르침을 구하는 것은 뜻이 통하기 때문이다. …… 가르침으로써 바름을 양성하는 것은 성인의 공덕이다.(蒙, 山下有險, 險而止蒙. 蒙亨, 以亨行, 時中也. 匪我求童蒙, 童蒙求我, 志應也……蒙以養正, 聖功也)"라는 말이 나온다. 퇴계가 비로소 후진을 양성할 교육의 터를 잡은 것을 기뻐하는 것을 읊은 구절이다.

9　주저족가상(躊躇足佳賞): 주자의 「무이정사를 가보고 짓다(行視武夷精舍作)」에 "왼쪽과 오른쪽으로 기이한 봉우리 우뚝 솟아, 주춤주춤 매우 즐길 만하네.(左右矗奇峯, 躊躇極佳玩)"라는 구절이 있다.

내 지금 한가로이 은거하는 처지라,	我今置散逸
조회하는 옷 이미 오래도록 걸어놓았네.	朝衣久已掛[11]
마음에 두고 닦음 어찌 장소 없으리?	藏脩詎無所[12]
땅 척박하여 가볍게 사고 파네.	地薄輕買賣
거친 덤불 속에는 무너져 버린 터 있어,	荒榛有頹址
옛 자취 오늘의 경계 되네.	古跡爲今戒
어느 누가 일찍이 이곳을 차지했던가?	何人曾占此
기림도 나무람도 희미해지고 없어졌네.	漫滅譽與責
어서 좁은 방 지어서,	亟謀營環堵[13]
창문으로 맑고 상쾌함 보리라.	窓戶看蕭洒
도서는 책시렁에 넘치고,	圖書溢庋架[14]

---

10 대괴(大塊): 땅덩어리, 곧 대지를 말한다. 『장자 · 제물론(齊物論)』 "대저 천지가 숨 쉬는 것을 바람이라고 한다. 이게 일지 않으면 그뿐이지만 일단 일었다 하면 온갖 구멍이 다 성난 듯 부르짖는다.(夫大塊噫氣, 其名爲風 是唯無作, 作則萬竅怒喝)" 대괴에 대해서는 땅[地]이라 한 주석도 있고, 또 하늘[天]이라 한 주석도 있는 등 여러 가지의 견해가 있지만 청(淸)나라 고우(高郵)의 "하늘과 땅의 사이이다.(天地之間也)"라 한 주석이 가장 타당하다.

11 조의구이괘(朝衣久已掛): 『남사 · 도홍경(陶弘景)의 전기』에 "도홍경(陶弘景)의 자는 통명(通明)으로 단양(丹陽) 말릉(秣陵) 사람이다. …… 집이 가난하여 고을원이 되기를 구하였으나 뜻을 이루지 못하였다. 영명(永明) 10년(492) 조복을 벗어 신무문에 걸어두고(脫朝服掛神武門) 표장을 올려 봉록을 사양했다."는 고사가 있다. 신무문의 무(武)자는 원래 호(虎)자였는데 당의 휘를 피하여 "무"라 하였다. 주자의 「유수야 어르신이 남창에서 지은 여러 시를 부쳐주시어 이 두 편으로 화답한다(秀野劉丈寄詩南昌諸詩和此兩篇)」의 둘째 시에 "어르신은 가시어 역마 멈추려하지 않으시고, 나는 와서 곧장 조복 걸어두고자 하네.(公去不應停驛騎, 我來直欲掛朝衣)"라는 구절이 있다.

12 장수(藏脩): 19쪽의 주석 2번 참조.

꽃과 대는 울타리와 담장에 비치리.　　　　　　　　　花竹映楥砦[15]

세월 흘러 늘그막 걱정하면서,　　　　　　　　　　日月警遲暮[16]

몸과 마음 피로함을 달래네.　　　　　　　　　　　身心勉疲憊

마음속 정성은 세 이로운 벗 바라고,　　　　　　　中誠望三益[17]

겉으로 꾸밈은 잔 티끌 같이 잊어버리네.　　　　　外慕忘一芥

이 즐거움은 훈과 지가 잘 어울리는 듯하고,　　　此樂如壎篪[18]

대체로 어짊은 돌피와 피가 아니라네.　　　　　　夫仁匪稊稗[19]

---

13 환도(環堵): 사방이 "일도(一堵)"인 방을 말한다. 사방 1장(丈)을 판(版)이라 하고 5판을 1
도(一堵)라 한다. 『예기 · 선비의 행실(儒行)』에 "선비에게는 1묘(畝)가 되는 담장에 사방
1도의 방이 있으며(環堵之室), 대나무를 쪼개어 엮은 낮은 문이 있다."는 말이 있다. 곧 보
잘것없는 협소한 방을 비유하는 말로 쓰인다. 남조 진나라 도연명(陶淵明)의 「오류선생
의 전기(五柳先生傳)」에 "좁다란 방은 쓸쓸했으며(環堵蕭然) 바람이나 해를 가려주지 못
했다."라는 구절이 있고, 송나라 소식의 「방산자 진조(陳慥)의 전기(方山子傳)」에 "좁은
방은 쓸쓸하고 한적하였으며(環堵蕭條), 처자와 종들은 모두 스스로 만족해하는 뜻이 있
었다."라는 구절이 있다.

14 기가(庋架): 물건을 놓아두는 시렁을 말한다. 『자휘(字彙)』에서는 "기는 기각이다. 널빤지
로 만드는데, 먹을 것을 놓아두는 것이다.(庋, 庪閣. 板爲之, 所以藏食物也)"라고 풀이하였다.

15 원채(楥砦): "楥"은 "援"이라고도 하며 울타리[欄, 籬]를 말한다. 남조 송나라 사령운(謝靈
運)의 시에 「밭 남쪽 과수원에 물을 끌어들이고 울타리를 치다(田南樹園激流植楥)」라는 것
이 있는데, 『문선』에 주석을 단 당나라 장선(張銑)은 "흐르는 물을 끌어들이고 나무를 심
어 담을 만드는 것인데, 담장을 친 정원 같은 것이다.(引流水種木爲楥, 如牆院也)"라 하였
다. "砦"는 "寨" 또는 "柴"라고도 하는데, 역시 울짱을 말하며, 보통 나무로 만든 것을 가
리킨다. 당나라 한유(韓愈)의 「지킴에 대한 훈계(守戒)」에 "지금 산에 집이 있는 사람은
맹수가 해로운 것을 알아서 반드시 그 울타리와 담장(柴楥)을 높인다."라는 구절이 있다.

16 일월경지모(日月警遲暮): "遲暮"는 "遲莫"라고도 하며 모경(暮境), 곧 늙어가는 것을 말한
다. 주자의 「가을 회포(秋懷)」 제2수에 "아름다운 이 가뜩이나 오지 않고, 세월은 흘러가
니 늘그막을 걱정하게 하네.(美人殊不來, 歲月恐遲暮)"라는 구절이 있다.

그대에게 「고반」편의 알리지 않겠다는   爲君歌弗告[20]

　　구절 노래하여,

한 삼태기 공 어그러지지 않게 하리라.   無令虧一簣[21]

"責" 자의 음은 채이며, 꾸짖는다는 뜻이다. 『운회』에 보인다.

責音債, 誚也. 一介之介, 與芥同, 並見韻會

---

17 망삼익(望三益): 삼익(三益)은 사귀어서 자기에게 도움이 될 만한 세 이로운 벗, 곧 곧은 이와 성실한 이, 또 견문이 많은 이를 말한다. 『논어 · 계씨(季氏)』편의 "공자께서 말씀하시기를 '(자기에게) 유익한 벗이 셋 있고, 손해되는 벗이 셋 있다. 곧은 이를 벗하고, 성실한 이를 벗하며, 견문이 많은 이를 벗하면(友直, 友諒, 友多聞) 유익하다.'라 하였다."는 데서 나온 말이다. 나중에는 이 말로 훌륭한 친구, 좋은 친구를 나타내게 되었다. 남조 양(梁)나라 강엄(江淹)의 「나라에서 불렸으나 나아가 벼슬하지 않은 도잠 선생이 전원에 거처하다(陶徵君潛田居)」라는 시에 "본디 품고 있는 생각 꼭 이와 같아, 좁은 길 열어 놓고 세 가지를 갖춘 좋은 벗 기다리네.(素心正如此, 開逕望三益)"라는 구절이 있다.

18 훈지(壎篪): "壎"은 "塤", "篪"는 "箎"라고도 한다. 둘 다 고대의 악기 이름인데 합주를 하면 소리가 서로 잘 어울렸다고 한다. 『시경 · 소아 · 제가 뭐길래(何人斯)』에 "맏형은 훈을 불고, 둘째 형은 지를 부네.(伯氏吹壎, 仲氏吹篪)"라는 구절이 있는데, 이에 대해 모(毛)씨는 "흙으로 만든 것을 훈이라 하고, 대나무로 만든 것을 지라고 한다."라고 풀이하였다. 훈과 지 두 악기가 서로 잘 어울린다는 뜻에서 형제간의 친밀과 화목함을 비유하기도 한다.

19 제패(稊稗): 제는 돌피라고 하며 두 가지 모두 피를 말한다. 『장자 · 지북유(知北游)』편에 "동곽자(東郭子)가 장자에게 물었다. '이른바 도라는 것은 어디에 있습니까?' …… 장자가 말했다. '돌피나 피 같은 데도 있소.(在稊稗)'라는 말이 있다. 보통 하찮은 사물의 비유에 주로 쓰이며 "이패(荑稗)"라고도 한다.

20 불곡(弗告): 『시경 · 위풍(衛風) · 은거(考槃)』에 "홀로 자나깨나 그대로 누워, 언제나 이 즐거움 남에게 이야기하지 않으리라.(獨寐悟宿, 永矢弗告)"라는 구절이 있다.

21 휴일궤(虧一簣): 『서경 · 주서 · 여독의 개(周書 · 旅獒)』에 "잗다란 행동을 삼가지 않으면 마침내 큰 덕에 누를 끼치게 되니, 산을 만드는데 아홉 길을 쌓았어도 공이 한 삼태기에서 어그러집니다.(功虧一簣)"라는 구절이 있다.

◆…그간 퇴계라는 시내 곁에 터를 잡고 살아왔는데 세월이 흘러 벌써 얼마나 지났는지 모르겠다. 가난하게 사는 데다 집마저 자주 옮기니 집이 간들간들하다가 또 기울고 허물어지기를 몇 차례나 되풀이하였다. 그 사이 퇴계의 곁에서 살던 집들이 자연적인 조건은 그윽한 것이 그런대로 사랑스럽기는 하였으나 그래도 형세는 결국 막히고 좁았다 하겠다. 이에 그 형세를 탄식하며 곧 고쳐지을 곳을 구하고자 하여 높은 곳이며 깊은 경계까지 빠짐없이 두루 다 가보았다. 퇴계의 남쪽에는 도산이 있는데 이런 신비한 곳이 가까이 있다는 것이 좋기도 하고 여태껏 몰랐다는 것이 또 괴이쩍기도 하다. 어제는 어쩌다 우연히 혼자 찾게 되었는데 오늘 아침에는 계상서당에서 함께 공부하던 이들이 모두 함께 이곳에 오기로 하였다. 연달아 이어진 봉우리의 등으로는 구름이 기어오르고 있으며, 벼랑처럼 잘린 산기슭은 낙동강의 제방을 굽어보고 있다. 푸른색을 띤 물은 겹쳐진 모래섬을 두르고 흐르며, 아득히 멀리 보이는 봉우리들은 수없이 많은 상투처럼 줄지어 있다. 내가 살던 곳인 퇴계의 아래쪽에 있는 동네를 한번 살피어 찾아보았더니 훌륭한 터를 찾고 말겠다던 오래 품어온 바람이 바로 이곳에서 보상을 받게 된 셈이다. 동취병산과 서취병산 같은 그윽하고 깊숙하며 아름다운 두 산 사이에 있자니, 빗기를 품은 이내마저 활짝 개여 마치 그림 속에 들어온 것이나 아닌가하는 생각마저 들게 한다. 모든 녹색을 띤 푸른 초목에서는 안개가 필필 피어오르고 분홍빛 꽃은 마치 그물을 덮어씌운 듯이 곱기만 하다. 새 우니 『시경』의 "나무 쩌렁쩌렁 베는데, 새들 지지배배 우네."라는 구절이 생각나고 샘물 조용하게 흘러나

오니 『주역 · 몽괘』의 "산 아래에 험한 것이 있고, 그 험한 것을 만나 몽
에 멈추는 것이다."라 한 괘 풀이를 천천히 음미해 본다. 곳곳에 아름
다운 광경이 펼쳐져 있어 머뭇거리며 이곳저곳 감상할 만하고 아울러
이렇게 아름다운 광경을 이루어 놓은 대지가 신기하게만 느껴진다. 나
는 지금 한가로이 편안하게 은거하고 있는 처지라서 조정에 들어가서
벼슬할 때 입는 옷은 이미 필요가 없어진지라 옷걸이에 걸어놓은 지가
오래되었다. 여태껏 학문을 마음에 두고 있었으니, 그것을 닦을 장소
가 어찌 없었겠는가마는 다만 땅이 척박하여 가볍게 샀다가 또 팔아
버렸을 따름이다. 지금 와 있는 이곳의 거친 잡목 덤불 속에는 허물어
져 버린 옛터가 있는데, 지금껏 남아 있는 이곳의 옛 자취가 오늘날 나
에게는 훌륭한 교훈이 되고 있다. 일찍이 이곳을 차지했던 사람이 누
구인지는 알 길이 없지만 칭찬해줄 일도 책망할 일도 모두 희미하게
없어져버리고 말았기 때문이다. 『예기』에서 말한 선비의 좁은 방을 어
서 빨리 지어 창문과 지게문 활짝 열어 놓고 이 앞에 펼쳐진 상쾌함 보
았으면…… 그때가 되면 각종 도록과 책은 책을 얹어두는 시렁, 곧 책
꽂이마다 가득 차 있을 것이고 내가 가꾼 각종 꽃과 대나무가 울타리
며 담장에 하나 가득 비치겠지.

◆… 세월은 부질없이 흘러 이미 늘그막에 이른 것에 놀라면서 몸과 마
음이 피로함을 억지로 달래본다. 마음속으로는 정성스레 『논어』에서
공자가 말씀하신 "곧은 이를 벗하고, 성실한 이를 벗하며, 견문이 많
은 이를 벗하면 유익할 것이다."라 한 것에 부합하는 세 가지 이로운
벗들과 사귀기를 바라고, 겉으로만 꾸미는 것은 잔 티끌같이 하찮은

것으로 여겨 잊어버린다. 이런 즐거움은 함께 연주하면 서로 잘 어울리는 훈과 지의 합주를 듣는 듯하며, 유가에서 말하는 어짊은 보잘것없는 돌피나 피 따위와 비교하는 노장의 도(道)와는 근본적으로 다른 것이다.

◆…여기까지 함께 온 이들에게 『시경·위나라의 민요 은거(考槃)』편에 나오는 "홀로 자나 깨나 그대로 누워, 언제나 이 즐거움 남에게 이야기하지 않으리라."라는 구절을 노래해줌으로써 애써 찾은 이 훌륭한 장소가 『서경』에서 말한 "공들여 쌓은 산이 한 삼태기의 흙이 모자라기 때문에 끝내 완성되지 못한다."는 격이 되지는 않도록 해야겠다.

3 | 가을날 높은 곳에 오르다
秋日登臺[1]

세상에 나가서는 훌륭한 　　인재 사귈 능력 없고,	出世能無友善才
쓸쓸히 거처하며 항상 　　씩씩한 마음 무너질까 걱정되네.	索居恒恐壯心頹[2]
푸른 산은 삐죽삐죽 　　끝내 가까이하기 어렵고,	青山嶷嶷終難狎
흰머리는 성성하니 　　차츰 얼마 되지 않네.	白髮森森漸不猜
즐거운 일 다만 　　찾는 곳 있는 데 답할 뿐이니,	樂事只應尋處得
근심스런 마음 어찌 　　다시 때 되돌릴 것 생각하겠는가?	愁腸那復念時回[3]
하늘이 물 찰랑찰랑하는 곳	天開絶勝滄浪境

---

1 퇴계의 9대손이며 퇴계 문집의 주석서인 『요존록』의 편찬자인 광뢰(廣瀨) 이야순(李野淳)은 "'대'는 곧 창랑대(滄浪臺)로 나중에 천연대(天淵臺)로 이름을 고쳤다."라 하였다. 천연대는 현 도산서당의 동쪽, 입구에서 보면 오른쪽에 위치해 있다.

2 삭거(索居): 헤어져 삶, 또는 쓸쓸히 삶을 말한다. 『예기 · 단궁(檀弓) 상』에 "자하(子夏)가 아들을 잃고 말하길 '내가 무리를 떠나 흩어져 쓸쓸히 산 지가(離群而索居) 또한 이미 오래되었다.'라 하였다."는 말이 나온다. "삭"은 여기서 흩어진다는 뜻으로 쓰였다.

홀륭한 경지 열었으니,

자연 속에서 내 마음을   風月襟懷付釣臺[4]

　　낚시터에나 부치려네.

◆ … 벼슬살이 하겠다고 세상에 나갔을 때는 훌륭한 인재를 사귈 능력
이 없었다. 또 이렇게 물러나 홀로 쓸쓸하게 지내자니 이제는 또 벼슬
살이할 때의 씩씩한 마음이 무너지지나 않을까 몹시 걱정이 된다. 푸
른 산은 삐죽삐죽 높이 솟아 나같이 늙고 약골인 사람은 끝내 가까이
하기가 어렵고, 흰머리는 성성하여 점점 얼마 남지 않은 지경에까지
이르렀다. 즐거운 일은 찾는 곳에 응하여 얻을 수 있을 뿐이니 근심스
런 마음이 어찌 다시 지나간 때 되돌릴 것을 생각할 수 있겠는가? 하늘
이 강물이 찰랑찰랑 흔들리도록 경치가 빼어난 경지를 열어 놓았으니,
바람 불고 달빛 비치는 자연 속에 나의 흥금을 강가의 낚시터에나 부
쳐 보려고 한다.

───────────

3 수장념시회(愁腸念時回): 한나라 사마천(司馬遷)의 「소경이신 임안(任安)에게 보내는 답
　　장(報任少卿書)」에 "그렇기 때문에 근심스런 마음이 하루에 아홉 번이나 돌고돌아 거처
　　할 때는 홀홀히 없어진 것이 있는 듯하고, 나가서는 그 갈 곳을 모르는 것입니다.(是以腸
　　一日而九迴, 居則忽忽若有所亡, 出則不知其所往)"라는 말이 있다.
4 창랑~부조대(滄浪~付釣臺): 당나라 이백의 「유도사께 드림(贈劉都使)」에 "주인께서 만
　　약 돌아보시지 않는다면, 내일 창랑수에 낚시하러 떠나리.(主人若不顧, 明發釣滄浪)"라는
　　구절이 있다.

4 | 창랑대에서 속마음을 읊음
臺上詠懷[1]

바람 먼지 속에 거꾸로 엎어져서	風埃顚倒幾逡巡
몇 차례나 머뭇거렸던가?	
오히려 기쁘네, 자연 속에	尙喜林泉見在身[2]
현세의 몸 둠이.	
전약수는 성군을	若水不應忘聖主[3]
잊을 수 없었거늘,	
왕희지 하필이면 양친 앞에	羲之何必誓尊人[4]

---

1 『연보』에 의하면 이 해 무오년(戊午年) 3월에 창랑대를 지었다고 하였다. 『문집』권 27 「이숙량(李叔樑)에게 답함(答李大用)」에도 이 사실이 언급되어 있는데, 바로 전해인 정사년(1557)으로 정리하고 있으며, "이곳 계당(溪堂)은 무너진 후 아직 개축하지 못하였습니다. 지금 개축하려고 지정한 곳이 비록 전보다는 좀 낮기는 하나 또한 마음에 썩 들지 않았습니다. 이에 전에 이른바, 강물을 굽어보는 도산(陶山) 남쪽의 경치가 빼어난 곳을 택하고 근일 부내[汾川] 제군과 그곳에 모여 승려 신여(信如)의 무리로 하여금 축조하여 대(臺)를 만들게 하여 그 이름을 창랑이라 붙였는데 그 경치가 몹시 아름답습니다."라 하였다. 여기에 부내의 제군과 도산에 모였다는 기록도 있고, 또 『연보』가 후인에 의해 편집된 2차적인 자료라는 것을 감안하면 확실히 창랑대가 축조된 것은 이 전해라고 볼 수 있겠다. 『도산잡영』에는 그냥 「대상영회(臺上詠懷)」라고 하였는데 나중에 대의 이름을 천연대(天淵臺)라 고쳤다. 대는 도산서당으로 들어가는 길에서 보면 오른쪽에 있고 거의 모든 구도를 좌우대칭으로 하고 있는데, 이 대와 대칭이 되는 왼쪽에는 천광운영대[天光雲影臺: 그냥 운영대(雲影臺)라고도 한다]가 있다. 나중에 아계(鵝溪) 이산해(李山海)가 암벽에 대명을 써서 새겼다고 한다.

맹세하는 사람 되었던가?

병산에 편히 앉아   屛山宴坐看飛雨⁵

---

2 현재신(見在身): "見在"는 "現在"와 마찬가지의 뜻으로 불교 용어이다. 불가에서는 과거,
   현재, 미래를 삼세(三世)라고 한다. 현재신은 지금 건재하고 있는 신체를 말한다. 송나라
   소식의 「밀주를 들르는 길에 조명숙과 교우공이 지은 시의 각운자를 써서(過密州次趙明
   叔喬禹功)」에 "누런 닭은 처량한 가락으로 새벽을 재촉하고, 흰 머리칼은 현세의 몸을 가
   득 놀라게 하네.(黃雞催晚凄凉曲, 白髮驚秋見在身)"라는 구절이 있다.
   주자의 「서산을 보고 악록을 생각하여 보니 서로 어느 것이 더 낫고 못하고 할 수 없을
   것 같았다. 애오라지 이렇게 읊는다(觀西山懷嶽麓, 以爲莫能上下也, 聊賦此云)」에 "바람과
   달은 평소부터 뜻에 두었던 것이요, 강과 호수에서는 몸 자유자재롭네.(風月平生意, 江湖
   自在身)"라는 구절이 있다.

3 약수(若水): 송나라의 전약수(錢若水; 960~1003)를 말한다. 자는 담성(澹成) 또는 장경(長
   卿)이라 하였으며, 하남(河南) 신안(新安) 사람이다. 전약수에 대한 일화는 소백온(邵伯
   溫)의 『소씨가 보고 들은 대로 들은 기록(邵氏聞見錄)』에 보이는데, 46세에 지금의 부총
   리격에 해당하는 추밀부사에까지 올랐으나 미련 없이 벼슬을 그만두었다고 한다.

4 희지~존인(羲之~尊人): 왕희지(303~361)는 진나라 낭야(琅琊) 임기(臨沂) 사람으로 회
   계 산음(山陰)에서 살았다. 모든 서체에 두루 뛰어났던 서예가이며, 자는 일소(逸少). 『진
   (晉)나라의 역사·왕희지의 전기』에 "그때 표기장군(驃騎將軍) 왕술(王述)은 젊어서부터
   명예가 있어서 왕희지와 명성이 같았지만 왕희지는 그를 매우 경시하였고 이 때문에 감
   정이 맞지 않았다. 왕술이 먼저 회계(會稽)군수가 되었는데 모친상을 당하여 군의 경계
   에 거처하고 있었으며, 왕희지가 왕술을 대신하였으나 한 번 조문을 하는 데 그쳤을 뿐
   두 번 다시 가지 않았다. 왕술이 양주자사(揚州刺史)가 되었을 때 왕희지는 여러 아들에
   게 말했다. '내가 회조(懷祖: 왕술의 자)보다 못하지 않은데 지위는 까마득하게 미치지 못
   하는 것은 당연히 너희들이 (그 아들인) 왕탄지(王坦之)보다 못하기 때문이다.' 왕술이 나
   중에 회계군을 점검하고 시찰하자 왕희지는 그것을 깊이 부끄럽게 여기어 마침내 병이
   라 하고 회계군을 떠나 부모의 묘 앞에서 스스로 맹세하여 말했다. '지금 이후로 감히 이
   마음을 바꾸어 욕심을 부려 구차하게 나아가 이것 때문에 양친을 생각하는 마음이 없다
   면 아들이 아닙니다.(是有無尊之心而不子也)' 조정에서도 이 맹세가 굳어서 또한 더 이상
   그를 부르지 않았다."라는 이야기가 있다.

날리는 비를 보고,

낙수에서는 한가히
　따라 뛰는 물고기 즐기네.

두 가지 좋아함의
　오묘한 맛 어찌 알리오만,

눈 앞의 광경 다만
　지금 새로울 뿐일세.

洛水閑臨玩躍鱗

二樂安能知妙趣[6]

眼前光景只今新[7]

◆…바람과 먼지가 뒤덮인 듯한 속세에서 넘어지고 엎어지고 하면서 몇 번이나 머뭇머뭇 하였는지 모르겠다. 그런데 숲과 샘이 있는 자연 속에 현세의 이 몸을 맡겨 두고 있음이 생각할수록 정말 기쁘게 느껴진다. 46세에 벼슬을 그만두고 자연에 몸 맡겼던 송나라의 전약수는 성스런 임금님을 잊지 않아야 한다고 생각하였는데, 진(晉)나라의 왕

5　병산(屛山): 곧 창랑대가 있는 동취병산(東翠屛山)을 말한다.
　간비우(看飛雨): 주자의 「우연히 짓다(偶題)」 첫째 시에 "다만 구름 끊기어 날리는 비 되는 것만 보일 뿐, 구름 어디서 왔는가는 말하지 않네.(只看雲斷成飛雨, 不道雲從底處來)"라는 구절이 있다.

6　이요(二樂): "樂"자는 좋아하다는 뜻의 "요"로 읽는다. 두 즐거움이란 바로 앞의 구절에서 말한 병산에서 구름을 보고 낙동강에서 고기가 뛰어노는 것을 즐기는 것을 말한다. 두 가지 좋아함이란 『논어 · 옹야(雍也)』에서 말한 "어진 사람은 산을 즐기고, 지혜로운 사람은 물을 즐긴다.(仁者樂山, 知者樂水)"고 한 데서 나온 말인데, 역시 바로 앞의 두 구에서 산과 물을 언급하였기 때문에 이렇게 말하였다.

7　광경신(光景新): 주자의 「봄날 낮(春日)」에 "빼어난 날 꽃 찾아 사수 가로 나갔더니, 끝없는 광경 한꺼번에 새로워졌네.(春日尋芳泗水濱, 無邊光景一時新)"라는 구절이 있다.

희지는 어째서 꼭 부모의 묘 앞에서 굳이 다시는 벼슬을 하지 않겠다고 맹세까지 하였던가? 창랑대가 있는 병풍처럼 둘러쳐진 동취병산에 앉아서는 빗줄기 흩날리는 것을 보고, 낙동강 물 앞에서는 한가로이 물고기 뛰어 노는 것 굽어보며 즐긴다. 이곳의 산과 물을 즐긴다고 해서 『논어』에서 말한 "어진 사람은 산을 즐기고, 지혜로운 사람은 물을 즐긴다."는 두 가지를 좋아함의 오묘한 맛이야 어찌 알 수 있겠는가마는, 지금 눈앞에 펼쳐진 풍경은 한없이 새롭게 보일 따름이다.

가을날 혼자 도산에 가서 놀다가 저녁에 돌아오다 기미년

秋日獨遊陶山, 夕歸 己未[1]

가을 회포 처량하구나
　혜초와 난초 다 시들었으나,　　　　　秋懷慘慄蕙蘭腓[2]

물 위로 텅빈 하늘 떨어져 비치는데
　기러기 날고자 하네.　　　　　　　水落天空鴈欲飛[3]

궁핍함과 현달함 근심스러운지
　아니면 즐거운지 상관치 않네,　　　　不係窮通憂與樂[4]

1　기미년은 퇴계가 59세 되던 해인 1559년이다. 『연보보유』를 보면 이 해 9월에 도산의 동
　봉에 올랐다는 기록이 있는데, 이 시는 아마 이 무렵에 지어진 것 같다.

2　요율(慘慄): 처창(悽愴). 곧 애통해 함을 말한다. 굴원(屈原)의 제자라고 하는 초(楚)나라
　대부(大夫) 송옥(宋玉)의 「구변(九辯)」에 "슬프구나! 가을 날씨여, 쓸쓸하구나 초목 빙글
　빙글 떨어지고 쇠퇴하니, 섧구나 먼 길 가고 있는 듯하네.(悲哉! 秋之爲氣也, 蕭瑟兮, 草木搖
　落而變衰. 慘慄兮, 若在遠行)"라는 구절이 있는데, 주자는 "요율은 처창(悽愴)이라는 말과
　같다."라 하였다.
　난혜비(蘭蕙腓): 송나라 황정견의 「유방정에 적음(書幽芳亭)」에서는 "한 줄기에 꽃이 하
　나씩 피며 향기가 풍부한 것은 난이며, 한 줄기에 대여섯 송이의 꽃이 피고 향기가 부족
　한 것은 혜이다.(一幹一華而香有餘者蘭, 一幹伍六華而香不足者蕙)"라 하였다. 『시경·소아·
　사월(四月)』에 "가을 되어 쌀쌀해지니, 모든 초목 시드네.(秋日淒淒, 百卉俱腓)"라는 구절
　이 있는데, 모씨는 "비는 병들다라는 뜻이다."라 하였다.

3　안욕비(鴈欲飛): 주자의 「오옥(嗚玉)의 아우에게 부치다라는 시의 각운자를 써서 짓
　다.(次晦叔寄弟韻)」제2수에 "민산에 올라 초나라의 하늘 바라보게나, 기러기 날아 끊일
　듯 하다가 기세 다시 이어지네.(試上岷山望楚天, 鴈飛欲斷勢還連)"라는 구절이 있다.

어떻게 알리오? 지금과 예
    어느 것이 옳은지 그른지를.

何知今古是兼非[5]

천연대 아득하기도 하네
    한가로이 읊조리며 앉아 있고,

天淵臺逈閑吟坐

벼랑길은 길기도 해라
    취한 채 돌아오네.

柞櫟遷長帶醉歸[6]

다만 도연명
    늙어 죽은 이 땅에서,

但使淵明終老地[7]

옷 저녁 이슬에 젖어도
    바람 어긋나지 않았으면.

衣沾夕露願無違[8]

◆ … 가을이 되어 싱싱하던 난초와 혜초도 다 시들고 나니, 내 마음이

---

4 불계~우여락(不係~憂與樂): 『장자·왕위를 물려줌(讓王)』에 "자공이 말하기를 '옛날 도
  를 터득한 자는 궁벽해도 즐기고 현달해도 즐겼는데, 그 즐김은 궁벽함도 현달함도 아니
  었다.(窮亦樂, 通亦樂, 所樂非窮通也) 이러한 도를 터득하면 궁벽함과 현달함은 마치 추위
  와 더위, 바람과 비의 변화처럼 되어 버린다.'라 하였다."는 말이 있다.
5 금고시비(今古是非): 당나라 두보의 「가을 바람(秋風)」 제2수에 "마침 백발 되어 나무에
  기대어 있자니, 옛 정원의 못과 정자에 놀던 일 지금은 옳은지 그른지.(會將白髮倚庭樹, 故
  園池臺今是非)"라는 구절이 나온다. 이는 옛날과 지금의 옳고 그름을 분변하지 않는다면
  절로 속세의 일에 서로 간섭하지 않는다는 말이다.
6 작력천(柞櫟遷): 『요존록』에 의하면 천연대 왼쪽의 강변 위쪽에 있었다 한다. 천은 오른
  다[登]는 뜻이 있으며, 우리말로는 '벼루'라고 하는데 낭떠러지의 아래에서 강이나 바다
  로 통하는 위태로운 벼랑을 말한다.
7 연명종로지(淵明終老地): 산의 이름에 도(陶)자가 들어 있기 때문에 도연명(陶淵明)의 이
  름을 넣어서 이렇게 말한 것이다.

처량하기 짝이 없다. 강물 위로는 광활하여 텅 빈 듯한 하늘 떨어져서 비치고 기러기 한 마리가 막 그 위로 날고자 채비를 한다. 궁핍함과 통달함, 그리고 근심과 즐거움 따위도 모두 상관치 않으니 지금과 옛날 중 과연 어느 것이 옳고 그른지야 내가 어떻게 알겠는가? 천연대 아득히 바라보이는 곳에 한가로이 시 읊조리며 앉아 있자니 상수리나무 서 있는 벼랑길 길게 뻗어 있는 곳을 술에 취한 채 돌아온다. 다만 도연명이 늙어 죽어 도산이라 이름 붙였음직한 이 땅에서 "옷 젖은 것은 그리 아깝지 않으나, 다만 원하는 것이나 어그러지지 않게 하였으면." 하고 읊은 그의 소원에 어긋나지 않기나 바랄 뿐이다.

---

8 의첨석로(衣沾夕露): 진나라 도연명의 「전원으로 돌아와 살다(歸園田居)」 제3수에 "길은 좁고 수풀은 길게 자랐는데, 저녁 이슬 내 옷 적시네. 옷 젖은 것 그리 아깝지 않으나, 다만 원하는 것 어그러지지나 않게 하였으면.(道狹草木長, 夕露沾我衣. 衣沾不足惜, 但使願無違)"이라는 구절이 있다. 송나라 소식이 이 시를 읽고 난 뒤에 감상을 적은 「도연명의 시에 적음(書淵明詩)」[(문집) 권 67 「제발(題跋)」]에 "도연명의 이 시를 보니 큰 한숨이 나오게 된다. 아아! 저녁 이슬이 옷을 적시기(夕露沾衣) 때문에 그것을 추구하기 위하여 부귀공명을 추구하고 부끄러운 짓을 하는 자가 많은 것이다."라 하였다. 주자의 「임용중(林用中)의 황운이란 구절에 화답하고 아울러 함께 논 여러 형씨들에게 부치다(和林擇之黃雲之句兼簡同遊諸兄)」에 "하늘의 바람 나의 깃발 펄럭이고, 저녁 이슬은 나의 아랫도리 적시네.(天風振余旗, 夕露沾我衣)"라는 구절이 있다.

높은 대에 다다라 멀리 바라보니   高臺臨眺敞無儔

    탁 트여 짝할 만한 것 없고,

세상만사 이제는   萬事如今付釣洲[1]

    모래톱 낚시에 맡기네.

비단 장막 유유자적하게 들리니   綃幕悠揚雲翼逸[2]

    큰 새 날아가고서 사라지고,

금빛 물결에는 펄떡펄떡   金波潑剌錦鱗游[3]

    비단 비늘 뛰노네.

서낭당에서 바람 쐬며 득의한 곳   風雩得處難名狀[4]

---

1 조주(釣洲): 남조 양나라 임방(任昉)의 『기이한 것의 기록(述異記)』에 "동정호에는 조주 (釣洲)가 있는데 옛날 범려가 조각배를 타고 이곳에 이르러 바람이 멎자 섬에서 낚시를 하고 돌을 새겨 그곳에 적어 놓았다."라는 말이 있다.

2 초막(綃幕): 당나라 두보의 「밤에 서각에서 묵고 새벽에 원씨댁 여러 형제 중 스물한 번째 어르신네에게 드림(夜宿西閣, 曉呈元二十一曹長)」에 "얇은 망사 조금 트여 개니, 멀리 드리운 옥승별 희미하네.(稍通綃幕霽, 遠帶玉繩稀)"라는 구절이 있다. 초(綃)는 생사(生絲), 곧 삶아서 익히지 않은 명주실을 말하고 초막은 그 명주실로 짠 얇은 망사를 말하는데, 여기서는 모두 하늘을 가리킨다.

운익(雲翼): 『장자 · 자유롭게 노님(逍遙遊)』에 "붕새(鵬)가 힘차게 날아오르면 그 날개 는 하늘 가득 드리운 구름과 같다.(其翼若垂天之雲)"는 말이 있다. 이로 인해 곧 운익은 대 붕(과 같은 큰 새)의 날개를 말하게 되었고, 나아가 나중에는 원대한 지향(志向) 또는 포부 (抱負)를 가리키게 되었다.

말로 설명하기 어려우니,

오래 삶과 즐거움 찾을 때				壽樂徵時詎外求 [5]

　어찌 밖에서 구하리?

늙은 나 잘 알았네				老我極知蹉歲月

　세월 헛되이 보냈음을,

옛 책에서 얼마나 다행인지				遺編何幸發潛幽 [6]

　깊고 그윽한 이치 발견하였네.

3　발랄(潑剌): "潑"은 "跋" 또는 "蹳", "撥"이라고도 하며 물고기가 힘차게 뛰어노는 모양
　　을 나타내는 의태어이다. 당나라 두보의 「아무렇게나 지음(漫成)」에 "모래톱에는 조는
　　해오라기 구부정하니 조용하고, 뱃고물에는 고기 펄떡펄떡 뛰는 소리 나네.(沙頭宿鷺聯拳
　　靜, 船尾跳魚潑剌鳴)"라는 구절이 있다.
　　금린유(錦鱗游): "린(鱗)"은 물고기를 대신하여 부르는 말이다. 송나라 범중엄(范仲淹)의
　　「악양루의 기문(岳陽樓記)」에 "물가에는 갈매기떼 날아들고 아름다운 비단 물고기 헤엄
　　친다.(沙鷗翔集, 錦鱗游泳)"는 구절이 있다.
　　당나라 노륜(盧綸)의 「마음속을 써내어 대윤으로 있는 열 번째 형님에게 드림(書情上大尹
　　十兄)」에 "바다고기 바야흐로 펄떡이고, 구름 같은 날개 잠깐 맴도네.(錦鱗方潑剌, 雲翼暫
　　徘徊)"라는 구절이 있다.
4　풍우(風雩): 새봄에 목욕하고 서낭당에서 바람을 쐬며 노래를 읊조리는 것을 말한다.『논
　　어・선진(先進)』편에 "공자가 말씀하셨다. '너희들이 평소에 말하기를 나를 알아주지 못
　　한다고 하는데 만일 혹시라도 너희들을 알아준다면 어찌하겠느냐?' 이에 증점(曾點)이
　　'늦은 봄에 봄옷이 이미 다 지어지면 관을 쓴 어른 대여섯 명과 동자 예닐곱 명과 함께 기
　　수(沂水)에서 목욕하고 서낭당에서 바람을 쏘이고(風乎舞雩) 노래하면서 돌아오겠습니
　　다.'라 말하니 선생님이 아아! 하고 탄식하시더니 '나는 점이의 방식에 동의한다.'라 하
　　셨다."는 말이 나온다.
5　수락(壽樂):『논어・옹야(雍也)』편에 "지혜로운 자는 즐기고 어진 이는 장수한다.(知者樂,
　　仁者壽)"는 말이 있다.

◈ … 사방이 높게 탁 트인 곳에 올라 먼 곳까지 바라보니 이 천연대와 더불어 짝할 만한 것이 보이지 않는다. 이에 내 마음이 저절로 후련해져서 세상의 모든 일을 완전히 잊어버리고 지금은 모래톱 위에서 오로지 낚시하는 일에 전념할 뿐이다. 비단으로 장막을 쳐 놓은 듯한 하늘이 유유자적하게 위로 슬쩍 들리니 구름 같은 큰 날개 가진 대붕이 저 멀리 날아간다. 그러더니 내 시야에서 사라지고 햇볕을 받아 금빛으로 빛나는 물결에는 펄쩍펄쩍하며 비단 같은 비늘 가진 물고기떼들 공중으로 몸을 솟구치며 뛰어논다. 『논어』에서 증점이 "기수(沂水)에서 목욕하고 서낭당에서 바람을 쏘이고 노래하면서 돌아오겠습니다."라고 한 말에 공자께서 동의하신 뜻을 말로는 설명하기가 어렵다. 또한 『논어』에서 공자가 말씀하신 "지혜로운 자는 즐기고 어진 이는 장수한다."라고 한 뜻을 찾을 때야 어찌 이곳이 아닌 다른 곳에서 구할 수가 있겠는가? 다 늙어빠진 이 몸 이제야 여태껏 세월을 헛되이 보냈음을 잘 알았거늘, 이곳에서 성현들께서 남기신 『중용』이라는 옛 책에서 "솔개는 날아 하늘에 이르고, 물고기는 연못에서 뛴다."는 깊고 그윽한 이치를 발견하게 되어 이곳의 이름을 천연대로 명명하게 됨이 얼마나 다행한 일인지를 모르겠다.

---

6 유편~발잠유(遺編~發潛遺): "유편"은 전인이 남겨놓은 저작을 말하는데, 여기서는 곧 『중용』을 가리킨다. 『중용』 제12장에 "군자의 도는 ('用'이) 넓고 ('體'가) 은미하다. 『시경』에 이르기를 '솔개는 날아 하늘에 이르고, 물고기는 연못에서 뛴다.'라 하였으니 상하에서 이치가 밝게 드러남을 말한 것이다.(君子之道, 費而隱, 詩云鳶飛戾天, 魚躍于淵, 言其上下察也)"라는 말이 나오는데, 곧 대(臺)의 이름이 천연대(天淵臺)이므로 이렇게 말하였다.

7 도산을 여러 가지로 읊음 서문을 아우름

陶山雜詠 幷記[1]

靈芝之一支,[2] 東出而爲陶山, 或曰, 以其山之再成而命之曰, 陶山也.[3] 或
云, 山中舊有陶竈, 故名之以其實也.

爲山, 不甚高大, 宅曠而勢絶,[4] 占方位不偏, 故其傍之峯巒溪壑, 皆若拱揖
環抱於此山然也.

山之在左, 曰東翠屛[5]; 在右, 曰西翠屛. 東屛來自淸凉, 至山之東, 而列出縹

---

1 이 서문은 기문 끝부분에 표기한 연대에 의거하여 지은 순서대로 열거한다면 다음에 나오
　는 「도산의 서당에서 밤에 일어나다」의 아래쪽에 집어넣는 것이 옳다. 그렇지 않으면 이
　『도산잡영』의 제일 첫머리에 오는 것이 타당할 것이나, 좁은 의미에서 『도산잡영』이 바로
　다음의 7언절구 18수와 5언절구 26수를 가리키므로 특별히 여기에 배열해 놓은 것이다.
2 영지(靈芝): 예안현[지금의 도산면(陶山面)] 북쪽에 있으며 해발 444m의 자그마한 산이다.
3 재성~도산(再成~陶山): 도(陶)는 두 겹으로 된 언덕, 구릉을 말한다. 중국 최초의 분류
　사전으로 알려진 『이아 · 구릉을 풀이함(爾雅 · 釋丘)』에서는 "언덕이 첫 번째 이루어진
　것은 돈구(敦丘)이며, 두 번째로 이루어진 것은 도구이다.(再成爲陶丘)"라 하였다. 퇴계가
　"두 번째로 이루어진(再成)"이라는 말을 따다가 이 산의 이름을 설명하기는 하였지만, 실
　제로는 역시 다시(再)라는 뜻의 "또 산"의 한자식 표기로 쓰인 것이다. 이는 퇴계가 원래
　한자 표기가 없이 두계(兜溪), 또는 토계(土溪 또는 兎溪)로 불리던 시내를 퇴계로 고치고
　자신의 호를 삼은 것 등에서도 그 예를 찾을 수 있다.
4 택광(宅曠): 『맹자 · 이루(離婁) 상』에 "편안한 집을 비워두고(曠安宅) 거처하지 않으며 바
　른 길을 버려두고 따르지 않으니 애처롭다."라는 말이 있다.
5 취병(翠屛): 『고증』에서는 "양원(羊元)이 산에 거처하는데 지게문을 보고 있는 산봉우리
　가 기이하고 빼어나 손이 이르면 '이 푸른 병풍(翠屛)은 마주보고 있노라면 사람의 마음
　과 눈을 상쾌하게 해주는 데 알맞다.'라 하였으므로 안로(顔魯)는 이 때문에 그 산의 이름
　을 취병(翠屛)이라고 하였다."라 하였다.

紗. 西屛來自靈芝, 至山之西, 而聳峯巍峩. 兩屛, 相望南行, 迤邐盤旋八九里許, 則東者西, 西者東, 而合勢於南野莽蒼之外.[6] 水在山後, 曰退溪; 在山南, 曰洛川. 溪循山北, 而入洛川於山之東. 川自東屛而西, 趨至山之趾, 則演漾泓渟沿洑數里間, 深可行舟. 金沙玉礫,[7] 淸瑩紺寒, 卽所謂濯纓潭也. 西觸于西屛之崖, 遂並其下,[8] 南過大野, 而入于芙蓉峯下. 峯, 卽西者東, 而合勢之處也.

始余卜居溪上, 臨溪縛屋數間, 以爲藏書養拙之所. 蓋已三遷其地,[9] 而輒爲風雨所壞, 且以溪上, 偏於闃寂而不稱於曠懷, 乃更謀遷, 而得地於山之南也. 爰有小洞, 前俯江郊, 幽敻遼廓, 巖麓悄蒨,[10] 石井甘冽, 允宜肥遯之所.[11]

---

6 망창(莽蒼): 그리 멀지 않은 어렴풋한 곳을 말한다. 『장자 · 자유롭게 노닒(逍遙遊)』에 "교외의 들판에 나가는 사람(適莽蒼者)은 세 끼니의 밥을 먹고 돌아오는데 배는 아직도 부르다."라는 말이 있는데, 역대의 『장자』 주석가들은 모두 초야(草野) 또는 교외(郊外)의 풍경[色]이라 하였다.

7 금사옥력(金沙玉礫): 송나라 소식의 「외사촌 형인 정정보(程正輔)와 함께 백수산에서 노닐다(同正輔表兄遊白水山)」라는 시에 "금빛 모래 옥빛 조약돌 반짝반짝 헤아릴 만하고, 오래된 거울 보배 상자 차가워 움직이지 않네.(金沙玉礫粲可數, 古鏡寶奩寒不動)"라는 구절이 있다.

8 방(並): 음은 방[蒲浪切]이며, 곧 "傍"과 같은 뜻이다. 『사기 · 진시황본기(秦始皇本紀)』에 "유중(楡中)에서 황하를 따라(並河) 동쪽으로 음산(陰山)까지 44개 현을 설치하였다."는 말이 나오는데, 남조 송(宋)나라 때 『사기』에 주석을 단 배인(裴駰)은 그의 『풀이를 모아 놓음(集解)』에서 "복건이 말했다. '並'의 음은 '방(傍)'이다. 곁, 따라서의 뜻이다.(傍, 依也)"라 하였다.

9 삼천기지(三遷其地): 퇴계가 풍기군수를 사임하고 하명동(霞明洞)과 죽동(竹洞)을 거쳐, 경술년(1550) 2월 퇴계에 비로소 한서암(寒棲庵)을 짓고 정착한 일을 말한다. 이 해 2월의 『연보』에서는 "비로소 퇴계 서쪽에 살 곳을 정하여 거처하기 시작하였다. 이에 앞서서는 먼저 하명동과 자하봉(紫霞峯) 아래에 땅을 구하여 집을 짓다가 미처 끝내지 못한 채 다시 죽동으로 옮겼으나 또 골이 좁고 또한 시냇물도 흐르지 않아서 퇴계의 가로 정하게 된 것이니 대체로 세 번이나 옮겨서 거처를 정한 것이다."라 하였다.

10 초천(悄蒨): "峭蒨"이라고도 하며, 초목이 무성하고 아름다운 모양, 또는 선명한 모양이다.

46

野人田其中, 以資易之, 有浮屠法蓮者榦其事.[12] 俄而蓮死, 淨一者繼之. 自丁巳至于辛酉, 伍年而堂舍兩屋, 粗成, 可栖息也. 堂凡三間, 中一間, 曰玩樂齋, 取朱先生名堂室記, 樂而玩之, 足以終吳身而不厭之語也.[13] 東一間, 曰巖栖軒, 取雲谷詩, 自信久未能, 巖栖冀微效之語也.[14] 又合而扁之曰, 陶山書堂. 舍凡八間, 齋曰時習, 寮曰止宿, 軒曰觀瀾, 合而扁之, 曰隴雲精舍. 堂之東偏, 鑿小方塘, 種蓮其中, 曰淨友塘. 又其東, 爲蒙泉, 泉上山脚, 鑿令與軒對, 平

11 비둔(肥遯):『주역』둔괘(遯卦:䷠)의 제일 위쪽 양효(上九)의 풀이에서 "풍성한 은둔생활이니 이롭지 않음이 없다.(肥遯, 无不利)"라 하였고, 당 공영달은 "'비'는 여유가 있다는 뜻이다. …… 상구의 효의 최고는 바깥쪽 끝에 있으니 안에서 응답하지 않고 마음으로 의심하여 돌아봄이 없는 것이 은둔에서 가장 훌륭한 것이다. 그러므로 비둔이라 하였다."라 주석을 달았다.

12 부도(浮屠): "부도(浮圖)"라고도 한다. 산스크리트어[梵語] Buddha의 음역으로 원래는 부처를 가리키는 말이었다. 나중에는 주로 승탑(僧塔), 곧 사리탑(舍利塔)을 가리키는 말로 많이 쓰였으며, 중[和尙, 僧侶]을 가리키는 데도 쓰였다. 여기서는 중을 가리키는 말로 쓰였다.

13 주선생~불염(朱先生~不厭):『주문공문집(朱文公文集)』권 78「명당실의 기문(名堂室記)」 "『중용』을 읽고 도를 닦는 가르침을 논한 것을 보고 반드시 경계하고 삼가며 두려워해야 함을 처음으로 삼은 다음에야 대저 경을 지니는 근본을 터득하였다. 또한『대학』을 읽고 덕을 밝히는 순서를 논한 것을 보고 반드시 격물치지를 우선으로 삼은 후에야 의를 밝히는 실마리를 터득하였다. 이미 두 가지 한 번 움직임과 한 번 고요함이 서로 작용하며, 또한 주자의 태극론과 합치됨이 있을을 본 연후에야 또한 천하의 이치가 어둡고 밝음, 크고 가늚, 멀고 가까움, 얕음과 깊음이 한 가지로 관철되지 않는 것이 없다는 것을 알았다. 그것을 즐기며 완상하니 실로 족히 종신토록 싫증이 나지 않는데(樂而玩之, 固足終吳身而不厭) 또한 어찌 대저 밖으로 그리워할 겨를이 있겠는가!"

14 운곡~미효(雲谷~微效):「운곡시(雲谷詩)」는『주문공문집』권 6의「운곡에서 스물여섯 수를 읊음(雲谷二十六詠)」을 말한다. 그 제14수「회암(晦菴)」에 "옛날 병산의 늙은이 생각하여 보니, 나에게 한마디 가르침 보여주셨네. 오래도록 잘하지 못함 스스로 믿었거늘, 바위 가에 거처하며 작은 효과 드러나기 바라네.(憶昔屛山翁, 示我一言教. 自信久未能, 巖棲冀微效)"라는 구절이 있다.

築之爲壇, 而植其上梅竹松菊, 曰節友社. 堂前出入處, 掩以柴扉, 曰幽貞門.

門外小徑, 緣澗而下, 至于洞口, 兩麓相對, 其東麓之脅, 開巖築址, 可作小亭,

而力不及, 只存其處, 有似山門者, 曰谷口巖. 自此東轉數步, 山麓斗斷, 正控

濯纓潭上, 巨石削立, 層累可十餘丈, 築其上爲臺, 松棚翳日,[15] 上天下水, 羽

鱗飛躍. 左右翠屛, 動影涵碧, 江山之勝, 一覽盡得, 曰天淵臺. 西麓, 亦擬築

臺, 而名之曰, 天光雲影, 其勝槩當不減於天淵也. 盤陀石在濯纓潭中,[16] 其狀

盤陀, 可以繫舟傳觴,[17] 每遇潦漲, 則與齊俱入,[18] 至水落波淸, 然後始呈露也.

余恒苦積病纏繞, 雖山居, 不能極意讀書. 幽憂調息之餘, 有時身體輕安,

---

15 송붕(松棚): 『설문해자(說文解字)』에 "붕"은 "잔(棧)"이라 하였으며, 청(淸)나라의 경학자
단옥재(段玉裁)는 『통속문(通俗文)』이란 책을 인용하여 다음과 같은 주석을 달았다. "판
각(板閣)을 잔이라 하고, 판각을 이어 놓은 것을 붕(棚)이라 한다. 지금 사람들이 말하는
시렁의 위쪽에서 아래쪽을 가리는 것을 모두 붕이라 한다."

16 반타석(盤陀石): "盤"은 "磐"과 같다. 『집운 · 환운(集韻 · 桓韻)』에 "반은 큰 돌이다. 산
의 돌 가운데서 편안한 것을 말하기도 한다.(磐, 大石. 一曰山石之安者)"라는 구절이 있다.
"陀"는 비탈지다, 무너지다, 떨어지다의 뜻이다. 송나라 소식의 「금산사에 노닐다(遊金山
寺)」 시에 "중령의 물가에 바위 편편하고 비스듬하며, 강 남쪽과 강 북쪽에는 푸른 산 많
네.(中泠南畔石盤陀, 江南江北靑山多)"라는 구절이 있다.

17 전상(傳觴): 진(晉)나라 왕희지(王羲之)의 「난정에서 지은 시집의 서문(蘭亭記)」에 "(시냇
물을 끌어들여) 잔을 띄울 물굽이를 만들었다.(引以爲流觴曲水)"라는 말이 있다. 술잔을 물
에 띄우고 서로 돌리며 이어서 마시는 것을 말한다. 한나라 장형(張衡)의 「남쪽 서울(南都
賦)」에 "날랜 재주 모두 총명하고, 술잔 주고 또 잔 전하네.(偃才齊敏, 受爵傳觴)"라는 구절
이 있다.

18 여제구입(與齊俱入): "齊"는 "배꼽 제(臍)"자와도 통하며, 배꼽 모양으로 물이 빙빙 소용
돌이치며 깊이 들어가는 것을 말한다. 『집운 · 제운(集韻 · 齊韻)』에서는 "제는 물이 돌면
서 깊이 들어가는 것이다.(齊, 水旋而深入也)"라고 풀이하였으며, 『장자 · 삶에 능통함(達
生)』에 "나는 소용돌이와 함께 물속에 들어가고(與齊俱入), 솟는 물과 더불어 물 위로 나
옵니다."라는 말이 있다.

48

心神灑醒, 俛仰宇宙, 感慨係之, 則撥書携筇而出, 臨軒翫塘, 陟壇尋社, 巡圃

蒔藥, 搜林擷芳. 或坐石弄泉, 登臺望雲, 或磯上觀魚, 舟中狎鷗, 隨意所適,

逍遙徜徉, 觸目發興, 遇景成趣, 至興極而返, 則一室岑寂, 圖書滿壁, 對案嘿

坐, 兢存研索, 往往有會于心, 輒復欣然忘食.[19] 其有不合者, 資於麗澤,[20] 又

不得, 則發於憤悱,[21] 猶不敢强而通之, 且置一邊, 時復拈出, 虛心思繹, 以俟

其自解. 今日如是, 明日又如是.

　若夫山鳥嚶鳴, 時物暢茂, 風霜刻厲,[22] 雪月凝輝, 四時之景, 不同, 而趣亦

無窮. 自非大寒大暑大風大雨, 無時無日而不出,[23] 出如是, 返亦如是. 是則閑

居養疾, 無用之功業, 雖不能窺古人之門庭,[24] 而其所以自寤悅於中者不淺,

雖欲無言, 而不可得也. 於是, 逐處各以七言一首紀其事, 凡得十八絶. 又有蒙

19　망식(忘食): 『논어 · 양화(陽貨)』편에 "섭공이(葉公) 자로(子路)에게 공자에 대해서 물으
　　니, 자로가 대답을 하지 못했다. 이에 공자께서 말씀하셨다. '너는 어째서 이렇게 말하지
　　않았느냐? 그 사람됨은 열심히 공부하면 밥 먹는 것도 잊어버리고(發憤忘食) 즐거우면
　　걱정도 잊어버려서, 늙음이 장차 찾아올 것도 말하면 그만일 것을.'"이라는 말이 있다.

20　이택(麗澤): 『주역 · 태괘(兌卦)』의 대상(大象)에서 나온 말로 "두 개의 못이 서로 연결되어
　　있는 것이 태괘이니 군자가 이 이치를 써서 강습한다.(麗澤兌, 君子以朋友講習)"라 하였다.

21　발어분비(發於憤悱): 『논어 · 술이(述而)』에서 나온 말로 "마음속으로 구하려 하나 얻지
　　못하는 지경에 이르지 않으면 깨우쳐주지 않고, 말하고자 하나 말이 나오지 않는 지경에
　　이르지 않으면 계발해주지 않는다.(不憤不啓, 不悱不發)"라 하였다.

22　풍상각렬(風霜刻厲): 『문선』 좌사(左思)의 「촉나라의 서울(蜀都賦)」에 "대화성이 서쪽으
　　로 기울면 싸늘한 바람 불어오네.(若乃大火流凉風厲)"라는 구절이 나오는데, 이선(李善)은
　　"厲"의 음은 "열(列)"이라고 하였다.

23　자비~불출(自非~不出): 송나라의 도학자인 소옹(邵雍)의 「네 가지 일을 읊음(四事吟)」
　　에 "네 가지 가지 않는 모임이 있고, 네 가지 나가지 않을 때가 있다.(會有四不赴, 時有四不
　　出)"라는 구절이 있는데, 그 자신이 주석을 달고 말하기를 "큰 추위와 큰 더위, 크게 바람
　　이 불 때와 바람과 큰 비가 내릴 때(大寒 · 大暑 · 大風 · 大雨)"라 하였다.

泉·冽井·庭草·澗柳·菜圃·花砌·西麓·南沜[25]·翠微·寥朗·釣磯·月艇·鶴汀·鷗渚·魚梁·漁村·烟林·雪徑·櫟遷·漆園·江寺·官亭·長郊·遠岫·土城·校洞等, 伍言雜詠二十六絶. 所以道前詩不盡之餘意也.

嗚呼! 余之不幸晚生遐裔,[26] 樸陋無聞, 而顧於山林之間, 夙知有可樂也. 中年, 妄出世路, 風埃顚倒, 逆旅推遷, 幾不及自返而死也. 其後年益老, 病益深, 行益躓, 則世不我棄, 而我不得不棄於世,[27] 乃始脫身樊籠,[28] 投分農畝, 而向之所謂, 山林之樂者, 不期而當我之前矣. 然則余乃今所以消積病豁幽憂, 而晏然於窮老之域者, 舍是將何求矣.

雖然, 觀古之有樂於山林者, 亦有二焉. 有慕玄虛,[29] 事高尙而樂者, 有悅道義, 頤心性而樂者, 由前之說, 則恐或流於潔身亂倫,[30] 而其甚, 則與鳥獸同羣, 不以爲非矣. 由後之說, 則所嗜者糟粕耳.[31] 至其不可傳之妙, 則愈求而愈

---

24 불능~문정(不能~門庭):『논어·자장(子張)』편에 "집의 담으로 비유하자면, 내(子貢) 집의 담은 단지 어깨 높이쯤 되어, 누구든지 집안에 있는 좋은 것들을 엿볼 수 있지만, 우리 선생님의 담은 몇 길이나 되어 대문을 찾아 들어가 보지 않으면 그 종묘(宗廟)의 웅장함과 다양한 건물들을 볼 수 없습니다.(譬之宮牆, 賜之牆也及肩, 窺見室家之好. 夫子之牆數，不得其門而入, 不見宗廟之美, 百官之富)"라는 말이 있다.

25 남반(南沜): "沜"의 음은 "반"이며 "泮"이라고도 하고, "물가(涯)"라는 뜻이다.

26 하예(遐裔): 먼 후손, 후예라는 뜻도 있지만 여기서는 원방(遠方) 곧 먼 외딴 곳이라는 의미로 쓰였다.

27 세불아기~불기어세(世不我棄~不棄於世): 당나라 이백의 「옛 시체(古風)」 제13수에 "엄군평(嚴君平) 이미 세상을 버리니, 세상도 또한 엄군평 버렸다네.(君平旣棄世, 世亦棄君平)"라는 구절이 있는데, 청(淸)나라의 왕기(王琦)는 남조 송나라 포조(鮑照)의 "엄군평 홀로 적막하니, 몸과 세상이 둘 다 서로를 버렸다네.(君平獨寂寞, 身世兩相棄)"라는 시구에 대한 이선(李善)의 주석을 인용하여 이렇게 말했다. "그의 몸이 세상을 버려 벼슬하지 않고, 세상이 그의 몸을 버리니 출사하지 않았다.(身棄世而不仕, 世棄身而不仕)"

不得, 於樂何有? 雖然, 寧爲此而自勉, 不爲彼而自誣矣. 又何暇知有所謂世

俗之營營者, 而入我之靈臺乎.[32]

　　或曰, 古之愛山者, 必得名山以自託. 子之不居淸涼, 而居此何也. 曰, 淸涼

---

28 번롱(樊籠):『장자 · 섭생의 중요한 도리(養生主)』에 "못가의 꿩은 열 걸음을 가서 한 입
　쪼아 먹고, 백 걸음을 가서 한 모금을 마시지만 새장 속에서 길러지기를 바라지 않는
　다.(不蘄畜乎樊中) 기력은 왕성하겠지만 속이 편하지 못하기 때문이다."라는 말이 있다.
　이는 울타리 곧 구속을 뜻한다.『북사 · 양휴지(北史 · 陽休之)의 전기』에 "성격이 대범하
　고 솔직하여 번거로운 관직을 즐겨 하지 않았으며, 인재를 선발하는 일을 맡게 된 지 얼
　마 되지 않아 그가 좋아하는 일이 아니라면서 매번 남들에게 말했다. '이 관직은 정말 절
　로 맑고 영화롭기는 하지만 번거롭고 힘들어 내게 알맞는 일에 방해가 되니 실로 울타리
　에 갇혀 있는 것이다.(眞是樊籠矣)'"라는 말이 있고, 진나라 도연명은「전원으로 돌아와
　거처하다(歸園田居)」에서 "오래도록 새장에 갇혀 있다가, 다시 자연으로 돌아왔다네.(久
　在樊籠裏, 復得返自然)"라 읊었다.

29 현허(玄虛): 깊고 비었다는 뜻인데 여기서는 허무와 무위를 주장하는 노자의 도를 말한
　것이다.

30 결신난륜(潔身亂倫):『논어 · 미자(微子)』편에 "벼슬을 하지 않는 것은 잘못된 것이다. 장
　유(長幼)간의 예법도 저버릴 수 없거늘 군신간의 예법을 어찌 내버려둘 수 있겠는가? [은
　사(隱士)들은] 자기의 몸을 깨끗이 하고자 큰 인륜을 어지럽혔다.(欲潔其身, 而亂大倫)"라
　는 말이 있다.

31 조박(糟粕): "粕"은 "魄(박)"으로 가차하여 쓰기도 하며, 원래의 의미는 지게미, 곧 술을
　거르고 남은 찌꺼기라는 뜻이다.『장자 · 하늘의 도(天道)』에 "(제나라) 환공(桓公)이 대청
　에서 글을 읽고 있을 때 수레바퀴쟁이(輪扁)가 마침 뜰 아래에서 수레바퀴를 깎고 있었
　다. 그가 몽치와 끌을 놓고 올라와서 환공에게 물었다. '감히 여쭙겠습니다만 임금님께
　서 읽고 계신 것이 무슨 말인지요?' 환공이 말하였다. '성인의 말씀이지.' '그 성인이 지금
　살아 있습니까?' 제환공 '이미 돌아가셨다네.' '그렇다면 임금님께서 읽고 계신 것은 옛
　사람들이 남긴 찌꺼기(古人之精魄)이겠습니다.'"라는 말이 있다.

32 영대(靈臺): 영부(靈府)라고도 하며 정신이 깃드는 곳, 곧 마음[心]을 말한다.『장자 · 경상
　초(庚桑草)』편에 "자기가 지키는 바를 어지럽게 만들어서는 안되고 마음(靈臺)속에 들어
　오게 해서도 안 된다."라는 말이 있다.

壁立萬仞, 而危臨絶壑, 老病者所不能安, 且樂山樂水, 缺一不可.[33] 今洛川雖過淸凉, 而山中不知有水焉. 余固有淸凉之願矣. 然而後彼而先此者, 凡以兼山水, 而逸老病也. 曰, 古人之樂, 得之心而不假於外物. 夫顔淵之陋巷,[34] 原憲之甕牖,[35] 何有於山水.

故凡有待於外物者, 皆非眞樂也. 曰不然, 彼顔 · 原之所處者, 特其適然, 而能安之爲貴爾. 使斯人, 而遇斯境, 則其爲樂, 豈不有深於吳徒者乎. 故孔孟之於山水, 未嘗不亟稱而深喩之. 若信如吳子之言, 則與點之歎,[36] 何以特發於沂水之上, 卒歲之願, 何以獨詠於蘆峯之巔乎.[37] 是必有其故矣. 或人唯而退.[38]

嘉靖辛酉.[39] 日南至,[40] 山主老病畸人記.[41]

---

33 요산~불가(樂山~不可): 판본에 따라 "무이가 천하에 경치가 빼어난 곳이 된 까닭은 그 가운데 아홉 굽이 물이 있기 때문이다.(武夷所以爲天下絶勝者, 以中有九曲水也)"라 된 곳도 있다.

34 안연지누항(顔淵之陋巷): 『논어 · 옹야(雍也)』편에 "공자께서 말씀하셨다. '어질도다, 안회여! 한 대밥그릇의 밥과 한 표주박의 마실 물로 누추한 골목에 있음을 남들은 그 시름을 이겨내지 못하거늘, 안회는 그 즐거움을 고치지 않으니, 어질도다, 안회는!(子曰: 賢哉, 回也! 一簞食, 一瓢飮, 在陋巷, 人不堪其憂, 回也不改其樂. 賢哉, 回也!)'"이라는 말이 있다.

35 원헌옹유(原憲甕牖): "甕"은 "옹(瓮)"이라고도 한다. 옹기, 질그릇의 뜻이다. 『장자 · 왕위를 물려줌(讓王)』편에 "원헌(原憲)은 노(魯)나라에서 살았는데 사방 한 칸의 집에 뽕나무로 지도리를 만들었으며, 깨진 항아리로 창문을 낸 방이 둘 있었는데 누더기로 틀어막았고 위는 샜으며 아래는 축축하였다."라는 말이 있다. 『예기 · 선비의 행실(儒行)』에도 "옹유(甕牖)"라는 말이 나오는데 당나라의 공영달(孔穎達)은 "옹유라는 것은 남쪽으로 난 창문을 말하는데, 옹기의 입처럼 둥글다. 또 깨진 옹기 입으로 창을 만든 것이라고도 한다."라 하였다.

36 여점지탄(與點之歎): 『논어 · 선진(先進)』편에 "(증점이 말했다.) '늦은 봄 음력 3월에 봄옷을 모두 입고, 나는 어른 대여섯 명과 동자 예닐곱 명과 함께 기수(沂水)에서 목욕을 하고, 무우대(舞雩臺)에서 바람을 쐬고 노래를 부르며 돌아오겠습니다.' 공자께서는 길게 한숨을 쉬시고 말씀하셨다. '나는 증점의 주장에 동의하노라!(吾與點也)'"라는 말이 있다.

52

◈…영지산의 한 줄기가 동쪽으로 나와 도산이 되는데, 혹자는 말하기를 산이 또 이루어졌기 때문에 "도산"이라 명명하였다 하고, 혹자는 말하기를 산속에 옛날에 질그릇 가마가 있었기 때문에 그러한 사실을 가지고 이름을 붙인 것이라 한다.

◈…산은 그리 높거나 크지는 않지만 널리 트인 곳에 자리를 잡아 형세가 빼어나다. 차지하고 있는 방위도 치우치지 않기 때문에 그 곁에 있는 산봉우리며 메, 시내와 골짝이 모두 이 산에서 두 손을 맞잡고 절하며 둥글게 껴안고 있는 것 같다.

◈…산은 왼쪽에 있는 것은 동취병이라 하고, 오른쪽에 있는 것은 서취

---

37 졸세~노봉(卒歲~蘆峯): 「운곡을 스물여섯 수로 읊음 · 초로(雲谷二十六詠 · 草廬)」에 "푸른 산은 쑥으로 지은 오두막 두르고 있고, 흰 구름은 그윽한 지게문 막고 있네. 죽을 때까지 짐짓 스스로 즐기고자 하나, 지금 사람들 돌아보는 이 하나도 없네.(青山繞蓬廬, 白雲障幽戸, 卒歲聊自寤, 時人莫留顧)"라는 구절이 있다.

38 혹인유이퇴(或人唯而退): 판본에 따라 이 다섯 자가 없는 것도 있다. 주자의 「시경의 주석을 모아놓음의 서문(詩集傳序)」에 "'그렇다면 이것을 배우는 것은 어떻게 해야 합니까?'라 하니 이에 묻는 자가 '예예' 하며 물러났다.(問者唯唯而退)"라는 말이 있다.

39 가정(嘉靖): 명나라 세종(世宗) 연호로 1522∼1566까지 사용했다.

40 남지(南至): 『좌전 · 희공(僖公) 5년』조에 "5년 봄 천자가 쓰는 역(曆)으로 정월 신해날 초하루에 해가 정남에 이르렀다.(日南至)"는 말이 나오는데, 진(晉)나라의 두예(杜預)는 "주나라의 정월은 지금의 11월이다. 동짓날에 해는 남쪽의 끝에 이른다.(冬至之日, 日南極)"라 하였고, 공영달은 주석 "해가 남쪽의 끝에 이르는 것이 동짓날이다.(日南至者, 冬至日也)"라 하였다.

41 기인(畸人): 보통 사람들의 행동과는 달라서 하늘의 뜻에는 부합하나, 세속에는 잘 어울리지 못하는 사람이다. 『장자 · 대종사(大宗師)』편에 "자공(子貢)이 '감히 묻습니다, 기인(畸人)이란 무엇입니까?'라 하자 공자가 '기인이라는 것은 사람들과는 잘 어울리지 못하나, 하늘의 뜻에는 부합하게 사는 사람이니라.'라고 대답하였다."는 말이 나온다.

병이라 한다. 동취병은 청량산에서 나와 산의 동쪽에 이르러 멧부리가 아득하게 늘어서 있다. 서취병은 영지산에서 나와 산의 서쪽에 이르러 봉우리가 삐죽삐죽 솟아 있다. 두 취병산은 서로 바라보며 남쪽으로 가는데, 비스듬히 8, 9리 가량 돌아가면 동쪽의 것은 서쪽으로, 서쪽의 것은 동쪽으로 와서 남쪽 들녘의 아스라한 바깥에서 산세가 합쳐진다. 물은 산의 뒤에 있는 것을 퇴계라 하며 산의 남쪽에 있는 것은 낙천이라 한다. 퇴계는 산의 북쪽을 돌아 산의 동쪽에서 낙천으로 들어간다. 낙천은 동취병에서 산기슭을 향하여 이른다. 멀리 흐르다 깊이 고이기도 하며 몇 리나 내려가다가 거슬러 올라오기도 하는데 깊어서 배가 다닐 수 있다. 금빛 모래며 옥 같은 자갈이 맑고 환하며 검푸르고 차가우니 곧 이른바 탁영담이다. 서로 서취병의 기슭에 닿아 마침내 그 아래를 따라 남으로 큰 들판을 지나 부용봉 아래로 들어간다. 부용봉은 곧 서쪽의 것이 동으로 와서 형세가 합쳐진 곳이다.

◆… 처음 내가 퇴계의 가에 살 곳을 정하여 시냇물이 보이는 곳에 집 여러 칸을 얽어서 책을 간직하고 졸박함을 기르는 곳으로 삼았다. 대체로 이미 세 번이나 그 터를 옮겼다. 여차하면 비바람에 무너지고 게다가 냇가가 너무 고요하고 적막한 곳에 치우쳐져 마음을 넓히기에는 부적합했다. 이에 다시 옮기고자 하여 도산의 남쪽에다 땅을 얻었다. 이곳에는 작은 골짝이 있어 앞으로는 강과 들이 굽어보인다. 그 모습이 그윽하고 아득하며 둘레가 멀고 바위 기슭은 초목이 빽빽하고도 또렷한 데다가 돌우물은 달고 차서 은둔하기에 딱 알맞은 곳이었다. 농부의 밭이 그 가운데 있었으나 재물을 주고 바꾸었다. 법련이라는

중이 그 일을 맡았는데, 얼마 있지 않아 법련이 죽자 정일이라는 중이 그 일을 이어받았다. 정사년(1557)부터 신유년(1561)까지 5년이 걸려 서당과 정사(精舍) 두 채가 대략이나마 완성되어 깃들어 쉴 수 있었다.

◈…서당은 모두 세 칸이다. 가운데 칸은 "완락재"라 하였는데, 주자의「명당실의 기문」에 나오는 "그것으로 즐기며 완상하니(樂而玩之) 족히 종신토록 싫증이 나지 않는다."는 말에서 취하였다. 동쪽에 있는 칸은 "암서헌"이라 하였는데「운곡시」의 "오래도록 잘하지 못함 스스로 믿었거늘, 바위 곁에 거처하며(巖栖) 작은 효과 드러나기 바라네."라는 말에서 취하였다. 또한 합쳐서 편액을 달고 "도산서당"이라 하였다. 정사는 모두 여덟 칸이다. 재는 "시습"이라 하였고, 료는 "지숙", 헌은 "관란"이라 하였으며 합쳐서 편액을 달고 "농운정사"라 하였다.

◈…서당의 동쪽에다 작게 네모난 연못을 파고 그 안에는 연꽃을 심었는데, "정우당"이라 하였다. 또 그 동쪽에 "몽천"을 만들었다. 샘 위에 있는 기슭은 파서 관란헌과 대칭이 되도록 하여 평평하게 쌓아 단을 만들었다. 그 위에는 매화와 대나무·소나무·국화를 심어 "절우사"라 하였다. 서당 앞의 출입하는 곳은 사립문으로 가리고 "유정문"이라 하였다.

◈…문 밖의 작은 오솔길은 시내를 따라 내려가다가 골짜기 입구에 이르러 두 기슭이 서로 마주 본다. 그 동쪽 기슭 곁에는 바위를 들어내고 터를 다지면 작은 정자를 지을 만하나 힘이 미치지 못하여 다만 그곳을 보존해 둘 따름이었다. 산으로 들어가는 문처럼 생긴 것이 있어 "곡구암"이라 하였다. 여기서 동쪽으로 돌아 몇 걸음을 가면 산기슭이 갑

자기 끊기고 바로 탁영담 위로 내던져져 있다. 큰 바위가 깎인 것처럼 서 있으며 열 길 남짓 포개어 있음직하다. 그 위에다 대를 쌓으니 소나무 가지가 선반을 만들어 해를 가린다. 위로는 하늘, 아래로는 물이 있고 새와 고기가 날고 뛴다. 좌우로는 취병의 그림자가 어른거리며 짙푸른 빛이 잠겨 있는 것이, 강과 산의 절승을 한 번만 보면 모두 얻을 수 있으므로 "천연대"라 하였다. 서쪽 기슭에도 또한 대를 쌓으려 하여 천광운영이라는 이름을 붙였더니 그 뛰어난 경개가 결코 천연대에 못지 않다. 반타석은 탁영담 안에 있다. 그 형상이 펀펀하고 비스듬하여 배를 묶어놓고 잔을 돌릴 만하다. 매번 큰비가 내려 물이 불으면 소용돌이와 함께 들어갔다가 물이 내려가고 물결이 맑아진 뒤에야 비로소 그 모습을 드러낸다.

◈…나는 항상 오래된 병에 얽혀 괴로워하며 비록 산에 거처한다 해도 책을 읽는 데만 전적으로 뜻을 둘 수 없었다. 깊은 근심을 조식하고 나면 이따금 신체가 가뿐해지고 편안해진다. 심신이 깨끗하게 깨어 우주를 굽어보고 우러러보면 감개가 그에 이어진다. 그러면 책을 물리치고 지팡이를 짚고 나가 헌함에 서서 연못을 완상한다. 더러 화단에 올라 마음 맞는 꽃을 찾기도 하고 채마밭을 돌며 약초를 옮겨 심고 숲을 뒤져 꽃을 따기도 한다.

◈…어떤 때는 바위에 앉아 샘물을 튀기며 장난을 치기도하고 대에 올라 구름을 바라보기도 한다. 또 어떤 때는 물가의 돌에서 고기를 살펴보기도 하며 배에서 갈매기를 가까이 하기도 한다. 마음 내키는 대로 가서 자유롭게 노닐다보면 눈 닿는 곳마다 흥이 일다. 경치를 만나면

흥취가 이루어지는데 흥이 극에 달해 돌아온다. 그러면 온 집이 고요하고 도서는 벽에 가득하다. 책상을 마주하고 잠자코 앉아 조심스레 마음을 가다듬고 연구 사색하여 왕왕 마음에 깨달음이 있기만 하면 다시 기뻐서 밥을 먹는 것도 잊었다. 그 합치되지 않는 것이 있으면 친구들의 가르침에 힘입고, 그래도 얻지 못하면 속으로 분발하면서도 오히려 감히 억지로 통하려 하지 않았다. 잠시 한쪽에 놔두었다가 때때로 다시 끄집어내어 마음을 비우고 생각하고 풀어 보면서 스스로 풀리기를 기다린다. 오늘 이렇게 하고 내일도 또한 이렇게 할 것이다.

◆…산새가 쨱쨱 울고 제철의 식물이 무성하게 우거지며 바람과 서리가 매우 차갑고 눈과 달이 엉기어 빛을 내는 것과 같이 네 철의 경치가 다르며 흥취 또한 끝이 없다. 절로 큰 추위·큰 더위·큰 바람·큰 비만 없으면 나가지 않은 때나 날이 없었으며, 나갈 때도 이렇게 하였고 돌아올 때도 또한 이렇게 하였다. 이것이 곧 한가로이 거처하면서 병을 요양하는 별 볼일이 없는 일이다. 그러니 비록 옛사람의 대문이나 뜰을 엿볼 수는 없었지만, 마음에 저절로 즐거움을 주는 것이 얕지 않아 비록 말을 하지 않고자 하였으나 어쩔 수가 없었다.

◆…이에 곳에 따라 각기 7언시 한 수를 가지고 그 일을 적어 모두 18절구를 지었다. 또한「몽천」·「열정」·「정초」·「간류」·「채포」·「화체」·「서록」·「남반」·「취미」·「요랑」·「조기」·「월정」·「학정」·「구저」·「어량」·「어촌」·「연림」·「설경」·「역천」·「칠원」·「강사」·「관정」·「장교」·「원수」·「토성」·「교동」등 5언으로 여러 가지를 읊은 26절구를 지었는데 앞의 시에서 다하지 못한 남은 뜻을 말한

것이었다.

◆…아아! 나는 불행히도 늦게 면 외딴 시골에서 태어나 촌스럽고 고
루하기만 하여 들은 것이 없으나, 산과 숲의 사이를 돌아보면 일찍이
즐길 만한 것이 있음을 알았다. 중년에 망령되이 세상에 나가 속세의
바람과 흙먼지를 전신에 뒤집어쓰고 객관(客館)이나 전전하다가 거의
스스로 돌아오기도 전에 죽을 뻔하였다. 그 후 나이가 들어 늙을수록
병은 심하여지고 행하는 일마다 더욱 실패를 겪었다. 세상은 나를 버
리지 않았지만 나는 세상에 버림을 받지 않을 수 없었다. 이에 비로소
울타리와 새장에서 벗어나 농지에 몸을 던지니 전에 이른바 산림의 즐
거움이 기약하지 않아도 내 앞으로 다가왔다. 그러니 내 이제 쌓인 병
을 삭이고 깊은 근심을 틔우며 늘그막에 편안히 쉴 곳을, 이곳을 버리
면 장차 어디서 구하겠는가?

◆…비록 그러하나 옛날에 산림에서 즐긴 것을 살펴보니 또한 두 가지
가 있었다. 현묘하고 허무함을 찾아 고상함을 일삼으며 즐긴 자도 있
고, 도의 바른 뜻을 기뻐하여 심성을 기르며 즐긴 자도 있었다. 앞에 말
한 것에 따른다면 어쩌다 제 몸을 깨끗이 하기 위하여 윤리를 어지럽
히는 데로 흐를 수도 있으며, 심하면 새나 짐승과 무리를 같이하여도
다르다고 생각하지 않게 될 수도 있다. 뒤에 말한 것에 따르면 즐기는
것이 옛사람들의 찌꺼기일 따름이다. 그 전할 수 없는 묘법에 이르러
서는 구하면 구할수록 얻지 못할 것이니 즐거움이 무엇이 있겠는가?
비록 그렇기는 하나 차라리 이것을 위해서 스스로 힘을 쏠지언정 저것
을 위해서 스스로 속이지는 않을 것이다. 또한 이른바 세속의 영리를

위하여 분주한 자들이 있어서 나의 마음속으로 들어오려 한다는 것을 알 겨를이 있겠는가!

◆… 혹자가 말했다. "옛날의 산을 사랑한 사람들은 반드시 이름난 산을 얻어 스스로를 기탁하였는데 그대가 청량산에 거처하지 않고 이곳에 거처한 것은 어째서입니까?" 내가 대답했다. "청량산은 절벽이 만 길이나 서 있습니다. 아찔하게 깎아지른 듯한 골짜기를 바라보고 있어 늙고 병든 사람에게는 편안할 수가 없습니다. 또한 산을 좋아함과 물을 좋아함이 한 가지만 빠져도 안 되는데 지금 낙동강이 비록 청량산을 지나간다고는 하나 산 속에서는 그곳에 물이 있다는 것을 알지 못합니다. 내가 실로 청량산을 바라는 마음이 있었지만 그곳은 뒤로 미루고 이곳에 먼저 자리를 잡은 것은 무릇 산과 물을 겸하고 있어서 늙은이의 병에 안락하기 때문입니다." 그가 또 말하였다. "옛사람들의 즐거움은 마음에서 얻지 바깥의 사물에다 기탁하지는 않습니다. 대체로 안연의 누추한 골목이나 원헌의 옹기로 만든 창문이 어디 산과 물에 있었습니까? 그러므로 모든 바깥의 사물에 기대한다는 것은 모두 참된 즐거움이 아닙니다." 내가 대답했다. "그렇지 않습니다. 저 안연과 원헌의 처지가 특별히 마침 그렇게 되어서 그것을 편안히 여길 수 있었음을 귀하게 여겼을 따름입니다. 이 사람들로 하여금 이러한 지경을 만나도록 한다면 그 즐거움이 어찌 우리보다 깊지 않겠습니까? 그래서 공자와 맹자는 산수에 대하여 일찍이 자주 일컫고 깊이 깨우쳐 주시지 않은 적이 없습니다. 실로 그대의 말과 같다면 증점을 인정한다는 감탄이 어찌 특히 기수의 가에서만 나왔겠으며, 죽을 때까지의

바람이 어째서 유독 노봉의 꼭대기에서만 읊어졌겠습니까? 이는 반드시 그럴 만한 까닭이 있어서입니다." 이에 그 사람은 "예예" 하며 물러났다.

◈…가정 신유년(1561) 동짓날 산 주인 노병기인은 적다.

8-1 도산서당 陶山書堂¹

순임금 친히 질그릇 구우니	大舜親陶樂且安²
즐겁고 또 편안하였으며,	
도연명 몸소 농사지으니	淵明躬稼亦歡顔³
또한 얼굴에 기쁨 넘치네.	
성인과 현인의 마음 쓰는 일	聖賢心事吾何得
내 어찌 터득하리오만,	
흰 머리 되어 돌아와	白首歸來試考槃⁴
『시경』의 「고반시」 읊어보네.	

◆… 순임금은 하수의 가에서 친히 도산서당의 "도"자와 같은 뜻의 질

---

1 퇴계는 자주(自註; 이하 자주)를 달고 "도의 뜻은 기문에 보인다. 지금 시에서 혹은 있었던
사실로, 혹은 성씨를 가지고 도자를 점철하였는데, 이는 곧 일 외의 것으로 일을 비추어
뜻을 기탁한 것이다.(陶意見記. 今詩中或事或姓, 點綴陶字, 乃事外映事以寓意耳)"라 하였다.

2 대순친도(大舜親陶): 『사기·다섯 임금님의 전기(五帝本紀)』에 "순임금은 기주(冀州) 사람
으로 역산(歷山)에서 농사를 지었고, 뇌택(雷澤)에서 물고기를 잡았으며, 하수의 가에서
질그릇을 구웠다.(陶河濱)"라 하였다.

3 궁가(躬稼): 몸소 농사를 짓다. 『논어·헌문(憲問)』편에 "우왕과 직은 몸소 농사를 지었
는데도 천하를 소유하였습니다.(禹稷躬稼而有天下)"라 하였다.

그릇을 구우며 즐겁고 또 편안하게 지냈다. 또한 도씨 성을 가진 도연명은 몸소 농사를 지었는데도 온 얼굴에 기쁨이 넘쳐흘렀다. 순임금 같은 성인과 도연명 같은 현인의 마음 쓰는 일을 나같이 어리석은 사람이 어찌 터득하겠는가마는 머리 허옇게 세어가지고 고향으로 되돌아와 은거의 즐거움을 노래한 『시경』의 「고반시」를 읊조려 본다.

8-2 암서헌 巖栖軒[5]

| 증자는 안연 칭찬하여 | 曾氏稱顏實若虛[6] |
| 찼는데도 빈 듯하다 하였고, | |

---

4 고반(考槃): "반"은 나무로 된 두드려서 박자를 맞추는 악기의 이름이며, "고"란 말은 "두드린다"는 뜻의 동사이다. 이 「고반」 시는 은거의 즐거움을 노래한 것으로 『시경·위 나라의 민요(衛風)』에 수록되어 있는데, 그 전문을 소개하면 다음과 같다.

악기를 두드리며 물가에 있으니,	考槃在澗
대인의 마음 너그러움이여!	碩人之寬
홀로 잠자고 홀로 일어나고 홀로 말하며,	獨寐悟言
영원히 맹서하네, 끝내 이 즐거움 잊지 말자고,	永矢弗諼
악기를 두드리며 산 모퉁이에 있으니,	考槃在阿
대인의 마음 큼이여!	碩人之薖
홀로 잠자고 홀로 깨고 홀로 노래하며,	獨寐悟歌
영원히 맹서하네, 끝내 이 즐거움 잊지 말자고,	永矢弗過
악기를 두드리며 언덕 위에 있으니,	考槃在陸
대인의 마음 탁월함이여!	碩人之軸
홀로 잠자고 홀로 깨고 홀로 묵으며,	獨寐悟宿
영원히 맹서하네, 이 즐거움	永矢弗告
남에게 이야기하지 말자고.	

유병산은 끌어서 펼쳐주었네,　　　　　　　　屛山引發晦翁初[7]

　　회옹 처음으로.

늘그막에 엿보고 터득하였구나,　　　　　　　暮年窺得巖栖意

　　바위 구멍에 깃든다는 뜻.

널리 요약함과 못에 다다른 듯 얼음 밟듯함　　博約淵氷恐自疎[8]

　　스스로 소원해질까 걱정되네.

◆ … 공자의 제자인 증자는 안연을 칭찬하여 "가득 찼는데도 빈 듯하
다."라 하였고, 주자의 스승인 병산 유자휘(劉子翬)는 주자를 처음으로
이끌어 학식을 활짝 펼쳐주었다. 늘그막에 와서야 주자의 "바위 가에

5　자주 "증자는 안연을 칭찬하여 '있는데도 없는 것 같고 찼으면서도 빈 듯하.'고 하였
　　다. 병산 유자휘(劉子翬)는 회암에게 자를 지어주면서 이것으로 축하해 주었다. 회암의
　　시에 '오래도록 잘하지 못함 스스로 믿었거늘, 바위 가에 거처하며 작은 효과 드러나기
　　바라네.'라 하였는데, 헌의 이름으로 삼아 스스로를 권면한다.(曾子稱顔淵有若無, 實若虛.
　　屛山字晦庵, 以是祝之. 晦庵詩, 自信久未能, 嚴棲冀微效, 名軒以自勖)는 구절이 있다." 주자의
　　시는 기문에도 인용되어 있으며 「운곡이십육영」 중 「회암」이라는 시이다.
6　증씨~실약허(曾氏~實若虛):『논어 · 태백(泰伯)』에 "증자가 말씀하셨다. '유능하면서도
　　유능하지 못한 사람에게 묻고, 학식이 많은데도 적은 이에게 물으며, 있어도 없는 것처럼
　　여기고, 가득 찼으면서도 빈 것처럼 여기며(實若虛) 자신에게 잘못을 범하여도 따지지 않
　　는 것, 옛날에 내 벗이 일찍이 이런 것에 종사하였다.'"라 하였다.
7　병산~회옹초(屛山~晦翁初): 병산은 주자의 스승인 유자휘(劉子翬: 1101~1147)의 호. 자
　　는 언충이며, 숭안현 병산에 살았으므로 병산을 호로 삼았으며, 달리 호를 병옹이라 하
　　기도 하였다. 주자의 자 원회(元晦)는 바로 유자휘가 지어 준 것이다. 유자휘의 「자를 지
　　어주며(字詞)」라는 글에 "옛날 증자는 그 벗을 칭찬하여 '있으면서 없는 듯, 가득 찼으면
　　서 빈 듯'이라 하였다. 그 이름 내치지 않고 책에 전하였으니, 비록 백 세대가 멀다고 하
　　나 그 기상 헤아려 안자가 어리석은 것 같음 알았네."라는 구절이 있다.

거처하며 작은 효과 드러나기 바란다."는 뜻을 겨우 엿보고 터득하기
는 하였으나, 공자의 제자인 안연의 "공자께서는 문으로 나의 지식을
넓혀주시고 예로써 행위를 요약해 주셨다."는 뜻과, 증자의 "마치 깊
은 못에 다다른 듯, 얇은 살얼음을 밟듯이 조심하고 신중히 하라."는
가르침에서 스스로 소홀히 하고 멀어질까봐 걱정이 된다.

8-3 완락재 玩樂齋9

경을 주로 함은 또한 모름지기   主敬還須集義功10
  의를 모으는 공부이니,

잊지도 말며 돕지도 말고   非忘非助漸融通11

---

8 박약연빙(博約淵冰): "박약"은 안연의 학문하는 태도이고, "연빙"은 증자의 필생의 공부
   이다.
   『논어 · 자한(子罕)』편에 "안연이 크게 탄식하며 말했다. '선생님께서는 차근차근히 사람을
   잘 이끄시어 문으로 나(의 지식)를 넓혀주시고, 예로써 나(의 행동)를 요약하여 주셨다.(博我
   以文, 約我以禮)'"라는 말이 있고, 또 같은 책의 「안연(顔淵)」편에도 "문에 대해서 널리 배우
   고, 예로써 요약하면(博學於文, 約之以禮) 도에 위배되지 않을 것이다."라는 말이 있다.
   『논어 · 태백(泰伯)』편에 "증자가 병이 위중해지자 제자들을 불러 모아 말씀하셨다. '나
   의 발을 보고, 나의 손을 보아라! 『시경』에 이르기를, "조심하여라! 신중할진저! 마치 깊
   은 물 웅덩이에 다다른 듯, 살얼음 위를 밟고 걸어가듯이.(戰戰兢兢, 如臨深淵, 如履薄冰)"
   라고 하였으니, 내 이제야 (나 자신의 몸을 망치는 화를) 면할 수 있음을 알겠노라! 제자들
   이여!'"라 하였다.
9 자주 "주자의 「명당실의 기문」에서는 '경을 지니고, 의를 밝히며, 동과 정이 순환하는 공
   을 주자(즉 주돈이)의 태극론과 합치시켜 족히 그것을 가지고 완상하고 즐겨 외부의 사모
   함을 잊는다.'고 하였는데 지금 그것을 재실의 명칭으로 삼아 날로 경계를 더함이다.(朱
   子名堂室記, 以持敬明義動靜循環之功爲合乎周子太極之論, 足以玩樂而忘外慕, 今以名齋而日加警
   焉)「명당실기의 기문」 참조.

차츰차츰 두루 통달해야 하네.

꼭 태극의 염계의　　　　　　　　　恰臻太極濂溪妙[12]

　　오묘함에 도달한다면,

비로소 믿겠네, 천년에　　　　　　　始信千年此樂同[13]

　　이 즐거움 똑같음을.

◆… 맹자가 말한 임금과 신하 사이의 공경함을 주장하는 것은 또한 모

---

10 주경(主敬):『맹자・공손추(公孫丑) 하』편에 "안으로는 아버지와 자식을 도리가, 밖으로
　는 임금과 신하의 도리가 사람의 큰 인륜이니 부자간에는 은혜를 주장하고 군신간에는
　경을 주장합니다.(君臣主敬)"라는 말이 나온다.
　　집의공(集義功): 역시『맹자』같은 편에 "이(호연지기)는 의리를 많이 축적하여 생겨나는
　것이다.(集義所生者) 의는 갑자기 엄습하여 취하여지는 것은 아니니 행하고서도 마음에
　부족하다는 생각이 있으면 (호연지기가) 굶주리게 된다. 내 그러므로 '고자는 일찍이 의
　를 알지 못하였다.'고 하였으니 이는 의를 밖이라고 하였기 때문이다."라는 말이 있다.
　　주자의「성리에 대하여 읊음・굳셈(性理吟・剛)」에 "모름지기 의를 모으는 공부 이루려
　면, 혈기 어떻든 지기 강해야 하네.(要須集義工夫到, 血氣何如志氣强)"라는 구절이 있다.

11 비망비조(非忘非助):『맹자・공손추(公孫丑) 상』편에 "반드시 그(호연지기를 기름)에 종사
　하여 효과를 미리 기대하지 말고 마음에 잊지도 말고 조장하지도 말아야 한다.(必有事焉
　而勿正, 心勿忘, 勿助長也)"는 말이 있는데, 이는 바로 위의 구절에서 말한 경(敬)과 의(義)
　의 공부를 가리켜 말한 것이다.

12 태극염계묘(太極濂溪妙): 염계는 북송의 도학자 주돈이(周敦頤; 1017~1073)의 호. 주렴계
　가「태극의 개념도와 해설(太極圖說)」을 지어 우주의 생성론을 편 것을 말한다.

13 차락동(此樂同): 주자의「엎드려 시랑사군께서 보여주신 소부국공과 함께 주고받은 서
　호의 아름다운 구절을 받들어 삼가 고명하신 운자에 맞추어 짓고 문득 한 번 웃노라(伏
　承侍郎使君垂示所與傳國公唱酬西湖佳句, 謹次高韻, 聊發一笑)」제2수에 "월왕성 아래의 물 철
　철 넘치고, 이 즐거움 이제부터 뭇사람들과 함께 하네.(越王城下水融融, 此樂從今與衆同)"
　라는 구절이 있다.

름지기 호연지기의 '의'를 모으는 공부이니, 이의 학문은 마음속에 간직하여 잊지도 말고 조장하지도 않아 차츰차츰 두루 통달해 나가야 하는 것이다. 염계 주돈이가 지은 「태극의 그림과 해설」 같은 오묘한 경지에 도달할 수 있기만 한다면 나는 비로소 천년의 세월 지나도 이 즐거움 함께 누릴 수 있으리라는 것을 믿겠다.

8-4 유정문 幽貞門

한문공의 큰 거북 빌림 기다리지 않아도,	不待韓公假大龜[14]
새 거처에 아득하게 사립문 비치네.	新居縹緲映柴扉
산의 오솔길 풀에 덮일 것 걱정할 것 없고,	未應山徑憂茅塞[15]
도 그윽하고 곧은 데 있으니 탄탄하고 평평함 느껴지네.	道在幽貞覺坦夷[16]

---

14 한공가대귀(韓公假大龜): 한공은 문공(文公) 한유(韓愈)를 말한다. 한유의 「원래의 뜻을 회복함(復志賦)」에 "큰 거북 빌어 점쳐 봄이여, 그윽하고 곧은 은자 깃들 움막 구하네.(假大龜以視兆兮, 求幽貞之所廬)"라는 구절이 있다. "대귀"는 한 자 두 치 되는 거북을 말하며, 그 등껍질은 점복(占卜) 때 사용되었다. 『상서·우임금의 공물(禹貢)』에 "구강에서는 큰 거북을 바쳤다.(九江納錫大龜)"라는 말이 나오는데, 당나라의 경학자인 공영달(孔穎達)은 "한 자 두 치 되는 것을 대구라 한다.(尺二寸曰大龜)"라 하였다.

15 산경우모색(山徑憂茅塞): 『맹자·진심(盡心) 하』에서 나온 말로 "산의 언덕에 난 좁은 길은 조금씩 넓어지는데 잠깐만 사용하면 큰 길이 되지만 한동안 사용하지 않으면 풀이 그것을 막아 덮어버린다.(山徑之蹊間, 介然用之而成路, 爲間不用, 則茅塞之矣)"라는 구절이 있다.

◆…군이 당나라의 한문공 한유가 「복지부」에서 읊은 길이가 한 자 두 치나 되는 큰 거북의 등껍질을 빌려서 집터를 얻는 점을 치는 일을 기다리지 않아도, 새로 얻은 새 거처에 아득하게 사립문이 비친다. 새로 얻은 거처로 사람들 자주 왕래하니 맹자가 말한 "좁은 길은 조금만 사용하지 않으면 풀에 덮여 막혀 버린다."는 걱정 따위는 할 것도 없고, 내가 추구하는 도가 그윽하고 곧은 데 있으니 탄탄하고 평평함이 느껴진다.

8-5　정우당 淨友塘[17]

온갖 사물 모두들	物物皆含妙一天
온 하늘의 오묘함 머금었는데,	

---

16 유정각탄이(幽貞各坦夷):『주역 · 하늘과 못이 이(天澤履)』에 "밟고 가는 길이 평탄하니, 그윽이 숨어사는 군자가 (마음을) 곧고 바르게 가지면 좋은 일이 있다.(履道坦坦, 幽人貞吉)"는 말이 있고, 그 주석[傳]의 구이(九二)에서는 "부드러운 데 거처하며 가운데를 얻었으니 밟는 것이 탄탄하고 평이한 길이다. 밟는 것이 탄탄하고 평이한 길을 얻었지만 또한 반드시 그윽하고 곧으며 편안하고 조용한 사람이 거처해야만 곧고 굳으며 길할 수 있다.(居柔得中, 其所履, 坦坦然平易之道也. 雖所履得坦易之道, 亦必幽貞安恬之人處之, 則能貞固而吉也)"라 하였다.

17 자주 "염계 주돈이의 「연꽃을 사랑함에 대하여」에서는 연꽃의 아름다움을 칭찬한 것이 한 가지가 아니었는데 증조[曾慥; 자는 단백(端伯)]는 다만 '깨끗한 벗'이라고만 불렀으니 미진함이 있는 것 같다.(濂溪愛連說稱蓮美非一, 而曾端伯獨呼爲淨友, 恐未盡也)" 명나라 도앙(都卬)의『세 여가에 쓴 쓸모없는 이야기 · 열 벗과 열 두 손(三餘贅筆 · 十友十二客)』"송나라의 증조는 열 가지 꽃을 벗으로 생각하여 각기 말로 만들었는데 다음과 같다. 씀바귀는 운치있는 벗이요, 말리는 우아한 벗, 서향은 특출난 벗, 연꽃은 깨끗한 벗, 바위의 계수나무는 선선 벗, 해당화는 이름있는 벗, 국화는 아름다운 벗, 작약은 요염한 벗, 매화는 맑은 벗, 치자는 좌선하는 벗이다.(宋曾端伯以十花爲十友, 各爲之詞. 茶蘼, 韻友; 茉莉, 雅友; 瑞香, 殊友; 荷花, 淨友; 巖桂, 仙友; 海棠, 名友; 菊花, 佳友; 芍藥, 豔友; 梅花, 淸友; 梔子, 禪友)"

주렴계는 어쩐 일로
　　유독 그대만 어여삐 여겼던가?

廉溪何事獨君憐

향기로운 덕 곰곰이 생각하니
　　실로 벗하기 어려운데,

細思馨德眞難友

깨끗한 것 한 가지로만 칭찬한다면
　　또한 치우친 듯하네.

一淨稱呼恐亦偏

◆… 세상의 온갖 사물들 가운데는 모두 온 하늘의 오묘한 이치를 나타
내고, 그 이치에 따라 성장하고 변화하지 않는 것이 없다. 한데 송나라
의 염계 주돈이는 어찌하여 다른 것은 모두 제쳐두고 오직 그대 연꽃
만을 유독 사랑하였던가? 진흙 속에서도 은은히 풍기는 연꽃의 향기
로운 덕을 곰곰이 생각해 본다. 나같이 어리석은 사람은 정말로 그 높
은 격조를 다 이해할 수 없는지라, 실로 그것과 더불어 벗하기조차 어
렵게 느껴지고 또 무어라고 더 할 말도 없다. 그러나 오직 깨끗하다는
점 한 가지만 가지고 염계 주돈이가 칭찬을 하였으니, 내 생각에는 이
것은 정말 다른 좋은 점은 다 제쳐두고서 한쪽 면만을 너무 치우치게
강조한 것이 아닌가 하는 생각도 든다.

8-6 절우사 화단 節友社[18]
소나무와 국화 도연명의 동산에

松菊陶園與竹三[19]

---

[18] 자주에서는 "도연명(陶淵明)의 세 갈래 오솔길에는 매화만 빠져 있으니 굴원(屈原)의 「슬
픔을 만나다(離騷)」에만 결점이 있는 것이 아니다."라 하였다.

대나무 더불어 셋인데,

매화 형은 어찌하여　　　　　　　梅兄胡奈不同參[20]

　함께 들지 않았던가?

내 이제 바람과 서리의　　　　　　我今倂作風霜契

　서약 함께 맺었으니,

굳은 절개 맑은 향기　　　　　　　苦節淸芬儘飽諳[21]

　너무나 잘 이해하네.

◆··· 진나라의 은자인 도연명의 정원에는 서한의 장후를 본받아 소나
무와 국화, 그리고 대나무를 심어 세 갈래 오솔길을 만들어 놓았다. 그
런데 고고한 풍격을 지닌 매화만은 어찌하여 그곳에 심어놓지 않았는
가를 모르겠다. 나는 지금 이곳 절개 있는 벗들을 모아 놓은 화단에다
바람과 서리에도 꿋꿋이 견디어 내는 소나무와 국화, 그리고 매화 등

---

19 송국죽삼(松菊竹三): 진나라의 도연명이 서한의 장후(蔣詡)를 흉내 내어 집에다 세 갈래
　오솔길, 곧 삼경(三徑)을 만든 것을 말한다. 장후의 삼경에는 소나무와 국화, 대나무를 심
　었다. 도연명이 「돌아가자꾸나(歸去來辭)」에서 "세 오솔길 황폐해졌지만 소나무와 국화
　아직도 있네.(三徑就荒, 松菊猶存)"라 읊은 것으로 보아 확실히 소나무와 국화는 심겨 있
　었던 것 같고, 나머지 하나는 장후의 예에 따라 역시 대나무를 심어 놓은 것으로 보인다.
20 매형(梅兄): 매화를 우아하게 부른 말이다. 송나라 황정견(黃庭堅)은 「왕충도가 수선화
　50줄기를 보내어 기쁘기 그지없어 그를 읊노라(王充道送水仙花伍十枚, 欣然會心爲之作詠)」
　에서 "향기 머금은 흰 몸매는 성 기울일 만하니, 산반은 아우이고 매화는 형이라네.(含香
　體素欲傾城, 山礬是弟梅是兄)"라 읊었다.
21 고절청분(苦節淸芬): 고자는 고(固)와 같은 뜻으로 쓰였음. "청분은 맑은 향기"라는 뜻으
　로 고결한 덕행을 비유하는 데 쓰인다. 여기서 굳은 절개는 소나무와 국화를 가리켜 말
　한 것이고 맑은 향기는 매화를 가리켜 말한 것이다.

을 심어 함께 어려움을 이겨 나가자고 서약을 맺었다. 그러니 이곳 정
원의 소나무와 국화에서 풍겨 나오는 굳은 절개와 매화에서 나오는
맑은 향기에 대해서는 누구보다도 잘 이해하겠다.

8-7 농운정사 隴雲精舍

늘 도홍경의 언덕 위의 구름 사랑하거늘,	常愛陶公隴上雲
다만 제 스스로 즐길 만할 뿐 임금님께 보내 드릴 수는 없다네.	唯堪自悅未輸君²²
늘그막에 집 하나 얽어 그 가운데 누워서,	晚來結屋中間臥
한가로운 정취 절반은 들사슴과 나누어 갖네.	一半閒情野鹿分²³

---

22 상애~미수군(常愛~未輸君): 남조 양(梁)나라 도홍경(陶弘景)의 「임금님(齊 高祖)께서 산
    속에 무엇이 있는가고 물으시어 시를 지어 대답하다(詔問山中何所有, 賦詩以答)」라는 시에
    서 "산속에 무엇이 있는가? 재 위에 흰구름이 많습니다. 다만 제 스스로 즐길 수는 있어
    도, 가져다 임금님께 드릴 만하지는 않습니다.(山中何所有, 嶺上多白雲. 只可自怡悅, 不堪持
    寄君)"라 읊었다.

23 결옥~야록분(結屋~野鹿分): 『고증』에서는 『운옥(韻玉)』이라는 자전을 인용하여 "상고
    시대의 백성들은 들사슴(野鹿)이나 같았다."라 하였다. 당나라 장적(張籍)의 「자각에 있
    는 은자에게 부침(寄紫閣隱者)」에 "들판의 사슴으로 초가집의 짝을 삼고, 가을 원숭이는
    밤나무 숲을 지키네.(野鹿伴茅屋, 秋猿守栗林)"라는 구절이 있고, 송나라 육유(陸游)의 「계
    산의 눈(稽山雪)」에는 "초가집 짓고 들사슴 노는 마당 나누어 얻으니, 하룻밤 북풍에 눈
    이 석 자나 쌓였네.(結屋分得野鹿場, 一夜北風三尺雪)"라는 구절이 있다.

◆…나는 은자로 산골짜기에 있다가 벼슬길에 오른 남조 양나라 때 사람인 도홍경이 즐겼던 바로 그 언덕 위에 있던 것과 똑같은 구름을 사랑한다. 다만 이 구름에 비길 수 있는 이곳에서 공부하는 여러 학생들과 더불어 스스로는 즐길 만하다고 생각하지만, 그것을 바칠 수 없듯이 또한 추천하여 벼슬을 하도록 권할 수는 없다. 늘그막이 다 되어 구름이 맴도는 언덕 위에 집을 하나 짓고 그 안에 누워 있자니, 한가롭기 그지없다. 그 정취의 절반을 이곳에서 노니는 들판의 야생사슴과 나누어 갖는다.

8-8 관란헌 觀瀾軒[24]

넘실넘실 흘러가는 저 이치 어떠한가?	浩浩洋洋理若何
"이와 같구나." 일찍이 성인께서 탄식하셨다네.	如斯曾發聖咨嗟[25]
본래부터 도의 본체 이것으로 볼 수 있으니,	幸然道體因玆見[26]
공부 중간에 끊어지는 일	莫使工夫間斷多

---

24 관란(觀瀾):『맹자·진심(盡心) 상』에 "물을 구경하는 데는 방법이 있으니 반드시 그 여울목을 보아야 한다.(觀水有術, 必觀其瀾) 해와 달의 밝음이 있으니 빛을 받아들이는 곳이라면 반드시 비추인다."라는 말이 있다.

25 여사성자차(如斯聖咨嗟):『논어·자한(子罕)』에 "공자께서 시냇가에 계시면서 말씀하셨다. '흘러간다는 것이 이와 같구나. 밤낮을 그치지 않는도다.(子在川上曰, 逝者如斯夫, 不舍晝夜)'"라는 말이 있다.

많지 않게 하려므나.

넘실넘실 흘러가는 저 강물의 이치 도대체 어떤 것과 같은가? 일찍이 공자께서도 시냇가에서 흐르는 강물을 보고 "흘러간다는 것이 이 강물과 같구나. 밤낮을 그치지 않는도다."라 말씀하시며 감격하여 탄식을 하였었다. 본래부터 도의 본체를 공자가 시냇가에서 느꼈던 것처럼 이 물의 여울에서도 볼 수 있으니, 이것처럼 공부도 강물의 흐름이 끊이지 않고 계속하여 지속되는 것과 같이 중간에 끊어지지 않도록 해야만 한다.

8-9 시습재 時習齋[27]

날로 밝음과 정성 일삼음   日事明誠類數飛[28]
　　새가 자주 나는 것과 비슷하고,

거듭 생각하고 거듭 실천하여   重思複踐趁時時
　　그때그때 좇아가네.

---

26 행연(幸然): "幸是", "幸有", "幸自"나 같은 말로 "正", 곧 "곧", "바로"의 뜻이다. 장상(張相)의 『시, 사, 곡의 쓰이는 단어들의 풀이를 모아 놓음(詩詞曲語辭匯釋)』 참조. 『고증』에 의하면 수고본에는 "다행 행(幸)"자가 "방자할 종(縱)"으로 되어 있다고 하였다.
　도체(道體): 『주자대전』의 기문에 "냇가에서의 탄식은 성인(곧 공자)이 도의 본체(道體)가 끝이 없음을 느껴 그것을 말함으로써 사람들로 하여금 학문에 나가는데 급급하도록 권면하는 것을 따름인 듯하다. 전하는 자들이 마침내 성인의 이 말을 오로지 도의 본체(道體)만 가리키는 것으로 펼쳤으니 이는 틀렸다."는 말이 있다.

27 『논어·학이(學而)』의 첫머리에 "공자께서 말씀하셨다. '배우고 그것을 때때로 익히면 또한 기쁘지 않겠는가?(子曰, 學而時習之不亦說乎)'"라는 말이 나온다.

72

얼음 깊어감은 바로   得深正在工夫熟
      공부 무르익음에 있으니,

어찌 진귀한 것 익혀   何曾珍烹悅口頤[29]
      입과 턱만 즐겁게 만들겠는가?

◆ … 날마다『중용』에서 말한 밝음과 정성을 일삼는 것은 마치『논어』
의 "배우고서 그 배운 것을 때에 맞추어 익힌다.(學而時習)"의 "익힐 습"
자의 풀이와 비슷하여 그 배운 것을 거듭 생각하고 거듭 실천하여 그

---

28 일사(日事):『고증』에 의하면 수고본에는 "일사(日事)"가 "양진(兩進)"으로 되어 있다고
   하였다.
   명성(明誠):『중용』제21장에 "정성으로부터 밝아지는 것을 '성'이라 하며, 밝음에서부터
   정성스러워지는 것을 '교'라 하니 정성스러우면 밝아지고 밝아지면 정성스러워진다.(自
   誠明, 謂之性, 自明誠, 謂之敎, 誠則明矣, 明則誠矣)"라는 말이 나온다.
   유삭비(類數飛):『논어』위「학이장(學而章)」의 "익힐 습(習)"자에 대한 주자의 주석에서
   "습은 새가 자주 나는 것이니(鳥數飛) 배우기를 그치지 않음이 마치 새 새끼가 자주 나는
   것과 같이 하는 것이다."라 하였다.
29 진팽(珍烹): 송나라 소식의「소주태수 적함이 순무청과 순무국을 끓이다(狄韶州煮蔓菁蘆
   菔羹)」에 "내 옛적에 전원에 있을 때, 차가운 주방에서 진기한 것 끓였네.(我昔在田間, 寒庖
   有珍烹)"라는 구절이 있다.
   열구이(悅口頤):『맹자 · 고자(告子)』편에 "의 · 리가 우리 마음에 기쁜 것은 풀을 먹는 짐
   승과 곡식을 먹는 짐승의 고기가 우리 입을 즐겁게 함과 같다.(義理之悅我心, 猶芻豢之悅我
   口)"라는 말이 있다.
   "이(頤)"는 "턱"이라는 뜻과 "기르다"라는 뜻이 있는데, 여기서는 후자의 뜻으로 쓰였
   다.『주역 · 이괘(頤卦)』의 단사(彖辭)에 "턱을 관찰한다는 것은 사람의 육체를 기르는 이
   치를 관찰한다는 것이며, 스스로 구실(입에 들어갈 호구지책을 해결하여 주는 음식과 봉급)을
   구할 것을 생각한다는 것은 그 스스로 육체를 기르는 방법을 관찰한다는 것이다.(觀頤觀
   其所養也, 自求口實, 觀其自養也)"라 하였다.

때그때 바로 좇아간다. 그렇게 하여 터득해 감이 깊어지는 것은 바로 때에 맞추어 익혀 공부 무르익음에 있는 것이니, 어찌 다만 진귀한 음식 따위를 잘 요리하여 그저 입과 턱만 즐겁게 만들어서야 되겠는가?

8-10 지숙료 止宿寮[30]

닭 잡고 기장밥 지어   愧無雞黍謾留君[31]
  잠깐 그대 붙들지 못함 부끄러우나,
나 또한 처음에는   我亦初非鳥獸羣[32]
  새와 짐승 같은 무리 아니었다네.

---

30 료(寮): 원래는 중들이 함께 모여 거처하는 승사(僧舍)라는 뜻으로 쓰였으며, 나중에는 작은 집(小屋)이란 의미로 뜻이 조금씩 전이되었다.

31 괴무~류군(愧無~留君): 『논어 · 미자(微子)』편에 "자로(子路)가 따라가다가 뒤로 처지게 되었는데 지팡이를 짚고 대바구니를 맨 사람을 만나 …… 두 손을 모으고 서 있었더니, 자로를 머물러 자게하고 닭을 잡고 기장밥을 지어 먹도록 하였다.(止子路宿, 殺雞黍而食之)"라 하는 이야기가 있다. 이로 보아 지숙료의 주 용도는 기숙사 건물 가운데서도 기식을 하기 위한 목적의 공간임을 알 수 있다. 주자의 「무이정사를 여러 가지로 읊음(武夷雜詠)」이란 연작시에도 「지숙료(止宿寮)」라는 시가 있는데, "옛 친구 찾아오고자 하여, 함께 한 초가집에 들었네. 산과 물이 가는 길 만류하니, 닭과 기장 갖출 수고 않아도 되네.(故人肯相尋, 共寄一茅宇. 山水爲留行, 無勞具雞黍)"라 읊었다.

32 조수군(鳥獸羣): 『논어 · 미자』에 "장저(長沮)와 걸익(桀溺)이 함께 밭을 가는데 공자가 지나가다가 자로에게 나루를 묻게 하였다. 이에 자로가 가서 아뢰니 선생께서 안타깝게 말씀하셨다. '새, 짐승과 무리를 지어서는 살 수가 없으니(鳥獸不可與同羣) 내가 이들 무리와 더불어 하지 않으면 누구와 더불어 하겠는가? 천하에 도가 있으면 내 더불어 바꾸려 하지 않을 것이다.'"라는 이야기가 있다. 당나라 두보의 「새벽비(晨雨)」에 "잠시 가시덤불 위로 올라오더니, 새와 짐승의 무리 가볍게 적시네.(暫起紫莉色, 輕霑鳥獸色)"라는 구절이 있다.

원컨대 스승 따라
　바다로 떠다닐 뜻 가지고,
침상 나란히 하고 밤새도록
　자세히 이야기나 해보세.

願把從師浮海志[33]

聯床終夜細云云[34]

◈… 일행 중 뒤처진 공자의 제자인 자로(子路)에게 닭을 잡고 기장밥을 지어 먹여 재우듯, 잠깐이나마 그대를 붙들어두지 못함 부끄럽기는 하나, 나도 처음부터 새와 짐승과 무리를 지어 세상을 피해 숨어 사는 은자는 아니었다. 다만 원하기는 공자가 "도가 행하여지지 않으니 뗏목을 타고 바다를 떠다니고자 하니 아마 자로는 나를 따를 것이다."라한 자로처럼 스승을 따라 기꺼이 바다로 떠다닐 뜻을 가지고 나를 찾아왔으니, 밤새도록 침대를 나란히 하고 누워서 꼼꼼하게 이런 저런이야기나 해보았으면 한다.

8-11 곡구암 谷口巖[35]
동쪽으로는 강가의 높은 곳 오르고
　북으로는 구름까지 들어가,

東躡江臺北入雲

---

33 종사부해(從師浮海): 『논어 · 공야장(公冶長)』에 "도가 행하여지지 않으니 뗏목을 타고 바다를 떠다니고자 한다.(乘桴, 浮于海) 나를 따를 사람은 아마 자로인가 한다."라는 말이 있다.
34 연상종야(聯床終夜): 연상은 "침대를 나란히 하다"의 뜻으로 "連牀"이라고도 쓴다. 주자의 「남헌 노형을 그리워하며 백숭 · 택지 두 벗에게 드림(有懷南軒老兄曁伯崇擇之二友)」의 첫째 시에 "명승 유람으로 아침에 소매 끌었고, 오묘한 말은 밤에 침상 나란히 하였네.(勝遊朝挽袂, 妙語夜連牀)"라는 구절이 있다.

골짜기 입구 열어젖혀   開荒谷口擬山門[36]
  산의 문 본떴네.

이 이름 마침 옛날의   此名偶似前賢地
  선현 있던 곳과 비슷하니,

밭갈이에 은거하는 명예   耕隱風聲詎易論[37]
  어찌 쉽게 논할 텐가?

◆ …서당의 동쪽으로는 강가의 높은 곳까지 오르고 북쪽으로는 구름
낀 그윽한 곳까지 들어가므로, 서당으로 드는 골짜기의 입구를 개척하
여 옛날 한나라 때 곡구의 정자진이 그러했던 것처럼 산으로 들어가는
문 같이 만들어 보았다. 이 곡구라는 명칭이 마침 옛날 정자진과 같은
선현이 있던 곳과 비슷하긴 하지만 그가 그랬던 것 같은 밭갈이며 은
거하는 명예를 나 같은 사람이 어찌 감히 쉽사리 논할 수나 있을 텐가?

8-12 천연대 天淵臺[38]

날개 솟구치고 지느러미 놀림   縱翼揚鱗孰使然[39]
  누가 그렇게 시켰던가?

자연의 운행 활발하니   流行活潑妙天淵[40]

---

36 개황(開荒): 『고증』에 의하면 수고본에는 "거칠 황(荒)"자가 "바위 암(巖)"자로 되어 있다
   고 하였다.

37 풍성(風聲): 문집의 난외주에 "높은 정취"라는 뜻의 "고정(高情)"으로 된 판본도 있다고
   하였다. 풍성은 명성과 인망, 곧 성망(聲望)이라는 뜻이 있으며, 또한 명예라는 뜻도 있다

하늘과 연못 오묘하네.

강가 높은 곳에서 하루 종일
　마음의 눈 열려,

밝음과 정성의 이치 세 번이나 반복하여
　읊조렸다네. 한 편의 명작 가운데 있는.

江臺盡日開心眼

三復明誠一巨編[41]

38　중용(中庸)』 제12장에 "『시경』에 이르기를 '솔개는 날아 하늘에 이르고, 물고기는 연못
　에서 뛰어노네.(鳶飛戾天, 魚躍于淵)'라 하였는데, 이는 상하에 자연의 이치가 밝게 드러남
　을 말한 것이다."란 말이 있는데, 여기 인용한 시경 각 구절의 끝자를 따서 천연대라는 이
　름을 붙였다. 『시경』의 「대아·가문 산기슭(旱麓)」에서 발췌했다. 주자의 『장구집주(章
　句集註)』에서는 "정자(程子)께서 말씀하시기를 '이 한 구절은 자사(子思)께서 사람들에게
　아주 절실하게 필요한 말이므로 인용하여 두신 것인데 생동감이 철철 넘친다.'라 하였
　다."고 주석을 달았다. 『중용』에서 이 구절을 인용한 까닭은 하늘에 날고 연못에 숨는 솔
　개와 물고기의 움직임이 모두 자연의 이치를 나타내는 것으로, 그 이치 자체는 체(體)이
　고, 움직이는 형상은 용(用)인데, 그 움직이는 이치 자체는 하늘의 이치가 성(誠)하기 때
　문이며, 움직이는 형상은 명(明)하다는 것을 비유로 들어 설명하기 위함이다.

39　종익(縱翼): 종우(縱羽)라고도 하며, 좋은 몸을 위쪽으로 솟구치는 것을 말한다..

40　유행~묘천연(流行~妙天淵): 『문집』의 난외주에 의하면 "유행"은 "生生"으로 되어 있는
　판본도 있다고 하였다. 『문집』 권 29 「김취려(金就礪)에게 답함(答金而精)」에서는 "'솔개
　는 날고 물고기는 뛴다.'는 것은 바야흐로 천리가 운행되는 오묘한 작용을 형용한 것입
　니다.(鳶飛魚躍, 方是形容天理流行之妙)"라는 설명을 하였다.

41　삼복(三復): 『논어·선진(先進)』편에 "남용(南容)이 '흰 옥의 규홀(白圭)'이란 시를 매일
　세 번이나 반복해 외우니(三復) 공자께서 그 형님의 딸을 그에게 시집보내셨다."라는 말
　이 나온다. 그 시의 내용은 옥의 티는 갈아서 지울 수 있지만 사람이 한 번 실수한 말은
　지울 수가 없다는 것이니, 말에 신중해야 한다는 『시경』에 나오는 구절이다.
　명성일거편(明誠一巨編): 주자의 「복장서의 백록동서원이 낙성되다라는 훌륭한 구절의
　각운자를 그대로 써서 짓다(次卜掌書落成白鹿佳句)"에 "세 잔 술에 마름풀 제물로 올리는
　것 무엇 거리낄 것이며, 한 편 시로 어찌 밝음과 정성 의논하려고 하였던가?(三爵何妨薦蘋
　藻, 一編詎敢議明誠)"라는 구절이 나온다.

◆…날개 솟구쳐 하늘 높이 솟아오르고 지느러미 놀리며 물속을 자유자재로 헤엄치게 함은 누가 그렇게 하게끔 시켰을까? 이와 같이 솔개는 하늘을 날고 물고기는 물속에서 헤엄을 치는 자연의 운행이 실로 활발하니 그들이 날고 뛰어노는 하늘과 연못은 정말로 오묘하기 그지없다. 강가의 높은 곳에 위치한 이 천연대에 올라 보니 이치 살펴보는 마음이 하루 종일 눈이 활짝 열린다. 공자의 제자인 남용(南容)이 「흰 옥의 규홀(白圭)」이란 시를 매일 세 번이나 반복해 외우듯이 『중용』이라는 훌륭한 책 가운데 있는 밝음과 정성의 이치를 역시 세 번이나 반복하여 읊조리고 또 읊조렸다.

8-13 천운대 혹은 천광운영대라고도 한다 天雲臺 或云天光雲影臺

살아 있는 물 하늘과 구름의 그림자와 빛 비추고,	活水天雲鑑影光
「책 보는 시」의 심오한 비유는 네모 반듯한 연못에 들어 있네.	觀書深喩在方塘[42]
내 이제 뜻 얻었네 맑은 못가에서,	我今得意淸潭上
마치 그 당시 감탄 길게 하신 것과 같네.	恰似當年感歎長[43]

◆…맑고 깨끗하게 살아 있는 물은 하늘의 파란색과 구름의 흰색을 띤 그림자를 거울처럼 비추고 있다. 우리 사람들도 마음을 비우고 보면

78

자연의 이치가 저절로 마음속으로 비추어 들어오게 된다. 책을 보는 데도 마음을 비우고 나면 옛날 성현들이 하신 말씀이 저절로 마음속으로 스며 들어오게 되어 있다. 이러한 깊은 깨우침을 주자께서는 네모 반듯한 연못의 물을 이끌어다 비유하셨다. 그렇게 오래도록 모난 연못을 보고 있자니 이제야 연못의 맑은 못가에서 책을 보고 공부하는 이치를 비로소 터득한 듯하다. 마치 그 옛날 주자가 연못에서 책을 보는 이치를 깨달아 시를 읊조리고 길게 감탄한 것과 똑같은 느낌을 가지게 된다.

---

42 활수~방당(活水~方塘): 주자의 「책을 읽다가 느낌이 일어(觀書有感)」라는 시에서 인용하였다. 이 시는 두 수로 되어 있는데, 그 첫째 시에서는 이렇게 읊었다. "반 이랑 네모 반듯한 연못에 거울 하나 열렸는데, 하늘빛 구름 그림자와 함께 떠돌아 다니네. 묻노니 어째서 그렇게 맑을 수 있는가 하니, 살아 있는 물 흘러나오는 근원 있어서라 하네.(半畝方塘一鑑開, 天光雲影共徘徊. 問渠 那得淸如許, 爲有源頭活水來)"
심유(深喩): 퇴계의 『문집』 권 29에 수록된 「김취려에게 답함」에 보면 이 구절이 대한 풀이가 나오는데 잠깐 소개하면 다음과 같다. "방당은 한 거울처럼 허명하여 능히 하늘빛과 구름 그림자가 배회함에 응하여 만상이 도피할 수 없음을 말한 것으로 인심이 허령하고 어둡지 아니하여 고요함[寂然]과 감통(感通)함이 끝이 없어서 응용이 다하지 않음을 비유한 것입니다. 그리고 이어서 그 신묘함을 감탄하여 묻기를, '방당이 어찌하여 그렇게 맑을 수 있느냐?'하면 '원두로부터 흐르는 물이 끊임없이 흘러가기 때문일 뿐이라.' 하며 '인심이 어찌 능히 그처럼 신명할 수 있느냐?' 하면 '하늘에서 타고난 지극한 이치가 다하지 않음이 있기 때문임을 비유한 것입니다.'라 했다."
43 당년탄장(當年歎長): 맑은 못에 임하여 뜻을 얻음이 마치 주자가 그 당시에 「책을 읽다가 느낌이 일어」에서 길게 감탄한 것과 같다는 것을 말한다.

8-14 탁영담 濯纓潭

어부 그 당시   漁父當年笑獨醒[44]
　홀로 깬 것 비웃었는데.

어떠한가? 성인이신 공자   何如孔聖戒丁寧[45]
　훈계 친절함이.

내 와서 노 두드리며   我來叩枻吟風月
　바람과 달 읊조리니,

오히려 기쁘네, 맑은 못에서   却喜淸潭可濯纓[46]
　갓끈 씻을 만함이.

◆… 간신의 모함으로 쫓겨난 초나라의 굴원을 보고, 어부가 그 당시에
이미 세상 사람들이 모두 다 취하였건만 그만 홀로 깨어 있는 것을 비

---

44 어부~독성(漁父~獨醒): 전국시대 초나라의 충신인 굴원(屈原)이 지은 「어부사(漁父辭)」
　라는 초사(楚辭)체의 글에 "굴원이 말했다. '온 세상 사람들이 모두 흐린데 나 홀로 맑고,
　뭇사람들이 모두 취해 있는데 나 홀로 깨어 있습니다.(擧世皆濁我獨淸, 衆人皆醉我獨醒)'
　그러자 어부가 말하기를 '세상 사람들이 모두 흐리면 어째서 진흙탕물을 치며 물결을 일
　으키지 않고, 뭇사람들이 모두 취해 있으면 어째서 술지게미를 씹고 그 찌꺼기를 마시지
　않습니까?'라 했다."는 대화가 나온다.
45 공성계(孔聖戒): 『맹자 · 이루(離婁) 상』에 "어린 아이가 노래하였다. '창랑의 물이 맑으면
　나의 갓끈을 빨 만하고, 창랑의 물이 흐리면 나의 발을 씻을 만하다.(滄浪之水淸兮, 可以濯
　我纓, 滄浪之水濁兮, 可以濯我足)' 이에 공자가 말씀하였다. '제군들은 들어보라. "물이 맑
　으면 이에 갓끈을 빨고, 물이 흐리면 이에 발을 씻는다." 하였으니 이는 물이 스스로 그
　렇게 하도록 결정하는 것이다.'"라는 말이 나온다. 창랑의 물에 관한 노래는 위에서 인용
　한 굴원의 「어부사」에도 나온다. 다음 주석 참조.
　정녕(丁寧): 정중함, 친절함의 뜻.

웃었다. 이에 대하여 공자가 "'물이 맑으면 갓끈을 빨고, 물이 흐리면 발을 씻는다.'는 것은 물이 스스로 그렇게 하도록 결정하는 것이다." 라고 친절하게 훈계를 하셨다. 내가 굴원의 예에서 이름을 따와서 지은 이 탁영담에 와서 굴원을 비웃었던 어부처럼 배의 노를 두드리며 바람과 달을 읊조리니, 이곳의 물이 맑아서 갓끈을 씻을 만함이 오히려 기쁘게 생각된다.

8-15 반타석 盤陁石⁴⁷

누런 탁류 도도히 흐르니
    형태 감추었다가,

편안한 물결 느긋하니
    비로소 분명해지네.

黃濁滔滔便隱形

安流帖帖始分明⁴⁸

---

46 고예~탁영(叩枻~濯纓): "叩枻"는 "鼓枻"라고도 하며 "노를 두드리다"의 뜻으로 노래의 장단을 맞춘다는 뜻이다. 역시 위에 인용한 굴원의 「어부사(漁父辭)」에 "어부가 빙그레 웃더니 노를 두드리고 가면서 노래를 불렀다. '창랑의 물이 맑으면 나의 갓끈을 씻을 만할 것이요, 창랑의 물이 흐리면 나의 발을 씻을 만할 것이다.(滄浪之水淸兮, 可以濯我纓, 滄浪之水濁兮, 可以濯我足)'"라는 구절이 나온다. 주자의 「5월 5일 바다에서 비바람을 만나 짓다(伍月伍日, 海上遇風雨作)」에 "속세의 일 사람 얽어 마음 쓰는 일 멀어지니, 갓끈 씻는 일 어째서 꼭 강과 못에서이리.(塵事縈人心事遠, 濯纓何必在江潭)"라는 구절이 있다.

47 송나라 때 나준(羅濬) 등이 지은 『사명지(四明志)』라는 책에 "명주(明州) 창국(昌國) 동해 중보(中補)의 타가산(陀伽山)에 반타석(盤陁石)이 있는데, 평평하고 넓어 백여 명이 설 수 있다. 아래로 큰 바다를 내려다보고 있는데, 바로 부상(扶桑)의 해가 뜨는 곳이다. 촉룡 (爥龍)이 타면 하늘빛이 불꽃을 발하여 오색이 찬란하고 조금 있으면 바퀴 하나가 솟구 쳐 오르는데 그 크기는 이름을 붙일 수 없다."라는 기록이 있다. 반타석은 위가 편편하면 서도 조금 경사가 져서 기울어진 바위라는 뜻.

아리땁도다! 얼마나
　　내달아 부딪히는 가운데서도,
천고에 편편하고 비스듬함
　　기울어지지 않네.

可憐如許奔衝裏

千古盤陀不轉傾

◆⋯홍수가 져서 누렇고 탁한 강물이 도도히 흐를 때면 그 형태를 물
속으로 감추었다가, 물이 다 빠지고 또 맑아져서 편안하게 느껴지는
물결이 느긋하게 흐를 때면 비로소 그 모습을 분명하고도 또렷하게
드러낸다. 그러니 얼마나 아름다운가! 빨리 달리는 물결이 흘러와 마
구 부딪치는 가운데서도 천고에 이 바위의 편편하면서도 비스듬히 기
운 모습 완전히 기울어지지 않음이.

8-16 동취병산 東翠屛山

빽빽한 뭇 봉우리
　　왼쪽의 취병산,
갠 날 남기 이따금 띠고 있네,
　　흰 구름 걸쳐서.

簇簇羣巒左翠屛[49]

晴嵐時帶白雲橫[50]

---

48 안류(安流): 『초사 · 구가 · 상군(湘君)』에 "원수와 상수로 하여금 물결 없게 하여, 장강의
　　물 편안히 흐르게 하였으면.(令沅湘兮無波, 使江水兮安流)"이라는 구절이 있다.
　　첩첩(帖帖): 안온한 모양을 나타내는 의태어.
49 족족(簇簇): 많이 모여 있는 모양을 말한다. 당나라 한유의 「송별석상에서 전자운을 써서
　　(祖席前字)」에 "들판 맑게 개니 산 빽빽하고, 서리 새벽에 내리니 국화 생생하네.(野晴山簇
　　簇, 霜晚菊鮮鮮)"와 같은 예구가 있다.

잠깐 만에 변화하여   斯須變化成飛雨[51]
　날리는 비 되니,

아마도 송나라 이성이 붓 대어   疑是營丘筆下生[52]
　생겨난 것이리.

◆ …도산을 감싸고 있는 빽빽한 뭇 봉우리의 왼쪽에 위치하고 있는 동
취병산은, 갠 날 푸른빛을 띠고 있는 이내의 기운을 띠고 있는데 이따
금씩 흰 구름이 가로 걸쳐 있기도 하다. 그러다가 잠깐 만에 날씨가 갑
자기 변하여 비가 마구 흩날리기도 한다. 그 풍경을 감상하노라면 마

---

50 대백운(帶白雲): 당나라 두보의 「백대형제와 산중의 거처에 있는 집 벽에 적다(題白大兄
　弟山居屋壁)」의 둘째 시에 "들판의 집에는 차가운 물 흐르고, 산의 울타리는 흰 구름 띠고
　있네.(野屋流寒水, 山籬帶白雲)"라는 구절이 있다.

51 사수(斯須): 수유(須臾), 편각(片刻), 곧 매우 짧은 시간을 말한다. 잠깐 동안, 잠시의 의미.
　『예기 · 제의(禮記 · 祭義)』에 "예의와 음악은 잠시라도 몸에서 떼어놓아서는 안 된다.(禮
　樂不可斯須去身)"라는 말이 있다.
　성비우(成飛雨): 주자의 「우연히 짓다(遇題)」 둘째 시에 "다만 구름 갑자기 날리는 비 되
　는 것 볼 뿐, 구름 어느 곳에서 왔는가는 말하지 않네.(只看雲斷成飛雨, 不道雲從底處來)"라
　는 구절이 있다.

52 영구필하생(營丘筆下生): 영구는 송대의 화가 이성(李成)을 말한다. 송나라 소식의 「다시
　화답하다(再和)」에 "호숫가 왔다갔다 하다가 훌륭한 구절 얻었는데, 이제부턴 영구의 그
　림 보지 못하겠네.(竭來湖上得佳句, 從此不看營丘圖)"라는 구절이 있는데, 청나라의 왕문고
　(王文誥)가 조차공(趙次公)의 말을 인용한 주석에서 "이성(李成)은 영구(營丘) 사람이다.
　산수화로 명성을 떨쳤기 때문에 자호를 이영구라 하였다."라 하였고, 정연(程縯)은 북위
　(北魏) 역도원(酈道元)이 지은 지리서인 『수경주(水經注)』를 인용하여 "형산(衡山) 아래에
　는 순임금의 사당이 있고 남쪽에는 축융(祝融)의 무덤이 있는데, 초영왕(楚靈王) 때 산이
　무너지고 그 봉분이 허물어져 '영구구두도(營丘九頭圖)'를 얻었다."라 하였다.

치 송나라 때의 유명한 화가인 영구의 이성이 그려 놓은 빼어난 산수
화를 보는 것 같다.

우뚝우뚝한 뭇 봉우리는   嶷嶷羣峯右翠屛
  오른쪽의 취병산,

중턱에는 절 감추고   中藏蘭若下園亭[53]
  아래로는 동산에 정자 있네.

격조 높이 읊조리며 마주하고 앉기에는   高吟坐對眞宜晩[54]
  저녁이 정말 알맞아,

한 번 뜬구름에   一任浮雲萬古靑[55]
  내맡기니 만고에 푸르러네.

---

53 난야(蘭若): 범어 Āranyaka를 줄여서 쓴 말로 사원이란 말이다. 당나라 두보의 「고승이
신 대각 스님의 사원에서(大覺高僧蘭若)」에 "무산에서는 여산 멀어 보이지 않고, 소나무
숲의 사원에는 저녁에 가을바람 부네.(武山不見廬山遠, 松林蘭若秋風晩)"라는 구절이 있는
데, 청나라의 구조오(仇兆鰲)는 『석씨요람(釋氏要覽)』이라는 책을 인용하여 "아란야는 당
나라 말로 다툼이 없다는 말."이라 하였고, 또 『사분율(四分律)』이란 책을 인용하여 "비
고 맑은 곳."이란 뜻이라 하였다. 또한 주학령(朱鶴齡)은 『『당지(唐志)』에서는 '무종(武宗)
이 즉위하자 부도(浮圖)를 철폐하는 법으로 천하의 4,600개의 사원과 4만개의 사찰 나
란야를 훼철하였다.'고 하였으니 나란야는 절보다는 작은 것이다."라 하였다. 곧 지금의
암자 따위로 생각된다. 첫째 구의 병암은 서취병산의 절벽 중간에 있으며, 두 번째 구절
에서 말한 원정은 곧 농암 이현보가 살던 애일당(愛日堂)을 가리켜 말한 것이다.
54 좌대진의만(坐對眞宜晩): 당나라 두보의 「백제성의 누대(白帝城樓)」에 "푸른 병풍 저녁 때
가 마주하기 알맞고, 흰 골짜기 깊이 노닐며 만나네.(翠屛宜晩對, 白谷會深遊)"라는 구절이
있다. 『고증』에 의하면 "농암 이현보는 이 산을 만대(晩對)라 불렀다."한다.

◆… 도산의 오른쪽에 울쑥불쑥 솟아 있는 뭇 봉우리는 바로 서취병산이다. 이 산의 중턱에는 자그마한 암자 있으나 숲에 가려 보이지 않는다. 그 아래쪽의 동산에는 농암 이현보 선생이 사시던 애일당이 있다. 이 서취병산을 마주 보고 격조 높이 읊조리기에는 저녁 무렵이 실로 적당한 것 같아 뜬구름 두둥실 떠다니도록 그냥 내버려두니 만고에 푸른빛 띠어 정말 아름답구나.

8-18 부용봉 진사 조목의 집이 봉우리 아래에 있다

芙蓉峯[56] 趙上舍士敬家, 在峯下

남쪽으로 구름 낀 봉우리 바라보니 반은 형태 감추고,	南望雲峯半隱形
부용이라 일찍이 사랑스런 이름 드러내었네.	芙蓉曾見足嘉名
주인 또한 산수를 좋아하는 성벽 가지고 있지만,	主人亦有烟霞癖[57]

---

55 좌대~만고청(坐對~萬古靑): 주자의 「적계 호헌 어르신 및 유공보에게 부침(寄籍溪胡丈及劉恭父)」의 둘째 시「옹기 창문 앞으로 푸른빛 병풍 되어, 저녁 되어 마주하니 모습이 조용하시겠네. 뜬구름 한가로이 펼쳐졌다 말렸다 하도록 내맡겨 두시니, 만고에 푸른 산 얼마나 푸르겠는가!(甕牖前頭翠作屛, 晚來相對靜儀刑. 浮雲一任閑舒卷, 萬古靑山只麽靑)」

56 서취병산이 끝나는 곳에 있다.

57 연하벽(烟霞癖): 연하고질이란 말과 같으며, 자연을 매우 좋아하여 병이 들 정도라는 말. 주자의 「산행이란 아름다운 구절의 각운자를 써서 수야 어르신께 드림(次山行佳句呈秀野丈)」이란 시의 첫째 시에 "몸 가벼우니 연하 좋아하는 고질 일어나는 것 같은데, 뜻 알맞으니 봉록과 관위 탐냄 어찌 논하리.(身輕似起煙霞痼, 意適寧論祿位貪)"라는 구절이 있다.

떳집 지으려는 심회   茅棟深懷久未成[58]
    오래도록 이루지 못했네.

◆⋯서취병산이 끝나는 곳인 남쪽 끝자락의 구름 낀 봉우리 바라보니
구름에 가려 반은 보이고 반은 구름 속에 형태를 감추었다. 그 모습 정
말 예뻐 일찍이 '부용'으로 붙인 봉우리 이름이 징말 사랑스럽고 잘 어
울린다. 이곳에 사는 터줏대감인 월천 조목 역시 나 못지않게 산수를
좋아하는 성벽을 갖추고 있지만, 아직 나처럼 떳집 한 채 지으려는 마
음속 깊은 심회를 오래도록 이루지 못하고 있다.

---

58 모동성(茅棟成): 주자의 「무이정사를 여러 수로 읊다 · 정사(武夷精舍雜詠 · 精舍)」에 "하
   루아침에 떳집 이루어지니, 분명코 나의 샘 나의 돌이라네.(一日茅棟成, 居然我泉石)"라는
   구절이 있다.

9-1 몽천 蒙泉

서당의 동쪽에, 샘 있으니 몽천이라네.

무엇으로 체득하리오? 올바름 기르는 공을.

書堂之東, 有泉曰蒙

何以體之, 養正之功[1]

산 아래 샘이 있는 괘상이 몽이니,　　　　　　　　山泉卦爲蒙[2]

그 괘상 내 따른다네.　　　　　　　　　　　　　厥象吳所服

어찌 감히 잊으리오? 시의에 알맞음,　　　　　　豈敢忘時中[3]

더욱이 과단성 있는 행동으로　　　　　　　　　尤當思果育[4]
　　　덕을 기름 생각해야하리.

도산서당의 동쪽에 몽천이라는 샘이 있는데, 이 샘을 잘 살펴보면 올바

1　양정(養正):『주역 · 몽괘(蒙卦)』의 단사(彖辭)에 "교육함으로써 바름을 기르는 것은(蒙以
　養正) 성인의 공덕이다."라는 말이 나오는데, 당나라의 경학자인 공영달(孔穎達)은 이 구
　절에 대해 "몽매하고 침묵하여 말하지 않는 것으로 바른 도를 스스로 양성할 수 있으면
　(自養正道) 곧 지극히 성스러운 공을 이룰 수 있다."라 풀이하였다.
2　산천괘위몽(山泉卦爲蒙):『주역 · 몽괘』의 상사(象辭)에 "산 아래에서 샘물이 나오는 것이
　몽괘이다.(山下出泉, 蒙)"라는 말이 있다.

름을 기르는 공을 체득할 수 있다.

◆ …『주역』의 산수몽(山水蒙)의 괘상은 위에 산(☶)이 있고 아래에 물(☵)
이 있는 형상이다. 지금 도산의 아래에 샘이 있는 것이 그것과 꼭 부합
하여 내가 그 교육과 관련 있는 괘상을 따라서 이곳에서 서당을 열었
다. 또한『주역』에서는 "교육하여 형통함은 때에 맞추어 시행하는 것
이다."라 하였으니 내가 어찌 감히 그 사실을 잊을 수 있겠는가? 하물
며 역시 몽괘의 "군자는 과단성 있는 행동으로 덕을 기른다."한 말을
더욱 신경 써서 생각해야 할 것이다.

9-2 열정 洌井

서당의 남쪽에, 돌 우물 달고 차네.

천년을 안개 속에 가라앉아 있었으니, 이제부턴 덮지 말게나.

書堂之南, 石井甘洌

---

3 시중(時中): 입신과 일을 행함에 시의에 적절해서 지나침과 미치지 못함이 없는 것을 말
  한다.『주역 · 몽괘』의 단사에 "교육하여 형통함은 시행하는 것이니 때에 맞추는 것이
  다.(蒙亨, 以亨行, 時中也)"라는 말이 있다. 이에 대해 공영달은 "몽(蒙)에 거할 사람들은
  모두 형통[亨]하기를 바라지만 형통한 도로 행하여 때에 맞춘다면 중용을 얻음을 이른
  다."라 하였다.『중용』제2장에 "군자가 중용을 함은 군자답게 때에 맞춰 알맞게 하기 때
  문이다.(君子之中庸也, 君子以時中)"라는 말이 나오는데, 역시 공영달은 "기쁨과 성냄이 절
  도를 넘지 않음.(喜怒不過節)"이라 하였다.
4 과육(果育): 과단성 있는 행동으로 고상한 덕을 기르다. 곧 과행육덕(果行育德)을 말하는
  것이다.『주역 · 몽괘』의 상사에 "군자는 과단성 있는 행동으로 덕을 기른다.(君子以果行
  育德)"라는 말이 있다.

千古烟沈, 從今勿幕[5]

돌 사이의 우물 맑고 차가운데,	石間井洌寒[6]
자유자재하니 어찌 내 마음 슬프리?	自在寧心惻[7]
은자 터잡고 살고자 하니,	幽人爲卜居
표주박 하나 실로 알맞네.	一瓢眞相得[8]

서당의 남쪽에 돌 사이로 솟아오르는 우물이 하나 있는데 그 물맛이 달

---

5 물막(勿幕):『주역·물과 바람은 정(水風井)』괘의 상육[(上六: 제일 위의 음효(陰爻)]의 풀이에 "우물물을 길어내니 덮지 마라.(井水勿幕)"라는 말이 있는데, 주자는『주역의 본연의 올바른 뜻(周易本義)』에서 "수는 길어서 취함이다. 막은 가려서 덮는 것이다.(收汲取也, 幕蔽覆也)"라 풀이하였다. 막은 "덮을 멱(羃)"자와도 통하여 쓰인다.

6 정열한(井洌寒):『주역·물과 바람은 정』의 구오(九伍: 아래에서 다섯째 음효)에 "우물이 맑아 차가운 샘물을 먹는다.(井洌, 寒泉食)"라 하였는데, 그 주석[傳]에서 "열은 달고 깨끗함이다. 우물은 차가운 것이 맛있다. 달고 깨끗한 차가운 샘은 사람이 먹을 수 있다.(洌謂甘潔也. 井以寒爲美. 甘潔之寒泉, 可爲人食也)"라 하였다.

7 자재심측(自在心惻):『주역·물과 바람은 정』에 "우물을 깨끗이 쳐놓아도 먹지 않으니 내 마음이 슬프다.(井渫不食, 爲我心惻)"라는 말이 있다. 당나라 두보의「배를 띄우다(放船)」에 "강물 흐름 크게 자유자재하여, 안온하게 앉아서 보니 흥취 아득하게 생겨나네.(江流大自在, 坐穩興悠哉)"라는 구절이 있고, 송나라 소식의「육화사의 충스님이 갑산계에 물가의 헌함을 짓다(六和寺冲師開山溪爲水軒)」에 "맑은 시내 터놓아 마음껏 흐르게 하고자 하여, 차가운 눈얼음으로 하여금 모래톱에 떨어지게 하네.(欲放清溪自在流, 忍敎冰雪落沙洲)"라는 구절이 있다. 주자의「묵장을 다섯 수로 읊음(墨莊伍詠)」의 둘째 시인「열헌(洌軒)」에 "깊고 맑은 것 얼마나 다행인가, 갑자기 마음 슬플 이유 없네.(何幸且淵澄, 無路遶心惻)"라는 구절이 있다.

8 일표(一瓢):『논어·옹야(雍也)』에 공자가 안회(顏回)를 칭찬하여 "한 대밥그릇의 밥과 한 표주박의 마실 물로(一簞食, 一瓢飲) 누추한 골목에 있음을 남들은 그 시름을 이겨내지 못하는데 안회는 그 즐거움을 고치지 않으니, 어질도다, 안회는!"이라 한 말이 있다.

고도 차다. 이제까지 천년을 안개 낀 속 남모르는 곳에 가라앉아 있었으니, 내가 서당을 연 지금부터는 아무도 이 우물을 덮지 말게 하겠다.

◈ … 돌 사이로 솟아나는 우물물이 맑고 차가운데 자연의 모습을 그대로 간직하고 있으니 내 마음이 하나도 슬프지 않다. 나 같은 은자가 이 우물의 곁에 터를 잡고 살고자 하니 그저 공자의 제자인 안회가 그랬던 것처럼 한 대밥그릇의 밥이나 먹고 목을 축일 만한 표주박이나 하나 갖다 놓으면 실로 그 모습과 잘 어울리겠다.

9-3 뜰의 풀 庭草
한가로운 뜰의 가는 풀, 조화로 돋고 돋네.
보기만 해도 도 있어, 그 뜻 이와 같네.
閒庭細草, 造化生生[9]
日擊道存, 意思如馨[10]

뜰 앞의 풀 생각 매한가지니,   庭草思一般[11]
누가 그 미묘한 뜻과 일치할 수 있을까?   誰能契微旨
그림과 글 하늘의 비밀 그 드러내고 있으니,   圖書露天機[12]
다만 마음 가라앉혀 추구할 뿐일세.   只在潛心耳

---

9 한정~생생(閒庭~生生):『두 정자가 남긴 글(二程遺書)』권 3에 "주돈이(周敦頤)는 창 앞의 풀을 뽑아 없애지 않았다. 그 까닭을 물었더니 이르기를 '나의 의사와 같기 때문이다.'라 하였다."는 말이 나온다. 창밖에 난 잡초 하나도 모두 다 천지의 조화로 남을 말한 것이다.

한가로운 정원에 돋아난 가는 풀은 모두 천지의 조화에 힘입어서 돋고 또 돋는다. 가만히 쳐다보기만 해도 그 가운데 도가 깃들어 있으니 그 뜻이 바로 이와 같구나.

◆…뜰 앞에 난 하찮아 보이는 풀도 생각은 다른 중요한 사물들과 매한가지이니 누가 여기에 서려 있는 미묘한 뜻과 일치할 수 있을까? 창 앞에 돋아난 풀을 뽑지 않았던 염계 주돈이가 지은 태극의 이치를 그린 그림과 설명은 하늘의 비밀을 드러내고 있다. 다만 마음을 차분히

---

10 목격도존(目擊道存):『장자 · 전자방(田子方)』에 "온백설자(溫伯雪子)가 [제(齊)나라로 가다가] 노(魯)나라에 머물렀을 때 공자가 그를 만나보았으나 아무 말도 하지 않았다. 이에 자로가 물었다. '선생님께선 오래도록 온백설자를 만나고 싶어하셨는데 정작 만나서는 아무 말씀도 하지 않으시니 어째서인지요?' 공자가 대답하였다. '그와 같은 분은 얼핏 보기만 하여도 도를 갖추고 있음을 알 수가 있으니(目擊而道存) 더 이상 말을 할 필요가 없는 것이다.'"라는 말이 나온다.

남조 양 구지(丘遲)의「현자를 생각함(思賢賦)」에 "눈으로 보기만 해도 도 있고, 지극한 맛은 물과 같네.(目擊而道存, 至味其如水)"라는 구절이 있다.

여형(如馨): 중국 위진(魏晉)대의 구어(속어)로 "이와 같이", "이렇게(如此)"의 뜻이다. 영형(寧馨), 이형(爾馨)이라고도 한다. 남조 송 유의경(劉義慶)의『세상의 새로운 유행어 · 바르고 정확함(世說新語 · 方正)』에서 나온 말이다.

11 정초사일반(庭草思一般): 위의 주석 9 참조. 주자의「성리를 읊음 · 즐거움(性理吟樂)」에 "이 오묘한 뜻 날짐승 서로 마주하여 지저귀는 것과 상관이 있으며, 주렴계 선생이 노래한 뜰의 풀도 마찬가지로 봄을 맞았네 하는 뜻도 또한 이와 같다.(此意相關禽對語, 濂溪庭草一般春)"라는 구절이 있다.

12 도서로천기(圖書露天機): 도서는 태극도의 해설을 말한다. 주자의「받들어 임용중(林用中)의 시 네 수에 답함. 뜻이 닿는 대로 곧장 썼지만 같은 운자를 쓰지는 못하다(奉答擇之四詩. 意到卽書不及次韻)」에 "성인의 문하에서 큰 학문 전한 것 크게 감사하니, 직접 곱자로 재어 하늘의 기밀 드러내네.(多謝聖門傳大學, 直將 矩露天機)"라는 구절이 있다.

가라앉히고 그 미묘한 이치를 추구할 뿐이다.

9-4 시내의 버들 澗柳

시냇가의 수양버들, 반짝반짝하는 풍도.

도연명과 소강절이 감상하고 좋아하여, 나의 먼 추모 일으키네.

澗邊垂柳, 濯濯風度[13]

陶邵賞好, 起我遐慕[14]

---

13 탁탁풍도(濯濯風度): "탁탁"은 빛나는 모양을 형용한 의태어. 송나라 소식의 「아우 자유의 유호에서 사물을 느끼다라는 시의 각운자를 써서 짓다(次韻子由柳湖感物)」에 "아름다운 자태는 반짝반짝 빛나는 봄과 함께 사랑스러운데, 어찌 빈 배로 뱀 똬리 튼 것 다스리는가 묻네.(嬌姿共愛春濯濯, 豈問空腹修蛇蟠)"라는 구절이 있다. 『진(晉)나라의 전기 · 왕공(王恭)의 전기』에 "왕공은 용모가 아름다워서 사람들은 거의가 다 그를 좋아하였는데 어쩌다 그를 보기라도 할라치면 '반짝반짝 빛나기가 봄달의 버들 같다.(濯濯如春月柳)'고 하였다."라는 말이 있다.

14 도소상호(陶邵賞好): 도는 진(晉)나라의 도연명(陶淵明)을, 소는 송(宋)나라의 소옹(邵雍)을 말한다.

도연명은 버드나무를 좋아하여 「오류선생의 전기(五柳先生傳)」를 지어 "선생이 어느 곳 사람인지 몰랐으며 또한 이름이며 자호도 분명치 않았는데, 집 주위에 버드나무 다섯 그루가 있어서 이것으로 그 호를 삼았다.(先生不知何許人也, 亦不詳其姓字, 宅邊有五柳樹, 因以爲號焉)"라 하였다.

소옹도 버드나무를 좋아하여 「처음과 끝을 같은 구절로 읊음(首尾吟)」"오동나무는 달 향하고 있어 속을 비추이고, 수양버들은 바람 얼굴로 불어오네.(梧桐月向懷中照, 楊柳風來面上吹)"라 읊었고, 또 「달이 오동나무에 이름을 읊음(月到梧上吟)」에서도 "달은 오동나무 위로 이르고, 바람은 수양버들 가로 불어오네. 뜰 깊은데 사람 다시 고요하니, 이 풍경 누구에게 말할까.(月到梧桐上, 風來楊柳邊. 院深人復靜, 此景共誰言)?"라 하였다. 소옹은 이외에도 「드리운 버들(垂柳)」, 「드리운 버들을 길게 읊음(垂柳長吟)」 등과 같은 시를 지었다.

봄의 조화 끝이 없음은,　　　　　　　　　無窮造化春[15]

절로 풍류 넘치는 나무에 있네.　　　　　自是風流樹[16]

천년 사이 정절과 강절 두 늙은이,　　　千載兩節翁[17]

길게 읊조리며 흥 몇 번이나 기탁하였던가?　長吟幾興寓

시냇가에 심겨진 수양버들은 용모가 수려하여 잎사귀에서 반짝반짝 윤이 난다. 진나라의 도연명과 송나라의 소옹이 이 버드나무를 즐겨 감상하고 좋아하였다. 버드나무를 응시하고 있자니 아득히 먼 옛날까지 거슬러 올라가 그들을 추모하게 된다.

◆… 봄의 조화가 무궁무진하여 끝이 없음은 바로 풍류가 철철 넘쳐 흐르는 이 버드나무에 있다. 천년 사이에 진나라의 정절(靖節) 선생 도연명과 송나라의 강절(康節) 선생 소옹 같은 두 늙은이는 버드나무를 몹

---

15 무궁조화(無窮造化): 주자의 「유언집이 창포를 주어 고마워 부침(寄謝劉彦集菖蒲之貺)」의 둘째 시에 "그 속에는 한가로운 조화 끝이 없으니, 헤어진 이래 공평이 구별함 누구와 함께할까?(箇裏無窮閑造化, 別來誰與共平章)"라는 구절이 있다.

16 풍류수(風流樹):『남사 · 장서(南史 · 張緖)의 전기』에 "유전(劉悛)이 익주(益州)자사가 되어 촉(蜀)지방의 버들 여러 그루를 바쳤는데, 줄기가 매우 길어 그 모양이 마치 실 같았다. 그때 옛 궁전 방림원(芳林苑)이 비로소 완성되었는데 무제(武帝)가 태창(太昌)의 영화전(靈和殿) 앞에 심어두고는 항상 감상을 하면서 탄식하여 말했다. '이 수양버들의 풍류는 사랑스러운 것이(此楊柳風流可愛) 장서가 있던 그때와 비슷하다.'"라 하였다는 기록이 있다.

17 양절옹(兩節翁): 도연명과 소옹을 말한다. 도연명은 시호가 정절(靖節)이고, 소옹은 시호가 강절(康節)이기 때문에 이렇게 말하였다.

시 좋아하였다. 그래서 몇 번이나 길게 읊조리며 흥을 기탁했었던가?

9-5 채마밭 菜圃

절우사 남쪽의, 자투리 땅에 채마밭 일구었네.

휘장 내리니 여가 많아, 독 끌어안고 얼마나 고생하였던가?

節友社南, 隙地爲圃[18]

下帷多暇, 抱甕何苦[19]

작은 채마밭 구름 사이에 고요하고,   小圃雲間靜

---

18 극지(隙地): 개간을 하지 않은 자투리땅을 말한다. 『좌전 · 애공(哀公) 12년』에 "송나라와
   정나라 사이에 어디에도 속하지 않은 자투리땅이 있었다.(宋鄭之間有隙地焉)"라는 말이
   나오는데, 진(晉)나라 두예(杜預)는 "극지는 노는 밭이다.(隙地, 閒田)"라 하였으며, 양백
   준(楊伯峻)은 "개간을 할 수 있는데도 개간을 하지 않은 밭.(可墾而未墾之田)"을 말한다고
   하였다.

19 하유~하고(下帷~何苦): 『사기 · 선비들의 전기(儒林列傳)』에 "동중서(董仲舒)는 광천(廣
   川) 사람으로 『춘추』에 통달하여 효경제(孝景帝) 때 박사가 되었다. 휘장을 드리우고 그
   안에서 강독하여(下帷講誦) 제자들이 오래된 순서대로 전하니 혹자는 그의 얼굴도 보지
   못하였다. 대체로 3년 동안이나 동중서는 집의 정원을 구경하지 않았으니 그 정진함이
   이러했다."라는 말이 있다.
   『장자 · 천지(天地)』에 "자공이 남으로 초나라를 유람하고 진(晉)나라로 돌아오는 길에
   한수 남쪽[漢陰]을 지나다가 한 노인이 마침 밭일을 하고 있는 것을 보았다. 구멍을 뚫고
   우물에 들어가 독을 안고 물을 퍼 담아 나가서 밭에 물을 주고 있었다.(抱甕而出灌) 애를
   써서 수고가 많았는데, 그 효과는 아주 적었다."라는 말이 있다.
   주자의 「외사촌인 구자야의 교외에 있는 동산 · 채소밭(丘子野表兄郊園 · 菜圃)」에 "휘장
   내리니 실로 이미 고생 많아, 이따금 경서 끼고 호미질하네.(下帷良已苦, 時作帶經鋤)"라는
   구절이 있다.

좋은 채소는 비온 뒤라 붙었네.　　　　嘉蔬雨後滋[20]

흥취 이루어지니 스스로 만족하고 보니,　趣成眞自得[21]

공부 좀 빗나가긴 하였으나 전적으로　學誤未全癡[22]

　　어리석은 짓은 아니라네.

절우사의 남쪽에 밭을 일구어도 될 만한데도 버려진 땅이 있어서 조그마
한 텃밭을 하나 일구었다. 벼슬을 그만두고 휘장을 내리고 공부를 하자
니 남는 시간이 많다. 물독을 하나 끌어안고 한음의 노인처럼 고생을 하
여 가면서도, 취미로 즐겁게 농사일을 하고 있었다.

◆…작은 텃밭은 산의 높은 곳에 있어서 구름 사이에서 고요하게 느껴

---

20 가소(嘉蔬): 원래는 벼를 가리키는 말이다. 『예기·곡진한 예절(曲禮) 하』에 "무릇 종묘에
　제사를 지낼 때의 예법은 …… 조는 명자(明粢)라 하고, 벼는 가소(嘉蔬)라 한다."는 말이
　나오는데, 여기서는 그냥 맛이 좋은 채소라는 뜻으로 쓰인 것 같다.

21 취성(趣成): 진나라 도연명의 「돌아가자꾸나(歸去來辭)」에 "날로 동산 가로지르니 흥취
　생기고, 문은 달아 놓았어도 늘 닫혀 있네.(園日涉而成趣, 門雖設而常關)"라는 구절이 있고,
　주자의 「가을 회포(秋懷)」 제2수에 "가만히 거처하자니 흥 바야흐로 담담해지고, 묵묵히
　있자니 흥취 절로 이루어지네.(端居興方澹, 沉默自成趣)"라는 구절이 있다.

22 학오(學誤): 『논어·자로(子路)』에 "번지(樊遲)가 농사짓는 일에 대해 배우기를 청하자 공
　자께서는 '나는 늙은 농부만 못하다.'라 하셨고, 채마밭 일구는 법을 배울 것을 청하니
　'나는 늙은 채마지기만 못하다.'라 하셨다. …… '위에서 예를 좋아하면 백성들이 감히
　공경하지 않음이 없고, 위에서 의를 좋아하면 백성들이 감히 복종하지 않는 이가 없으
　며, 위에서 믿음을 좋아하면 백성들이 실정대로 하지 않는 이가 없을 것이다. 대체로 이
　렇게만 한다면 사방의 백성들이 자식을 포대기에 업고 올 것인데 농사짓는 일 따위를 어
　디다 쓴단 말인가!'"라는 말이 있다.

진다. 때마침 텃밭에 일구어 놓은 먹음직스런 좋은 채소들이 비온 뒤라 여기저기서 많이 불어났다. 이 일로 공부하다가 남는 시간에 농사짓고 하는 흥취를 비로소 이루고 나니 실로 스스로 만족스럽다. 공부하는 몸으로 이렇게 농사를 짓는 일은 번지가 공자에게 물었을 때 공자께서 대답하신 것과 같다. 선비가 주업으로 삼을 만한 것은 못 되지만, 이러한 일을 취미로 삼는 것이 전적으로 어리석은 짓은 아닌 것 같다.

9-6 꽃 섬돌 花砌

서당 뒤꼍의 여러 꽃, 울긋불긋 섞여 심겼고,
하늘과 땅 정화로우니, 아름다운 구경거리 아닌 것 없네.

堂後衆花, 雜植爛爛
天地精英, 莫非佳玩[23]

굽이진 섬돌에 사람 흔적 없고,	曲砌無人跡
그윽한 향기 빼어난 자태에서 풍기네.	幽香發秀姿
한낮에 읊조리는 곳 바람 가볍고,	風輕吾吟處[24]
새벽에 구경하니 이슬 무겁네.	露重曉看時[25]

---

23 천지정영(天地精英): 정영은 정화(精華)와 같은 뜻. 송나라 유극장(劉克莊)의 「벼루를 얻다(獲硯)」에 "두 벼루 따뜻하기가 옥을 쪼아 만든 것 같으니, 하늘과 땅에 실로 정화 있음 알았네.(二硯溫如玉啄成, 信知天地有精英)"라는 구절이 있다.
가완(佳玩): 주자의 「무이정사를 가보고 짓다(行視武夷精舍作)」에 "왼쪽 오른쪽으로 기이한 봉우리 삐죽이 솟아 있는데, 주춤주춤 매우 아름다운 감상하네.(左右矗奇峯, 蹲蹲極佳玩)"라는 구절이 있다.

서당 뒤꼍에는 여러 종류의 꽃들이 울긋불긋 한데 섞여 심겨 있다. 하늘과 땅이 이 꽃들 때문에 정화롭게만 느껴지니 실로 아무리 둘러봐도 아름다운 구경거리가 아닌 것이 없다.

◈…굽이진 섬돌에는 사람 다니지 않아 발자취 흔적조차 보이지 않고, 그곳에 핀 꽃만이 그윽하고 깊은 향기를 풍겨 빼어난 자태를 펼쳐 보이고 있다. 마침 바람 가벼운 한낮에 꽃을 읊던 그곳을 새벽이 되어 다시 나가 보았을 때는 이슬이 무겁게 꽃 위에 내리고 있었다.

9-7 서쪽 기슭 西麓

서쪽 산기슭 또렷하여, 띳집 지을 만하네.

마음에 두고 닦으며, 구름 놀과 사귀네.

悄蒨西麓, 堪結其茅[26]

---

24 풍경오음처(風輕吾吟處): 정호(程顥)의 「우연히 짓다(偶成)」에 "구름 엷고 바람 가벼우니 한낮에 가깝고, 꽃 바라보며 버들따라 앞의 내 지나네.(雲淡風輕近吾天, 望花隨柳過前天)"라는 구절이 있다.

25 노중효간시(露重曉看時): 송나라 소옹(邵雍)의 「숲 아래서 관천의 일을 읊다(林下局事吟)」에 "한 가지 일은 새벽을 틈타 이슬 맞으며 꽃구경하는 것이고, 한 가지 일은 저녁 맞이하여 바람 쐬며 버드나무 살펴보는 것이라네.(一事承曉露看花, 一事迎晚風觀柳)"라는 구절이 있고, 또 주자의 「또 유온(劉韞)에게 화답하다(又和秀野)」 제1수에 "밤새 근심스럽고 음울하더니 바람 부드럽게 되어, 새벽에 꽃가지 보니 이슬 영롱하고 짙네.(愁陰一夜輕和風, 曉看花枝露彩濃)"라는 구절이 있다.

남조 송 포조(鮑照)의 「상서랑이신 사장삼 어르신께 드리는 연구(與謝尙書莊三連句)」에 "바람 가벼우니 복숭아꽃 피려 하고, 이슬 무거우니 난초가 이기지 못하네.(風輕桃欲開, 露重蘭未勝)"라는 구절이 있다.

以藏以修, 雲霞之交[27]

정사 서쪽에 푸른 산기슭 가로지르니,　　　　　　舍西橫翠麓[28]

산뜻하고 깨끗하여 은거하며　　　　　　　　　　蕭灑可幽貞[29]

　　마음 곧게 할 만하네.

구중과 양중 어찌 여기에 없으리오?　　　　　　二仲豈無有

내가 장후 아님 부끄럽네.　　　　　　　　　　　愧余非蔣卿[30]

26　초천(悄蒨): "峭蒨"이라고도 하며 초목이 선명한 모양을 가리킨다. 진나라 좌사(左思)의
　　「은사를 부름(招隱士)」 둘째 시에 "또렷하고 빽빽한 사이에서, 대나무와 잣나무 그 참모
　　습을 얻었네.(悄蒨青葱間, 竹栢得其眞)"라는 구절이 있는데, 『문선』에 주석을 단 당나라의
　　여연제(呂延濟)는 "초천과 청총은 무성하고 아름다운 모양"이라 하였고, 이선(李善)은
　　"선명한 모양"이라 하였다. 주자의 「북산기행(北山紀行)」 시에 "산 문 길 구불구불한데,
　　긴 대나무는 또렷하게 늘어서 있네.(逶迤山門路, 悄蒨脩篁列)"라는 구절이 있다.

27　이장이수(以藏以修): 『예기 · 학기(學記)』편에 "군자는 학문에 대하여 (문제되는 곳을) 항상
　　이것을 염두에 두고, 이것을 닦으며, 이것을 가지고서 쉬고, 이것을 가지고서 놀 것이니
　　라.(藏焉修焉息焉遊焉)"라는 말이 있다.
　　운하지교(雲霞之交): 『남사 · 사담(謝澹)의 전기』에 "사담은 방일하여 예에 매이지 않았으
　　며, 세속의 일은 영위하지 않았고 순양(順陽)의 범태(范泰)와 구름과 놀 같은 교유(雲霞之
　　交)를 맺었다."는 말이 있다. 당나라 장열(張說)의 「산수의 연회에서 모시다가 농자를 얻
　　어 짓다(侍宴灃水賦得濃字)」에 "구름과 놀 저녁 경치와 사귀고, 풀과 나무는 봄풍경 좋아
　　하네.(雲霞交暮色, 草樹喜春容)"라는 구절이 있다.

28　횡취록(橫翠麓): 송나라 소식의 「대진사(大秦寺)」에 "반짝반짝 평평한 내 다하고, 울퉁불
　　퉁 푸른 기슭 가로지르네.(晃蕩平川盡, 坡陀翠麓橫)"라는 구절이 있다.

29　소쇄(蕭灑): 맑고 고고하게 세속을 벗어나는 것이다. 상쾌함, 산뜻하고 깨끗함. 자태가 자
　　연스러움 등의 뜻이 있다.

서쪽의 산기슭에 있는 초목이 빽빽하고도 또렷하여 소박한 띳집을 지어
서 거처할 만하다. 띳집을 지어 그곳에 거처하면서 공부하다가 문제가
되는 곳이 있으면 항상 그것을 염두에 두고, 또 그것을 연구하다가 한 번
씩 밖으로 나가 구름이나 놀과 사귀면서 쉬고자 한다.

◆ … 서당의 서쪽으로 푸른 초목이 우거진 야트막한 낮은 산기슭이 가
로질러 간다. 산뜻하고 깨끗한 것이 세속을 벗어난 기운이 있어 『주
역』에서 말한, 은거하며 마음을 곧게 할 만한 곳인 것 같다. 이곳에 구
중과 양중 같은 훌륭한 은자가 없을 리는 없겠지만 오히려 내게 그들
을 사귈 만한 서한 때의 장후 같은 덕행이 없음이 공연히 부끄럽게만
느껴진다.

---

30 이중~장경(二仲~蔣卿): 이중은 구중(裘仲)과 양중(羊仲)을, 장경은 장후(蔣詡)를 말한다.
장후의 자가 원경(元卿)이기 때문에 이렇게 말한 것이다. 서한(西漢) 말기에 왕망(王莽)이
세도를 잡고 있을 때 연주자사(兗州刺史)로 있던 장후(蔣詡)가 벼슬을 사직하고 고향으
로 돌아가서 은거하면서 정원에 소나무를 심은 길(松徑), 국화를 심은 길(菊徑), 대나무를
심은 길(竹徑)을 만들어 놓고 은거하였다는 고사를 말한다. 남조 진(晉)나라 조기(趙岐)
의 『삼보결록(三輔決錄)』에 나오며 상세한 것은 위 1번 시의 주 4를 보라. 진나라 도연명
의 「자식은 엄 등에게 주는 글(與子儼等疏)」에 "다만 이웃에 구중 양중 같은 이 없고 집에
노래자의 처 같은 사람 없음이 한스럽구나.(但恨隣靡二仲, 室無萊婦)"라는 구절이 있고, 송
나라 소식의 「아들 과가 해박에서 책과 술을 얻어 힘써 부쳐주어 …… 아울러 여러 아들
과 조카들에게 부치노라(過於海舶, 得邁寄酒書……幷寄諸子姪)」에 "집안에 순숙(荀叔)의 자
(慈)자를 자로 쓴 여덟 아들 같은 아이 있는 셈이니, 이웃에 구중 양중 없음 한스럽지 않
네.(庶幾門戶有八慈, 不恨居隣無二仲)"라는 구절이 있다.

9-8 남쪽 물가 南汧[31]

바위는 쭉쭉, 그늘은 짙기만 하네.

강가는, 시원하고 서늘하네.

石之揭揭, 樾之陰陰[32]

于江之汧, 納凉蕭森[33]

기이한 돌 산 입구에 있고,	異石當山口
그 곁으로는 시내 강으로 흘러드네.	傍邊澗入江
내 이따금 와서 몸 씻으니,	我時來盥濯
맑은 그늘 흥취 겨루기 힘드네.	淸樾興難雙[34]

남쪽 물가에 있는 바위는 하늘로 쭉쭉 높이 뻗어 있고 나무가 울창하여 그늘은 짙기만 하다. 그래서 강의 남쪽 물가는 시원하고 서늘하기가 비

---

31 반(汧): 물가, 곧 수애[(水涯, 또는 애(厓)]의 뜻. 반(畔)과도 통하여 쓴다.

32 게게(揭揭): 높고 긴 모양, 흔들리어 불안정한 모양, 빠르게 질주하는 모양이라는 뜻이 있는데, 여기서는 첫 번째의 의미로 쓰였다. 『시경·위(衛)나라의 민요·크신 님(碩人)』에 "갈대는 쭉쭉, 여러 강씨들은 치렁치렁.(葭菼揭揭, 庶姜孼孼)"이라는 구절이 있는데, 모씨(毛氏)는 "게게는 긴 것이다.(揭揭, 長也)"라 풀이하였다.

33 납량소삼(納凉蕭森): 송나라 구양수의 「죽간정(竹間亭)」에 "높은 정자에 첫 해 비치니, 대나무 그림자 시원하고 서늘하네.(高亭照初日, 竹影凉蕭森)"라는 구절이 있다.

34 청월(淸樾): "월"은 원래 우거진 나무가지 아래의 빈 곳, 곧 나무 그늘을 말한다. 『회남자·인간(人間)』에 "무왕이 나무 아래에다 더위 먹은 사람에게 나무 그늘을 만들어 주었다.(武王蔭暍人於樾下)"라는 말이 있는데, 한나라 고유(高誘)는 주석 "그늘 아래는 많은 나무의 빈 곳이다.(樾下, 衆樹之虛也)"라 하였다.

할 데가 없다.

◆ … 기이하게 생긴 바위들은 도산서당으로 들어가는 입구에 웅장하게 버텨 섰고, 그 곁으로는 산에서 나온 조그마한 시내가 낙동강으로 졸졸 흘러들고 있다. 공부를 하다가 지치면 이따금씩 이곳으로 와서 냇물로 세수를 하며 쉬기도 하는데, 이곳의 우거진 나무의 맑은 그늘은 어디에서도 겨룰 만한 것이 없을 것 같다.

9-9 취미산 翠微[35]

취미산 취미산, 서당의 동쪽에 있네.
9월 9일 고사가, 내 마음 감개하게 하네.

翠微翠微, 書堂之東
九日故事, 感慨余衷[36]

---

35 취미(翠微): 공자가 지었다는 설이 있는 중국에서 가장 오래된 글자 사전인 『이아(爾雅)』에 의하면 "(산이) 정상까지 미치지 못한 것"을 말한다 하였다. 곧 산비탈의 곁에 있는 곳을 말한다. 일설에 의하면 산 기운이 푸른 옥색을 띠고 있기 때문에 그렇게 부르기도 한다. 원래 "취미"라는 말은 "푸른 기운이 희미하게 감도는 것"이라는 뜻인데, 산 중턱에 오르면 이러한 기운이 감돌기 때문에 "산 중턱"을 이렇게도 표현한다.

36 구일고사(九日故事): 중국에는 옛날에 관직 등으로 타향살이를 할 때 9월 9일 중양절이 되면 높은 곳에 올라 고향 쪽을 바라보며 술을 마시는 습속이 있었는데, 이것을 말한다. 당나라 두목(杜牧)의 「9월 9일 중양절 날 제안에서 높은 곳에 오르다(九日齊安登高)」에 "강에 가을 그림자 담겨 있고 기러기 처음 나는데, 손님 더불어 술병 지니고 푸른 산에 오르네.(江涵秋影雁初飛, 與客攜壺上翠微)"라는 구절이 있다.

동쪽 언덕으로 취미산 오르는데,	東隴上翠微
9월 9일이라 병술 지녔다네.	九日攜壺酒[37]
오히려 내가 더 낫네 도연명에 비하여,	却勝陶淵明
국화 부질없이 손에 가득한 것보다.	菊花空滿手[38]

산중턱에 푸른 기운이 희미하게 감도는 취미산은 도산서당의 동쪽에 위치하고 있다. 두목이 술병을 지니고 산 중턱이 푸른 산에 올랐다는 고사가 생각나서 정말 내 마음을 감개무량하게 한다.

◈···동쪽 언덕으로 산중턱에 푸른 기운이 희미하게 감도는 취미산에 오른다. 마침 9월 9일 중양절을 맞아 내 지금은 비록 타향살이 하는 몸은 아니지만 옛날에 이날만 되면 술병을 지니고 높은 곳에 올라가 고향을 바라보며 술을 마시는 중국의 풍습이 생각나서 손에는 병술을

---

37 동롱~휴호주(東隴~攜壺酒): 『문집』권 20「황준량에게 답함(答黃仲擧)」을 보면 "집을 지으려는 곳에 조그만 봉우리가 있어 올라가 멀리 바라볼 수가 있다. 벽오노인[황준량의 장인인 이문량(李文樑)의 호]과 함께 그 위에 올라 바람을 쏘이고 그 봉우리를 이름하기를 취미라 하였으니, 두목의 시에서 말을 딴 것이다."라 밝힌 부분이 있다.

38 도연명~만수(陶淵明~滿手): 『송서 · 도잠의 전기(宋書 · 陶潛傳)』에 "일찍이 9월 9일에 술이 떨어지자 집 곁의 국화 무더기 속으로 가서 오래도록 앉아 있었다. 왕홍(王弘)이 술을 보내오자 즉시 마시고는 취해서 돌아갔다."라는 말이 있다. 당나라 왕유(王維)의「우연히 짓다(偶然作)」제4수에 "도잠 천진함에 맡겨, 그 성격 자못 술을 좋아했네. 벼슬 버리고 온 이래, 집 가난하여 가질 수 없었네. 9월 9일 중양절 때, 국화만 부질없이 손에 가득하다네.(陶潛任天眞, 其性頗眈酒. 自從棄官來, 家貧不能有. 九月九日時, 菊花空滿手)"라는 구절이 있다. 도잠이 국화주를 좋아하였기 때문에 이렇게 말한 것이다.

지니고 올라 본다. 겨우 작은 병술 하나를 지니고 산을 오르자니 좀 그
렇고 그런 생각이 들기는 한다. 그래도 중양절을 맞이하여 술이 다 떨
어져 하릴없이 국화 무더기에 누워 한 손 가득 국화 다발만 꺾어 쥐고
있던 도연명보다는 훨씬 낫게 느껴진다.

9-10 요랑산 寥朗[39]

요랑산 요랑산, 정사의 서쪽에 있네.

올려보고 내려보아도, 그 누가 끝 알겠는가?

寥朗寥朗, 精舍之西

仰眺俯瞰, 孰知其倪

서쪽 언덕으로 요랑산에 올라,   西隴上寥朗

고개 들고 안개 낀 놀 바라보네.   矯首望烟霞

어찌하면 팔방의 끝까지 뛰어넘어,   安得陵八表[40]

---

39 요랑(寥朗): 넓고 밝음. 진(晉)나라 손작(孫綽)의 「천태산에 노닐다(遊天台山賦)」에 "마음
   과 눈 넓고 밝음에 거리낌 없고, 느린 걸음 조용하게 맡겨두네.(恣心目之寥朗, 任緩步之從
   容)"라는 구절이 있는데, 당나라 이선(李善)은 "요랑은 마음이 비고 눈이 밝은 것이다"라
   하였다. 퇴계는 일찍이 소백산의 적성산[赤城山: 또는 천태산(天台山)이라고도 함]의 이름을
   바로 「유천태산부」에서 취한 적이 있으므로 이곳 도산 서쪽의 산도 여기에서 이름을 취
   하였을 가능성이 크다.

40 교수~팔표(矯首~八表): 당나라 두보의 「또 뒷동산의 산허리에 올라(又上後園山脚)」에
   "가을 다했을 때 일관암에 서서, 고개 들고 팔방의 끝까지 바라보네.(窮秋立日觀, 矯首望八
   荒)"라는 구절이 있다. 팔표는 눈이 다하는 곳이며 두보시의 팔황(八荒)도 같은 뜻이다.

날개 달린 신선의 집 찾을 수 있을까? 仍尋羽人家[41]

진나라의 문인 손작이 지은 「천태산부」에서 이름을 따온 요랑산은 농운
정사의 서쪽에 있다. 산이 끊어질 듯 말 듯 구불구불 이어져 있으니 고개
를 들어 쳐다보기도 하고 또 고개를 숙여 내려다보기도 하지만 그 누가
과연 이 요랑산이 끝나는 지점을 알겠는가?

◆…농운정사의 서쪽으로 난 언덕길로 그곳에 있는 요랑산에 올라 고
개를 들어 시작점과 끝나는 곳을 알 수가 없는 산을 고개를 들고 바라
보나 그저 안개 낀 노을만 아득히 보일 뿐이다. 그리하여 이곳에 가만
히 서서 어떡하면 팔방의 시선이 닿는 극점을 훌쩍 뛰어넘어 과연 우
화등선하여 하늘을 마음껏 날아다니는 신선의 집을 찾을 수 있을까
생각해 본다.

9-11 낚시터 釣磯

강 바라보는 이끼 낀 바위에, 한 줄기 낚싯줄 바람에 날리네.

미끼 탐내면 걸려들고, 이욕 탐내면 다투게 된다네.

臨江苔石, 一絲颻風

貪餌則懸, 冒利則訌[42]

---

41 우인(羽人): 날개가 돋아 승천한 신선[飛仙]을 말한다. 이백의 「구자산의 이름을 구화산
으로 고치고 몇 구절씩 이어서 짓다(改九子山爲九華山聯句)」에 "옥 같은 나무는 파란 빛 내
는데, 날아다니는 신선의 집 아득하기만 하네.(青熒玉樹色, 縹緲羽人家)"라는 구절이 있다.

저녁 되도록 낚싯줄 흔들흔들하는데,　　　　　　弄晚竿仍褻[43]

자주 오니 돌 또한 따뜻하다네.　　　　　　　　來多石亦溫[44]

물고기 푸른 버들실에 꿰자니,　　　　　　　　魚穿靑柳線[45]

도롱이는 푸른 연기 기운 띠고 있네.　　　　　　蓑帶綠烟痕

강을 굽어보고 있는 이끼 낀 바위 위에서 낚시 드리우고 있자니 한 줄기

FOOTNOTES

42　탐이~즉훙(貪餌~則訌):『공총자 · 높은 뜻(抗志)』에 다음과 같은 고사가 있다. "자사(子思)가 위(衛)나라에 거처할 때 위나라 사람이 황하에서 낚시를 하다가 환어(鰥魚)를 잡았는데, 그 크기가 수레에 꽉 찰 정도였다. 자사가 묻기를 '환어는 고기 가운데서도 잡기가 가장 어려운 것인데 그대는 도대체 그것을 어떻게 잡았소?'라 하였다. 대답. '내가 처음에는 편어[魴魚]를 미끼로 낚시를 드리웠더니 환어는 지나다니면서도 거들떠보지 않았습니다. 다시 돼지 반 마리를 미끼로 하였더니 물더군요.' 자사가 탄식하며 말했다. '환어는 잡기가 어렵지만 탐을 내다가 미끼를 물어 죽고, 선비는 도를 마음에 품지만 탐을 내다가 벼슬 때문에 죽는구나!'"

43　농만간잉뇨(弄晩竿仍褻): "褻"는 "嫋"라고도 하며 흔들흔들 움직이는 것[搖曳]을 말한다. 주자의「유자징이 멀리 양 갖옷을 부쳐주고 또 어짊을 품다, 의로움을 돕는다라는 말을 하므로 장난삼아 절구 두 수를 지어서 감사를 표하고 천 리에 띄워 한 번 웃노라(劉子澄遠寄羊裘, 且有懷仁輔義之語, 戱成兩絶爲謝以發千里一笑)"에 "짧은 노 긴 도롱이로 아홉 구비 여울에서, 저녁 되어 한가로이 낚싯대 던지네.(短棹長蓑九曲灘, 晩來閑弄釣魚竿)"라는 구절이 있다.

44　석역온(石亦溫): 송나라 소식의「6년 정월 20일 다시 동문을 나서 앞서 지은 각운자대로 짓다(六年正月二十日, 復出東門, 仍用前韻)」에 "어찌 다만 모래톱의 갈매기 익숙하게 나는 것만 볼 뿐이겠는가? 오는 일 많으니 낚시하던 바위 따뜻해짐 이미 깨닫겠네.(豈惟見慣沙鷗熟, 已覺來多釣石溫)"라는 구절이 있다.

45　어천유선(魚穿柳線): 송(宋)나라 정몽주(鄭夢周)의「어부(漁父)」에 "도롱이 헤쳐 물리치고는 늙은이 직접 고기 잡는데 푸른 연꽃잎으로 밥 싸고 버드나무 가지고 물고기 꿰네.(披卻蓑衣翁自漁, 靑荷包飯柳魚穿)"라는 구절이 있다고 하였다.

none

낚싯줄이 바람이 불 때마다 바람결에 날린다. 낚시를 하다 보니 미끼를 탐내어 환어처럼 걸려 들게 됨을 깨닫게 되었으며, 사람도 낚시의 미끼와 같은 이욕을 탐내게 되면 이것 때문에 서로 다투게 될 것이라는 것도 알게 되었다.

◆ … 저녁이 되도록 낚시를 하자니 낚싯대 간들간들 흔들리고, 이곳에 자주 와서 앉아 낚시를 하니 이곳의 돌 또한 나의 체온으로 따뜻해졌다. 낚시를 마치고 그동안 잡은 물고기를 잎을 훑은 가는 버드나무 가지를 실 삼아 꿰다가 고개를 들어 한번 훑어보았다. 그랬더니 비 올 때 쓰는 도롱이에는 안개 기운 몰려와 푸르스름한 기운을 띠고 있는 것 같다.

9-12 달 아래의 배 月艇

한 조각 작은 배, 바람과 달 가득 싣고 있네.

그리워하는 이 보이지 않으니, 내 마음 그칠 줄 모르네.

一葉小艇, 滿載風月[46]

懷人不見, 我心靡歇[47]

---

46 만재풍월(滿載風月): 송나라 황정견(黃庭堅)의 「조보(曹輔)의 잡언체 시의 각운자를 그대로 써서 답하다(次韻答曹子方雜言)」에 "말 타고 천진 가면서 물 흘러가는 것 보니, 온 배의 바람과 달 강과 호수 생각나게 하네.(騎馬天津看逝水, 滿船風月憶江湖)"라는 구절이 있다.

47 회인(懷人): 멀리 떠난 사람을 생각한다는 뜻과 그리워한다는 뜻이 있는데, 여기서는 후자의 뜻으로 쓰였다. 진나라 도잠의 「종제인 중덕을 슬퍼하다(悲從弟仲德)」에 "묻노니 누구 때문에 슬퍼하는가? 그리워하는 이 구천의 저승에 있어서라네.(借問爲誰悲, 懷人在九冥)"라는 구절이 있다.

차가운 못 거울 씻은 듯한데,　　　　　寒潭如拭鏡

달빛 타고 조각배 젓네.　　　　　　　乘月弄扁舟[48]

후호의 노인은 안개 물결 읊조리고,　湖老烟波詠[49]

동파 신선 가을에 계수나무 노질하네.　坡仙桂棹秋[50]

달구경을 하려고 천연대에 올라 보니 탁영담 가에 작은 배가 떠 있는 것이 보인다. 그 배는 마치 한 조각 나뭇잎처럼 마냥 작게만 느껴진다. 그래도 이런 작은 배 위로 달이 떠 있고 바람이 부니 마치 온 배에 그 바람과 달을 가득 싣고 있는 것처럼 느껴진다. 휘영청 떠 있는 달을 보고 있자니 그리운 사람 생각나나 보이지 않으니 나의 사람을 그리워하는 마음 어떻게 제어할 수가 없는 것 같다.

---

48 승월롱(乘月弄): 남조 송나라 사령운의 「화자강 시미원의 세 번째 골짜기에 들어가다(入華子岡是麻源第三谷詩)」에 "또한 홀로 가는 뜻 펼쳐, 달빛 틈타 졸졸 흐르는 물 튀기네.(且申獨往意, 乘月弄潺湲)"라는 구절이 있고, 주자의 「무림(武林)」에 "다만 나 무심결에 근심 생길 만한데, 서호의 바람과 달에 조각배 띄우네.(只我無心可愁得, 西湖風月弄扁舟)"라는 구절이 있다.

49 호로연파영(湖老烟波詠): 호로는 당나라의 소상(蘇庠)을 말한다. 소상은 원래 호를 생옹(眚翁)이라 하였는데, 나중에 단양(丹陽)의 후호(後湖)로 옮기면서 호를 후호병민(後湖病民)이라고 하였다. 그가 지은 「맑은 강(淸江曲)」이라는 시에 "모든 일 이해하지 못하여 취하였다가 또 깼다가, 길이 안개 물결에서 밝은 달 가지고 노네.(萬事不理醉復聖, 長占烟波弄明月)"라는 구절이 있다.

50 파선계도추(坡仙桂棹秋): 파선은 곧 송나라의 동파(東坡) 소식(蘇軾)을 말한다. 소식의 「적벽(赤壁賦)」에 "계수나무 노와 목란 상앗대로, 물에 비친 달그림자를 치며 달빛 흐르는 강물 거슬러 올라가네.(桂棹兮蘭槳, 擊空明兮泝流光)"라는 구절이 있다.

◆… 탁영담의 물이 차가우니 마치 맑은 거울을 닦아 놓은 듯이 깨끗하게 모든 것을 비추어, 하늘에 떠 있는 밝은 달이 물 위에 비쳐 마치 달을 타고서 노를 젓는 듯이 느껴진다. 후호병민 당나라의 소상은 "길이 안개 물결에서 밝은 달 가지고 노네."라면서 안개 낀 물결을 읊조렸으며, 소동파 같은 신선은 가을의 달 밝은 밤에 적벽 아래서 계수나무로 만든 노를 저으면서 달을 노래하였다. 그래서 나도 이들 생각이 나서 달 아래에 배를 띄우고 읊어 보는 바이다.

9-13 역천 櫟遷

상수리나무 재목 되지 않아, 거의 장수하며 늙어가네.

그 가운데 어쩌다 벗어나지 못하기도 하지만, 이것이 장수하는 도라네

櫟之不材, 多至壽老[51]

厥或不免, 乃壽之道[52]

---

51 역지~수로(櫟之~壽老): 『장자 · 인간세(人間世)』에 "장석(匠石)이 제(齊)나라에 가다가 곡원(曲轅)에 이르러 상수리나무 사당의 나무를 보았는데 그 크기는 수천 마리의 소를 가릴 만했다. 장석이 이리저리 살펴보고는 말했다. '쓸모없는 나무다. 이건 재목이 되지 못하는 나무다. 아무 쓸모가 없으니까 이렇게 오래 살 수가 있다.'"

52 불면~수지도(不免~壽之道): 앞의 책의 「산의 나무(山木)」편에 "장자가 산속을 가다가 잎과 가지가 무성한 큰 나무를 보았다. 나무꾼이 그 곁에 멈춘 채로 나무를 베려 하지 않았으므로 그 까닭을 물었더니 '쓸모가 없습니다.'라 하였다. 장자가 말했다. '이 나무는 재목감이 안 되므로 그 천수를 다할 수 있었던 것이다.' 장자가 산을 나와 옛 친구 집에 머물렀다. 친구는 기뻐하면서 심부름하는 아이에게 기러기를 잡아 삶아서 대접하라고 하였다. 아이가 '한 마리는 잘 울고 한 마리는 잘 울지 못합니다. 어느 놈을 잡을까요?'라 하니 주인이 말했다. '울지 못하는 놈을 잡아라.'"라는 고사가 있다.

낭떠러지 따라 난 길 천이라 하는데,　　　　　　　緣崖路呼遷

그 위에 상수리나무 많다네.　　　　　　　　　　　其上多樹櫟

구부러지고 비틀어진 것 껴안음　　　　　　　　　何妨抱離奇[53]

　　무엇 거리낄 것인가?

수명 이미 수백 년은 넘었네.　　　　　　　　　　壽已過數百

상수리나무는 쓸모가 없기 때문에 재목감이 되지 않아, 거의 하늘이 내
려 준 수명대로 장수하면서 늙어갈 수 있다. 그 가운데 가끔씩 어쩌다 벗
어나지 못하는 것도 있기는 하지만 이것이 장수하는 도이다.

◆… 강이나 물가의 낭떠러지를 따라 난 좁다랗고 긴 길을 천이라고 하
는데, 도산서당으로 이르는 이 좁은 길에는 상수리나무가 많기 때문이
역천이라고 부른다. 그들 나무 가운데 아직도 잘리지 않고 이리저리
구부러지고 비틀린 큰 나무가 하나 있다. 이 나무를 안아 보고 재어 보
는 것이 아무 거리낄 이유가 없다. 아무런 재목감이 되지 않았기 때문
에 이미 이렇게 수백 년이 넘게 천수를 누리며 살고 있으니 아마 몇 아
름이 넘을 것이 틀림없다.

---

53 이기(離奇): “이궤(離詭)”라고도 한다. 꼬부라지고 비틀어진 모양을 가리킨다. 한나라 추
　양(鄒陽)의 「옥중에서 양왕께 올리는 편지(獄中上梁王書)」에 “구부러진 나무뿌리는 서리
　고 굽고 뒤틀린 것인데도(輪囷離奇) 만승의 천자가 쓰는 기물이 될 수 있는데, 이는 좌
　우에 있는 자들이 먼저 그것을 꾸미기 때문입니다.”라는 말이 나오는데, 당나라의 안사
　고(顔師古)는 “윤균이기는 구부러지고 꼬여서 어그러진 것(委曲盤戾)”이라 하였다.

9-14 옻나무 동산 漆園[54]

옻나무 세상에 쓰임 있으니, 그 목숨 어쩌 보존할까?

그 가운데 어쩌다 베임 면하기도 하지만, 이러한 것이 베이는 길이라네.

漆有世用, 其割焉保[55]

厥或免割, 乃轄之道

옛 마을 다만 터만 남아 있고,	古縣但遺基[56]
옻나무 숲은 관가에서 심은 것이라네.	漆林官所植
베는 것 보면서 경계하는 말 하였으니,	見割有警言
몽 땅의 장자 또한 식견 높았다네.	蒙莊亦高識[57]

---

54 칠원(漆園): 『사기 · 장주(莊周)의 전기』에 "장자라는 사람은 몽(蒙) 땅의 사람으로 이름
은 주(周)이다. 장주는 일찍이 몽 땅의 칠원리(漆園吏: 옻나무 동산을 관리하는 관리)가 되었
던 적이 있으며 양혜왕(梁惠王) · 제선왕(齊宣王)과 동시대에 살았다."라는 말이 있다. 칠
원은 지금은 안동댐으로 수몰 지구가 된 의인촌 앞 서쪽 들판에 있었다. 주자의 「칠원(漆
園)」에 "옛날에 듣자하니 남화의 신선, 칠원에서 관리 지냈다 하네. 베이는 근심 응당 깨
달아, 멍하게 공연히 책상에 기대어 있네.(舊聞南華仙, 作吏漆園裏. 應惡見割憂, 嗒然空隱几)"
라는 구절이 있다.

55 칠유~언보(漆有~焉保): 『장자 · 인간세(人間世)』에 "계수나무는 먹을 수 있기 때문에 베
어지고, 옻나무는 쓸모가 있기 때문에 쪼개어진다. 사람들은 모두 쓰임이 있는 것의 쓰
임은 알아도 쓰임이 없는 것의 쓰임은 모른다."라는 말이 있다.

56 고현유기(古縣遺基): 예안현의 동쪽, 곧 수몰지구인 의인에 있었던 옛터를 말한다.

57 몽장(蒙莊): 장자를 말한다. 장자가 몽현(蒙縣)에서 났기 때문에 이렇게 부르는 것이다.
당나라 백거이의 「위촌으로 물러나 거처하면서 예부시랑이신 최군(崔羣)과 한림원의 중
서사인으로 있는 전미(錢微)에게 일백 운자로 시를 지어 부침(渭村退居, 寄禮部崔侍郎翰林
錢舍人詩一百韻)」에 "세상의 바깥에 몸 두는 일 노자를 존숭하고, 사물을 차별없이 보는
일은 몽 땅의 장자에게서 배운다네.(外身宗老氏, 齊物學蒙莊)"라는 구절이 있다.

옻나무는 칠기의 재료가 되어 세상에서 많이 쓰이고 있으니 어떻게 마구 베어지는 운명에서 살아남아 그 목숨을 보존할 수 있겠는가? 그 많은 옻나무들 가운데는 간혹 칠기를 만들기에는 부적합한 것들도 있다. 그래서 베어지지 않는 것도 있다. 모두 쓰일 데가 있어서 베이는데 홀로 쓸모가 없이 베이지 않고 남아 있는 것도 있기는 하지만, 옻나무로 봐서는 이러한 것이 곧 형벌을 받아 베이는 길일 따름이다.

◈… 옛날에 마을이 있던 자리에는 마을은 온데간데 없고 지금 현재는 그 터만 덩그러니 남아 있다. 다만 그곳에서는 옻나무만 숲을 이루며 빽빽하게 우거져 있다. 이 옻나무는 칠기를 만들기 위하여 진상하려고 관가에서 심어 놓은 것이다. 베임을 당하는 것을 보고 경계의 말을 하였던 몽 땅에서 옻나무 숲을 관리하는 관리를 지냈던 장자 또한 이로 보면 식견이 상당이 높았던 인물이라고 하겠다.

9-15 발담 魚梁[58]

병혈 공물로 바치니, 나무 어살처럼 엮어 놓았네.

여름과 가을 갈릴 때면, 내 퇴계 사이로 물러나네.

---

[58] 어량(魚梁): 『시경 · 패(邶)나라의 민요 · 동풍(谷風)』에 "내가 놓은 발담에 가지 말고, 내 통발도 다치지 마소.(無逝我梁, 無發我笱)"라는 구절이 있는데, 주자는 "량(梁)은 돌을 쌓아 물을 막고, 그 가운데를 틔워 고기가 왕래하도록 통하게 한 것이다. 구(笱)는 대나무로 기물을 만들어 발담의 빈 곳에 잇대어서 고기를 잡는 것이다."라 하였다. 이때 낙동강에서 나는 은어는 진상품이었는데 매년 장마철을 전후하여 바로 탁영담 아래의 여울에다 이 발담을 설치하였다.

丙穴底貢, 編木如山[59]

每夏秋交, 我屏溪間[60]

임금님의 음식 모름지기 진귀하고 기이하니,	玉食須珍異[61]
은어 바쳐서 드림 알맞네.	銀脣合進供[62]
높다랗게 발담 만들어 물 흐름 잘라놓고,	峨峨梁截斷

---

59 병혈(丙穴): 진나라 좌사(左思)의 「촉나라의 서울(蜀都賦)」에 "좋은 물고기는 병혈에서 나
오고, 훌륭한 나무는 포곡으로 모으네.(嘉魚出於丙穴, 良木攢於褒谷)"라는 구절이 있는데
당나라의 이선(李善)은 "병혈은 한중(漢中) 면양현(沔陽縣) 북쪽에 있는데 고기 구멍 두
곳이 있으며 늘 3월에 고기를 잡는다."라 하였다. 당나라 두보의 「성도의 초당으로 가려
던 도중에 짓다[將赴成都草堂途中有作]」의 첫째 시에 "물고기는 예로부터 병혈의 것이 아
름다움 알고, 술은 비통에서는 팔고 삼 필요 없음 생각하네.(魚知丙穴由來美, 酒憶郫筒不用
酤)"라는 구절이 있다. 병혈은 또한 훌륭한 물고기를 두루 일컫기도 한다.

60 매하~계간(每夏~溪間): 퇴계의 『언행록』 권 2에 보면 다음과 같은 기록이 있다. "도산정
사 아래에 발담이 있었는데, 관금이 매우 엄하여 사사로이 고기를 잡을 수가 없었다. 선
생은 매양 더운 철이 되면 반드시 계사(溪舍)에서 거처하였으며 한 번도 이곳에 간 적이
없었다." 또한 퇴계가 김취려[金就礪, 자는 이정(而精)]에게 답한 편지에 보면 "도산에 있
는 것은 초봄부터 중반까지이며 6, 7, 8 석 달간은 도산에 있지 않고 또 9, 10 두 달은 그
곳에서 머문다."고 하였다. 또『연보보유』임술년(1562) 7월 조를 보면 "선생에게 매번 6,
7, 8월은 으레 손님을 사절하는 철이었다. 이때는 장마철인데다 발담이 설치되기 때문이
었다."라는 기록이 있다. 이때 이곳 낙동강에서 잡히는 은어가 진상품이었기 때문에 발
담을 설치하여 일반 백성들에게는 법으로 은어 잡는 것을 금지하였으므로 이렇게 말한
것이었다.

61 옥식(玉食): 훌륭한 음식을 말한다. 『서경 · 큰 규범(洪範)』에 "임금만이 복을 내릴 수 있
고 임금만이 위세를 부릴 수 있으며, 임금만이 진귀한 음식을 받을 수 있습니다.(惟辟作
福, 惟辟作威, 惟辟玉食)"라는 말이 나오는데, 당나라의 공영달은 "임금만이 오로지 위력
으로 복종시키고 은혜로 심복시키며 훌륭한 음식을 먹을 수 있음을 말한다."라 하였다.
여기서는 임금이 먹는 음식을 말한다.

좌좌 그물 겹으로 쳐 놓았네.   瀄瀄罟施重[63]

맛 있기로 소문난 병혈의 고기와 같은 은어를 공물로 바치려고 큰 나무를
마치 발처럼 엮어 놓았다. 그래서 나는 이곳에 서당을 지어 놓았지만 공
물로 은어를 잡아 바치는 기간인 매년 여름과 가을 사이에는 쓸데없는 혐
의를 피하기 위하여 아예 본가가 있는 퇴계 사이로 물러나서 거처한다.

◆ … 임금님이 음식은 모두 옥같이 진귀한 음식들이라 하니 은어 같은
음식은 임금님의 수랏상에 정말 잘 어울릴 것이다. 은어를 잡으려고
서당 앞의 강 물결이 좁아지는 곳에 높다랗게 발담을 쳐 놓으니 강의
흐름이 이로 인해 끊기고, 한 마리의 은어도 빠져나가지 못하도록 고

---

62 은순(銀脣): "銀唇"이라고도 하며, 달리 "은구어(銀口魚)" 또는 "은린(銀鱗)"이라고도 한
    다. 곧 은어를 말한다. 퇴계의 제자인 초간(草澗) 권문해(權文海)의 『대동운부군옥(大東韻
    府群玉)』권 12 유(有)조에 "물고기 가운데 은구(銀口)라는 것이 있는데 은순이라고도 한
    다."라 하였다.
    진공(進供): '進貢'이라고도 하며, 백성들이 임금께 바치는 진상품이나 그것을 바치는 일
    을 말한다.
63 활활고시중(瀄瀄罟施重): 활활(瀄瀄)은 물에다 그물을 던지는 소리이다. 『시경·위(衛)나
    라의 민요·높으신 님(碩人)』에 "좌좌 그물 설치하니, 잉어와 붕어떼는 파닥파닥(施罛
    瀄瀄, 鱣鮪發發)"이라는 구절이 있는데, 주자는 주석 "시(施)는 설치하는 것이며, 고(罛)는
    고기의 그물이다. 활활(瀄瀄)은 그물이 물에 들어가는 소리이다."라 하였다. 송나라 소
    식의 「서호에 가뭄이 들어 …… 장난삼아 고기를 놓아주다(西湖秋涸……戲作放魚)」에 "다
    만 여러 그물 비늘과 지느러미 상하게 할까 근심되고, 긴 둑 큰 물결 막는 것 믿지 못하
    네. 좌좌 그물 던지니 잠깐 만에 파닥파닥 하다가는, 시름시름 몇 길 밖에서 놀림 약해지
    네.(但愁數罟損鱗鬐, 未信長堤隔濤瀨. 瀄瀄發發須臾間, 圉圉漁漁尋丈外)"라는 구절이 있다.

기 잡는 그물을 몇 겹이나 좍좍 처 놓았는지 모르겠다.

9-16 어촌 漁村

태평하게 연기불 피는 곳, 의인촌이라네.

고기 잡아 요역 대신하니, 배부르고 따뜻하네.

太平烟火, 宜仁之村[64]

漁以代徭, 式飽且溫

강 언덕 넘어 백성들 풍속 예스럽고,	隔岸民風古[65]
강에 다다르면 즐거운 일 많네.	臨江樂事多
비낀 햇빛은 그림 속 같고,	斜陽如畫裏[66]
그물 거두어 은빛 북 얻네.	收網得銀梭[67]

태평이란 옛 고을 이름답게 밥 짓는 연기가 태평스럽게 피어오르는 곳이

바로 의인촌이다. 공물로 은어를 잡아 바치며 힘든 요역을 대신하게 되

---

64 태평연화(太平烟火): 송나라 소식의「산촌(山村)」제1수 "형상 없이 태평한 곳에 또한 형상
있으니, 외로운 연기 피어오르는 곳 사람 사는 집이라네.(無象太平還有象, 孤烟起處是人家)"
라는 구절이 있다. 유도원은『고증』에서 태평은 의인촌의 옛 이름일 것이라고 하였다.

65 민풍고(民風古): 남송 대복고(戴復古)의「용릉의 산속에서(春陵山中)」에 "땅 구석지니 백성
들 풍속 예스럽고, 비 개이니 하늘의 기운 새롭네.(地僻民風古, 雨晴天氣新)"라는 구절이 있
다.

66 여화리(如畫裏): 당나라 이백의「가을에 선성의 사조가 세운 북루에 오르다(秋登宣城謝朓
北樓)」에 "강과 성 그림 속 같고, 산에 저녁 와 맑게 개인 하늘 바라보네.(江城如畫裏, 山晚
望晴空)"라는 구절이 있다.

었으니 이 마을 사람들은 고기 잡는 일로 일 년 내내 배부르고 따뜻하게 보낼 수가 있다.

◈⋯낙동강의 언덕 너머에 있는 마을은 아직까지도 백성들의 풍속이 예스럽고 순박한 모습을 간직하고 있다. 고기 잡는 일을 업으로 삼으며 지내니 강가에 이르면 즐거운 일이 널려 있다. 저녁때까지 고기 잡느라 강의 배 위에서 해가 서쪽으로 뉘엿뉘엿 기우는 모습을 보노라면 마치 하나의 그림 속 광경인 듯 느껴진다. 바야흐로 쳐 놓았던 그물을 걷어 올리면 은빛을 띠고 물 속을 북처럼 왔다갔다 하는 은어를 많이 잡아 올린다.

9-17 안개 낀 숲 烟林

읊어도 흥 다하지 못하고, 그림으로도 변화 다 그려내지 못하네.
봄 짙으면 수 엇섞이고, 가을 다하면 놀 곱네.

---

67 수망득은사(收網得銀梭): 송나라 소철(蘇轍)의 「강주로 돌아가려는데 자첨 형이 전송하여 유랑의 집 사람인 복왕의 생가에까지 이르러 술을 마시며 이별하다(將還江州子瞻相送至劉郎家洑王生家飲別)」에 "강 건너 염소와 돼지 사고, 어망 거두어 방어와 잉어 얻네.(渡江買羔豚, 收網得魴鯉)"라는 구절이 있다.
은사(銀梭): 은어를 말한다. 사(梭)는 물고기를 일컫는 은어(隱語)이다. 송나라 소식의 『동파의 각종 기록(東坡志林)』 권 2에 있는 「중들의 글 속에 있는 비린내 나는 음식 이름(僧文葷食名)」에 "중들은 술을 반야탕(般若湯)이라 하고, 물고기를 수사화(水梭花: 물 속을 북처럼 빨리 왔다갔다 하는 꽃)라 하며, 닭은 찬리채(鑽籬菜: 울타리를 뚫어 구멍을 내는 나물)라 하는데 결국은 도움이 되지 않고 다만 자신들을 속일 뿐이니 세상 사람들이 항상 비웃는다."는 말이 있다.

吟不盡興, 畵不盡變

春濃繡錯, 秋老霞絢

먼 곳이나 가까운 곳이나 그 기세 빽빽히 만나고,	遠近勢周遭
자욱하니 안개서린 나무 흐릿하네.	漠漠迷烟樹[68]
목 늘여 바라보니 마음으로 감상하기 족한데,	延望足玩心
아침 저녁으로 모습 많이 바꾸네.	變態多朝暮[69]

도산서당의 앞에 안개 낀 숲이 있는데 시나 문장을 다 동원해도 제대로 묘사를 완전히 다 해낼 수가 없다. 화가를 시켜 그림을 그리게 하여도 그 변화는 역시 완전히 다 그려낼 수가 없다. 봄이 짙어져 각종 꽃이 피기 시작하면 마치 여러 가지 꽃수를 놓은 것처럼 예쁘고 가을이 깊어가 단풍이 빨갛게 지기 시작하면 놀과 어울려 정말 고운 경치를 드러낸다.

◆ … 먼 곳에서 보나 가까운 곳에서 보나 숲의 기세 어디서나 두루 맞닥치고, 안개가 자욱하게 끼면 숲 속의 나무 막막하게 흐릿해져 보인다. 조금이라도 더 멀리 보고자 목을 쭉 늘이고 바라보니 마음으로 감상

---

68 막막(漠漠): 고요한 모양, 빽빽이 우거진 모양, 흐릿한 모양, 광활한 모양 등 여러 가지 뜻이 있으나, 여기서는 무성한 모양, 짙은 모양이라는 뜻으로 쓰였다.

69 변태다조모(變態多朝暮): 금(金)나라 원호문(元好問)의 「녹천에 새로이 거처하다. 스물 네 각운자를 써서(鹿泉新居, 二十四韻)」에 "흩날리는 운무 하늘은 파란 데 있었다 없었다 하니, 온갖 형태로 흐렸다 맑았다 아침저녁으로 변하네.(霏煙空翠有無中, 百態陰晴變朝暮)"라는 구절이 있다.

하기에 충분한데, 아침저녁으로 때에 따라 여러 가지 모습을 드러내니
그 변화가 실로 다양하다.

9-18 눈 쌓인 오솔길 雪徑[70]

기슭의 골짝 새하얗고, 돌비탈 오솔길은 아득하네.

옥 자취 밟고서, 누가 먼저 흥을 탈까?

皓皓崖壑, 迢迢磴逕

踏作瑤迹, 誰先乘興[71]

한 오솔길 강가 끼고서,　　　　　　　　　　一徑傍江滸

높았다 낮았다 끊어졌다가는 빙 둘렀네.　　　高低斷復遶

---

70 병암(屛菴)의 강가에 난 비탈진 길, 곧 천로(遷路)를 가리키거나, 의인(宜仁)의 위, 월란암
(月瀾庵)의 아래쪽으로 난 천로의 돌길을 가리킬 수도 있는데, 구체적으로 어느 것을 가
리키는지는 확실하지 않다.

71 답작요적(踏作瑤迹): 당나라 한유의 「중서사인이신 왕애(王涯) 공께서 눈 속에서 부쳐주
신 시에 답하다(酬王二十舍人雪中見寄)」에 "오늘 아침 밟아서 아름다운 옥 자취 만드니,
시가 봉황의 못에서 왔기 때문이라네.(今朝蹋作瓊瑤跡, 爲有詩從鳳沼來)"라는 구절이 있다.
승흥(乘興): 『진서·왕휘지(王徽之)의 전기』에 "(왕휘지가) 일찍이 산음(山陰)에 거처할 때
밤에 눈이 내리다가 갓 개어 달빛이 맑고 환한 것이 사방을 돌아보니 휘영청하여 홀로
술을 따르며 진(晉)나라 좌사(左思)의 「은자를 부르다(招隱士)」라는 시를 읊조리고 있는
데, 갑자기 대규(戴逵)가 생각났다. 대규는 이때 섬(剡) 땅에 있어서 즉시 밤에 작은 배를
타고 그를 찾았는데 밤이 지나 거의 도착을 하였을 무렵 문앞에 이르러서는 앞으로 나아
가지 않고 돌아왔다. 사람들이 그 까닭을 물었더니 왕휘지가 말했다. '본래 흥을 타고 가
서 흥이 다하여 돌아왔으니(本來乘興而行, 興盡而反) 하필이면 대안도(戴安道: 대규의 자)를
봐야 한단 말인가!'"라는 말이 있다.

눈 쌓여 사람 자취 없는데,   積雪無人蹤[72]

중 하나 구름 바깥에서 오네.   僧來自雲表

온 천지에 눈이 내리니 산기슭의 골짜기는 희디희고, 돌로 이루어진 비
탈의 오솔길 역시 눈에 덮여 거리감을 느낄 수 없이 아득하기만 하다. 이
렇게 눈이 오니 과연 중국 진나라의 왕휘지가 눈이 내리자 흥이 일어 친
구인 대규를 찾았던 것처럼 누가 가장 먼저 옥가루를 뿌려 놓은 듯한 눈
을 밟고서 나를 찾아올까, 궁금해진다.

◈… 서당에서 바라보니 하나의 오솔길이 강가에서 강물을 끼고 높아
졌다 낮아졌다 한다. 먼 곳에서는 언덕에 가려 끊겼다가는 다시 보이
며 저 먼 곳으로 둘러 나간다. 여느 때는 가끔씩 사람들이 왕래하던 이
길에도 온통 눈이 덮여 사람의 자취라고는 하나도 없는데 저 멀리 중
한 사람이 눈을 몰고 오는 구름의 바깥에서부터 이곳으로 걸어오고
있는 것이 보인다.

9-19 갈매기 모래톱 鷗渚

춤추며 내려오지 않으니, 그것 바랄 수 없네.

친하여 맹세하고, 내 어찌 감히 그만두리.

舞而不下, 渠未可干[73]

---

72 무인종(無人蹤): 당나라 유종원의 「강의 눈(江雪)」에 "천 봉우리 산에는 새 나는 것 끊기
고, 만 갈래 오솔길에는 사람의 자취 없어졌네.(千山鳥飛絶, 萬徑人蹤滅)"라는 구절이 있다.

狎而有盟, 吾何敢寒⁷⁴

아스라니 떠올랐다가는 또 가라앉고,	浩蕩浮還沒⁷⁵
활짝 날개 펴서 볕 쪼이고는 다시 잠드네.	毰毸曬復眠⁷⁶
한가로운 정 바로 저와 같으니,	閑情乃如許
꾀부리는 일과는 정녕 인연 없네.	機事定無緣⁷⁷

---

73 무이불하(舞而不下): 『열자 · 황제(黃帝)』편에 "바닷가에 사는 사람 중에 갈매기를 좋아하
는 사람이 있었다. 매일 아침 바닷가로 나가서 갈매기를 좇아 놀았는데 이르는 갈매기가
다만 백 마리 정도로 그치지 않았다. 그 아버지가 말했다. '내가 듣자 하니 갈매기들이 모
두 너를 따라 논다고 한다. 네가 잡아 오면 내가 가지고 놀고 싶다.' 다음날 바닷가로 나
가니 갈매기들은 춤추며 내려오지 않았다.(漚鳥舞而不下)"라는 고사가 있다.

74 압이~감한(狎而~敢寒): 한(寒)은 맹약을 끝내는 것을 말한다. 『좌전 · 애공(哀公) 12년』
조에 "이제 그대가 반드시 맹약을 굳게 해야 한다 하시는데, 맹약을 굳게 할 수가 있다면
또한 그만둘 수도 있습니다.(亦可寒也)"라는 말이 있는데, 진(晉)나라의 두예(杜預)는 한
(寒)을 "그치는 것"이라 하였고, 당나라의 공영달은 "지난날의 것을 다시 되돌려 뜨겁게
할 수 있다면 또한 그만 두어서 차갑게 할 수도 있다."라 하였다. 송나라 황정견(黃庭堅)
의 「상화경의 송자현을 가면서 추천석과 함께 남극정에서 밤새 이야기하다라는 시의 각
운자를 써서 짓다(次韻向和卿行松滋縣與鄭天錫夜語南極亭)」 제2수에 "비바람 맞아가며 일
곱 고을을 달렸으나, 아직 흰 갈매기의 맹세 끝나지 않았네.(衝風衝雨走七縣, 唯有白鷗盟未
寒)"라는 구절이 있다.
주자의 「개죽에 잠시 들러 짓다(過蓋竹作)」의 제2수에 "아득한 기러기와 맺은 맹약 아
직 끝나지 않았는데, 길 떠나는 마차 잠시 이곳에 매어두네.(浩蕩鷗盟久未寒, 征驂聊且駐江
干)"라는 구절이 있다.

75 호탕부환몰(浩蕩浮還沒): 당나라 두보의 「받들어 좌승이신 위제(韋齊) 어르신께 드림(奉
贈韋左丞丈)」에 "흰 갈매기 아스라니 들어가니, 만리에 누가 길들일 수 있을까?(白鷗沒浩
蕩, 萬里誰能馴)"라는 구절이 있고, 송나라 매요신(梅堯臣)의 「쌍부관(雙鳧觀)」에 "해 따뜻
하니 떴다 가라앉았다 하고, 모래톱 차가우니 갔다가는 또 오네.(暖日浮還沒, 寒汀去復來)"
라는 구절이 있다.

갈매기가 다만 하늘에서 춤추며 날아다니기만 할 뿐 내려오지는 않으니, 내가 감히 나 있는 곳으로 내려왔으면 하고 바랄 수가 없다. 내가 갈매기에게 절대로 해를 끼치는 일은 않겠노라고 맹세를 하였으니 이제 와서 갈매기와 놀고자 하여 전에 한 맹세를 깨뜨리는 일을 차마 어찌하겠는가?

◆ … 저 멀리서 갈매기들이 날아다니는 것을 본다. 아스라니 높이 하늘로 솟구치듯 날아올랐다가는 또 곤두박질 치듯 얕은 물 위로 날아 내려와, 날개를 한 번 활짝 펴서 온몸에 볕을 한 번 쪼이고서는 다시 따사로운 햇살 아래서 잠든다. 한가로운 정이 정말 저 갈매기들의 모습과 같으니 인간들처럼 잔꾀를 부리는 교묘한 행동과는 실로 인연이 없는 것 같다.

9-20 학 물가 鶴汀

물가에서 우니 하늘까지 들리고, 배 스치고 지나가니 꿈 놀라네.
들의 밭에 짝 있으니, 어찌 유인하는 장난에 조심 않으리.

鳴皐聞天, 掠舟驚夢[78]

---

76 배시(琶毰): 새가 깃털을 펼친 모양, 날으며 춤추는 모양을 말한다. 송나라 왕안석(王安石)의 「희관지 가에 모여 야생 거위를 읊다(集禧觀池上詠野鵝)」에 "못가의 야생 거위 수도 없이 좋고, 맑은 하늘이란 거울 속에 펄럭펄럭 눈처럼 깃털 펼치고 있네.(池上野鵝無數好, 晴天鏡裏雪琶毰)"라는 구절이 있다.

77 기사(機事): 『장자 · 천지(天地)』에 "기계를 가진 자는 반드시 기계를 쓸 일이 있게 되고, 기계를 쓸 일이 있는 사람은 반드시 간교한 생각(잔꾀)이 있게 된다.(有機械者必有機事, 有機事者必有機心)"라는 구절이 있다.

野田有侶, 盍愼媒弄⁷⁹

野田有侶, 盍愼媒弄[79]

---

78 명고문천(鳴皋聞天): 『시경·소아·학의 울음(鶴鳴)』에 "학이 구고에서 우니, 그 소리 하
늘로 퍼지네.(鶴鳴于九皋, 聲聞于天)"라는 구절이 있는데, 주자는 "고는 못에서 물이 넘쳐
나와서 생긴 구덩이인데, 밖에서부터 아홉까지 센다는 것은 깊고 멂을 비유한 것이다."
라 하였다.

약주경몽(掠舟驚夢): 송나라 소식(蘇軾)의 「나중에 읊은 적벽(後赤壁賦)」에 "마침 외로운
학이 강을 가로질러 동쪽에서 오는데, 날개는 수레바퀴만 하며 아래는 검은 옷을 입고
위에는 흰옷을 입은 듯한데, 꾸룩꾸룩 길게 울며 나의 배를 스쳐 서로 날아갔다.(掠予舟而
西也)"라는 구절이 있다.

79 야전~매롱(野田~媒弄): 당나라 육구몽(陸龜蒙)의 「유인하는 학(鶴媒歌)」"우연히 고깃배
물가의 나뭇가지에 매어 놓고, 새 쏘는 것 구경하니 사람 슬프게 하네. 하늘 맴돌던 들판
의 학 별안간 내려오는데, 예(사냥꾼이 숨을 때 쓰는 엽구) 등 뒤에 있고 유인 학만 보이니 속
으로 의심치 않네. 유인하는 학 한가롭고 조용하게 아무 일 없는 듯 서 있고, 맑은 울음소
리 이따금 멀리서 들려오네. 기웃기웃 차마 남당을 건너지 못하고, 또한 같은 소리에 답하
며 같은 무리로 나아가네. 깃털 빗으며 순하게 서로 만나 기뻐하는데, 겨우 왔는데 또 놀
라 날아오를까 다만 걱정되네. 고기 살피고 마름 쪼며 잠시 숙였다 드는데, 정하고 서서
가슴으로 화살 하나 날리네. 유인 학 기뻐 춤추며 뛰니 꽃이 활짝 피는 듯 제 역할에 아첨
하듯 화살 맞네. 나는 구름 물에 머무르니 각기 자신의 물 것 있는데, 짝 질투하고 무리 해
치는 것 오히려 네가 하네. 하물며 인간 세상에 멀리 있거늘 밖으로는 웃으며 말하나 속으
로는 시샘하네. 그대는 보지 못했는가? 황량한 언덕 들판의 학 좋은 미끼에 빠졌음을, 같
은 무리 다른 소리가 실로 두렵다네.(遇繫漁舟汀樹枝, 因看射鳥令人悲. 盤空野鶴忽然下, 背翳見
媒心不疑. 媒閑靜立如無事, 淸唳時時入遙吹. 裴回未忍過南塘, 且應同聲就同類. 梳翎宛若相逢喜, 祇
怕繩來又驚起. 窺鱗啄藻乍低昂, 立定當胸流一矢. 媒歡舞躍勢離披, 似詔功能邀弩兒. 雲飛水宿各自
物, 妬侶害羣猶爾爲. 而況世間有名利, 外頭笑語中猜忌. 君不見荒陂野鶴陷良媒, 同類同聲眞可畏)"
또 『문선』에서 당나라 이선(李善)이 주석에서 인용한 「꿩을 쏘다 서문(射雉賦序)」에 "나는
낭야(琅邪)로 이사를 했는데 그 풍속에 실로 활쏘기를 잘했다. 애오라지 강학하고 익히는
여가에 매예(媒翳)의 일을 익혔다."라는 말이 있다. 역시 『문선』에 주석을 단 당나라의 여
연제(呂延濟)는 "매(媒)라는 것은 어려서 꿩 새끼를 길러 자라서는 사람과 친하도록 길
들여 들꿩을 끌어들이는 것이며, 예(翳)라는 것은 숨어서 쏘는 것이다."라 하였다.

물의 학 안개 낀 하늘에서 내려와,	水鶴烟霄下
맑은 모래 먼 곳의 물가에 서 있네.	晴沙立遠汀[80]
어찌 마시고 쪼지 않을 수 있으리오?	那能無飮啄
득의한 곳 머물러 쉬지 마라.	得處莫留停[81]

학이 물가 웅덩이에서 우니 그 소리가 높고 먼 하늘까지 들린다. 사람들이 타고 있는 배를 스치듯 날아 지나가니 배에서 잠을 자던 사람들이 놀라 꿈에서 깨어난다. 물가에서 떨어진 들판의 밭에 짝이 될 만한 학이 있는데 유인하는 학이 장난치는 것이나 아닌가 하여 행동이 몹시 조심스러워 보인다.

◆… 물가에 있는 학이 연무가 자욱한 하늘에서 빙빙 돌다가 비로소 내려와서 먼 곳에 보이는 물가의 비 개인 모래톱 위에 홀로 서 있다. 어찌 물을 마시고 모이를 쪼지 않을 수 있겠는가만 뜻 얻은 곳에서 오래도록 머물러 쉬지 않아야 할 것이다.

---

80 청사(晴沙): 당나라 전기(錢起)의 「엄일인과 동계에 배를 띄우다(同嚴逸人東溪泛舟)」에 "추운 계절에 피는 꽃은 옛 언덕 곁에 있고, 우는 학은 맑게 개인 모래 위에 있네.(寒花古岸傍, 唳鶴晴沙上)"라는 구절이 있다.
81 득처막류정(得處莫留停): 『고증』에서는 송나라의 도학자인 소옹(邵雍)의 말을 인용하여 "마음을 유쾌하게 하는 일은 해서는 안 되며, 편안한 곳에는 다시 가서는 안 되고, 뜻을 얻은 곳에서는 일찌감치 고개를 돌려야 한다.(快意事不可做得, 便宜處不可再往, 得意處須早回頭)"라 하였다.

9-21 강가의 절 江寺[82]

강가의 절, 늙은 신선 머물렀네.

달 차갑고 뜰 황폐한데, 바람 슬프고 집은 비었네.

江上招提, 老仙舊居[83]

月寒庭蕪, 風悲室虛

옛 절은 강가에서 비어 있는데,	古寺江岸空
신선 노닐던 방장산 아득하네.	仙遊杳方丈[84]
반도 정녕코 그 어느 때나,	蟠桃定何時
열매 맺어 다시 와 감상하리.	結子重來賞[85]

---

82 강사(江寺): 강가의 절은 곧 임강사(臨江寺)를 말한다.

83 초제(招提): 절, 사찰(寺刹)을 말한다. 범어(梵語) Caturdeśa를 "탁투제사(拓鬪提奢)"로 음역
하였는데 줄여서 "탁제(拓提)"라 하였고, 나중에는 "초제(招提)"로 잘못 표기하게 되었다.
그 의미는 "4방"이라는 뜻인데, 사방의 중을 "초제승(招提僧)", 사방의 중들이 모여서 머무
는 곳을 "초제승방(招提僧坊)"이라 하였다. 북위(北魏) 태무제(太武帝)가 가람을 세우고 처
음으로 "초제"라는 명칭을 썼는데, 이후로는 사원을 달리 일컫는 말로 쓰이게 되었다.
　노선구거(老仙舊居): 노선은 농암 이현보를 말한다. 『문집』권 48에 수록되어 있는 「농암
의 사적(行狀)」에 보면 "농암 선생은 절간에서 노시기를 좋아하였는데 영지(靈芝) · 병암
(屛庵) · 월란(月瀾) · 임강(臨江)이 모두 그 분께서 노닌 장소이며, 최후에는 늘 임강사에
우거하셨다."라 한 말이 보인다.

84 선유묘방장(仙遊杳方丈): 이때는 이미 농암 이현보가 죽었기 때문에 이렇게 말하였다.

85 반도~중래상(蟠桃~重來賞): 『문집』권 2에 「용수사서 우거하는데 농암 선생이 반도단
에서 주고받은 절구시를 부쳐와 보여주시므로 받들어 같은 각운자를 쓰다(寓龍壽寺, 聾
巖先生寄示蟠桃壇唱酬絶句, 奉和무上)」라는 시 두 수가 있는데, 그중 첫째 시에 "반도 복숭
아 열매 맺었으리라 헤아린 지가, 지금이 벌써 몇 년째인가?(擬結蟠桃子, 于今第幾年)"라
읊은 구절이 있다.

강가에 있는 임강사에서는 늙은 신선인 농암 이현보 선생이 머물러 계셨다. 그런데 이제는 신선도 떠나고 없어 달빛은 차갑게만 느껴지고 뜰은 황폐해졌다. 바람이 불면 왠지 슬프게 느껴지고 절간은 텅 빈 듯 느껴진다.

◆… 옛 절이 있던 강가의 언덕 이제는 비었고, 신선 같은 농암 선생이 놀던 방장산도 그저 아득하게만 느껴지네. 생전에 농암 선생께서는 반도에 열매가 맺으면 함께 와서 감상하자고 하셨다. 그러나 이제는 선생께서 가시고 없으니 열매를 맺는다 하여도 정녕코 언제나 한번 가볼 수 있겠는가?

9-22 관가의 초소 官亭[86]

관가에서 만든 초소, 세월 까마득하네.
즐거움 호숫가에서 안 것이 아니라, 당에 갔다는 일과 비슷하네.

官作之亭, 歲月茫茫
樂匪知濠, 擧似如棠[87]

작은 초소 경계 그런대로 아름다워,　　　　　　　　　　小亭境自佳
뒤는 강이고 앞은 언덕진 곳이라네.　　　　　　　　　　後江前皐隔[88]

---

86 "정(亭)"은 원래 국경에 설치하여 적정 등을 살피는 검문소나 초소를 가리킨다. 퇴계의 시를 보면 이때 관에서 관리하던 것으로는 발담과 칠원이 있었음을 알 수 있으나 시에 호(濠)와 당(棠) 같은 물고기와 관련된 글자가 나오는 것으로 보아, 여기서는 발담을 설치하고 민간인의 출입을 통제하기 위한 목적으로 발담의 위에 설치한 것으로 보인다.

124

검은 일산 덮은 수레 오지 않을 때,　　　　　　皂蓋不來時[89]

들의 날짐승 절로 모여 깃드네.　　　　　　野禽自栖集[90]

관가에서 발담을 관리하기 위하여 물가에 세운 초소는 이미 만들어진 지
가 오래되어 세월이 까마득하니 언제 세운 것인지를 모르겠다. 내 지금
이 물가에 가서 장자가 느낀 것과 같이 물고기가 즐겁게 논다는 것을 알
아내면서 즐거워할 도리는 없다. 기껏 노나라의 은공이 당 땅으로 물고
기를 잡으러 가면서도 구경하러 간다고 말한 것이나 비슷한 일을 보고
있을 뿐이다.

◆… 강가에 있는 작은 초소는 접근하기는 어려운 곳이다. 그래도 그곳

---

87 낙비지호(樂匪知濠):『장자·가을 강(秋水)』에 "장자가 혜자(惠子)와 함께 호수의 봇둑 가
　　(濠梁之上)를 거닐고 있었다. 장자가 말했다. '피라미가 한가로이 헤엄치고 있으니 이는
　　물고기의 즐거움이오. 나는 호수가에서 (직관적으로) 물고기의 즐거움을 알았소.(是魚之
　　樂也 我知之濠上也)'라는 말이 나온다.
　　여당(如棠):『좌전·은공(隱公) 5년』에 "봄에 은공이 강으로 가서 물고기 구경을 하였
　　다.(公將如棠觀魚) 공이 당에서 물고기를 잡았다고 기록하면 예의에 어긋나 보이기 때문
　　에 '구경'하였다고 고쳐 썼다."는 기록이 있다. 당은 노나라의 읍으로 지금의 산동(山東)
　　어대현(魚臺縣) 북쪽 어정산(魚亭山)에 있다.
88 고습(皐隰): 물가의 낮은 습지대를 말한다.
89 조개(皂蓋): 검은색의 명주 일산(日傘)을 말한다.『한서·수레와 복식에 관한 기록(輿服
　　志)』에 의하면 "9경에 해당하는 중 2,000석과 군수에 해당하는 2,000석의 관작은 모두
　　(수레에) 검은 명주 일산에 붉은 색의 양쪽 흙받기를 했다."고 하였다.
90 야금자서집(野禽自栖集): 송나라 구양수의「취옹정의 기문(醉翁亭記)」에 "노는 사람들이
　　가버리니 날짐승과 새들이 즐거워한다.(遊人去而禽鳥樂也)"라는 말이 있다.

을 둘러싼 경계는 그런대로 아름다워 보이는데, 강을 등지고 있으며 앞으로는 낮은 늪지대를 이루고 있는 언덕이 펼쳐져 있다. 이곳을 관리하는 높은 관리들이 검은 명주 일산을 쓰고 이곳을 순시하러 수레를 타고 오지 않을 때는 사람들의 출입의 거의 없어 들의 온갖 날짐승들이 이곳으로 날아와 깃들곤 한다.

9-23 아득한 들판 長郊

성밖의 들 기름지고, 마을은 가물가물.

별 이고 나가서, 달 띠고 돌아오네.

郊原膴膴, 籬落依依[91]

戴星而出, 帶月而歸[92]

더운 날엔 푸른 물결 넘치더니,	炎天彌翠浪[93]
상음(商音)의 가을철엔 누런 구름 넘치네.	商節滿黃雲[94]
저녁 무렵 돌아가는 기러기 바라보니,	薄暮歸鴉望[95]
아득한 바람에 목동의 피리소리 들리네.	遙風牧笛聞[96]

성밖에 있는 넓은 들판은 기름지고 비옥한데 마을은 이곳과 멀리 떨어져

---

91 교원무무(郊原膴膴): 『시경 · 대아 · 길게 뻗은(緜)』에 "주나라의 넓은 들 기름지니, 쓴 나물인 씀바귀도 엿처럼 다네.(周原膴膴, 菫荼如飴)"라는 구절이 있다. 주자는 무무를 "비옥하고 아름다운 모양"이라 하였다. 진(晉)나라 장재(張載)의 「일곱 슬픔(七哀)」에 "공손한 글 아득히 바라고, 들과 언덕은 울창하고 기름지네.(恭文遙相望, 原陵鬱膴膴)"라는 구절이 있다.

126

서 보일 듯 말 듯 가물가물하다. 이 넓고 기름진 들판 경작하여 풍년 농사

---

92 대성이출(戴星而出):『여씨춘추·살핌에 대하여(呂氏春秋·察覽)』에 "복자천(宓子賤)이 선
보(單父)를 다스리는데 거문고나 치면서 몸이 대청 아래로 내려간 적이라곤 없었지만 선
보는 잘 다스려졌다. 무마기(巫馬期)는 별이 있을 때 나가서 별이 있을 때 들어와(以星出,
以星入) 밤낮으로 쉬지 않고 자신이 직접 일을 처리하였더니 선보는 또한 잘 다스려졌
다."라는 고사가 있다. 이 고사는『한시외전(韓詩外傳)』권 2 및『문선』반니(潘尼)「하양
에게 드림(贈河陽)」의 당나라 이선(李善) 주에도 인용되어 있는데, 이선의 주석에서는 "以
星出, 以星入"이 "以戴星出入"으로 되어 있고『여씨춘추를 교감하고 풀이함(呂氏春秋校
釋)』의 저자인 천치요우(陳奇猷)는 "글자의 뜻이 더 나은 것 같다.(字義似勝)"라 하였다.
    대월이귀(帶月而歸): 진나라 도연명의「전원으로 돌아와서 살다(歸園田居)」제3수에 "새
벽에 일어나 거친 잡초를 김매다가, 달빛 띠고 호미 메고 돌아오네.(晨興理荒穢, 帶月荷鋤
歸)"라는 구절이 있고, 주자의「다시 화답하다(再和)」에 "호미 메고 달빛 띠며 아침에 잡
초 매고, 지팡이 꽂고 바람 쐬며 저녁에 채소 뜯네.(荷鋤帶月朝治穢, 植杖臨風夕挽蔬)"라는
구절이 있다.
93 취랑(翠浪): 비가 바람에 날려 물결치는 듯한 모양을 말한다. 송나라 소식의「무적으로
가는 도중에 수차를 읊다(無錫道中賦水車)」에 "두둑 나누는 푸른 물결 구름처럼 달리고,
물 찌르는 녹색 침 벼 싹을 뽑아내네.(分疇翠浪走雲陣, 刺水綠鍼推稻芽)"라는 구절이 있다.
94 상절(商節): 백상소절(白商素節) 곧 가을을 말한다. 진나라 장협(張協)의「칠명(七命)」에 "만
약 백상소절이면 그 달에 이미 옷을 준다.(若乃白商素節, 其月授衣)"라는 구절이 있다.『예기·
월별 정령(月令)』에 "초가을 달은 그 소리가 상의 음계이다.(孟秋之月, 其音商)"라 하였다.
    황운(黃雲): 가을철이 되어 누렇게 익은 벼를 말한다. 송나라 왕안석의「백상촌에서 북쪽
의 절로 들어가다(自白上村入北寺)」에 "흐르는 냇물에 푸른 옥 가고, 밭두둑의 곡식은 누
런 구름에 누워 있네.(溜渠行碧玉, 畦稼臥黃雲)"라는 구절이 있고, 역시 왕안석의「임술년
5월 그믐날 화숙과 함께 제안에서 놀다(壬戌伍月與和叔遊齊安)」에 "실 켜서 흰 눈 되니 뽕
나무 다시 푸르고, 누런 구름 다 베어내니 벼 마침 파랗네.(繰成白雪桑重綠, 割盡黃雲稻正
青)"라는 구절이 있다.
95 박모귀아망(薄暮歸鴉望): 박모(薄暮)는 해가 곧 지려고 할 때, 곧 땅거미가 지는 저녁 무렵
을 말한다. 당나라 두보의「입 벌린 송골매를 노래함(呀鶻行)」에 "맑은 가을 해 떨어지니
이미 몸 기울이고, 지나치는 기러기 돌아가는 까마귀 엇섞이어 고개 돌리네.(清秋落日已
側身, 過雁歸鴉錯迴手)"라는 구절이 있다. "鴉"는 "鴉"와 같다.

지으려고 이른 새벽의 머리 위에 별 있을 때 나가서는 한밤중이 되어 달 떠고 집으로 돌아온다.

◆…찌는 듯한 여름철에는 온 들판의 농작물 온통 파란빛을 띠고서 물결처럼 넘실대는가 싶더니, 상의 음계에 해당하는 가을철이 되고 나니 파랗던 농작물들이 어느새 모두 누렇게 변하여 뭉게구름처럼 넘쳐나고 있다. 땅거미가 뉘엿뉘엿 질 저녁 무렵이 되어 집으로 날아 돌아가는 기러기를 바라보고 있노라니 어디선가 실바람을 타고 아득하게 소 치는 아이들이 부는 피리 소리가 끊어졌다 이어졌다 희미하게 들려온다.

9-24 먼 산 遠岫

검은 눈썹인 듯 비녀인 듯, 연기도 구름도 아니네.

꿈에 드는 것 막지 못하고, 병풍 올린들 어찌 구분하리?

如黛如簪, 非烟非雲[97]

入夢靡遮, 上屛何分

---

96 요풍목적문(遙風牧笛聞): 당나라 장교(張喬)의 「하중의 관작루에 적다(題河中觀雀樓)」에 "어부가 불 보내와서 따뜻하게 되었는데, 목동의 피리 바람 타고 불어오니 밤에 물결 이네.(漁人遺火成寒燒, 牧笛吹風起夜波)"라는 구절이 있고, 주자의 「농부의 집에 적다(題野人家)」에 "농부 보습 내리니 차가운 비 충분히 내리고, 목동 피리 부니 저녁 바람 비끼네.(田父把犁寒雨足, 牧兒吹笛晚風斜)"라는 구절이 있다.

흐릿하게 항상 자리에서 마주하나,	微茫常對席
아득하니 꼭 어디쯤인지?	縹緲定何州
비 어둑하니 근심 어이하리오?	雨暗愁無奈[98]
하늘 비니 뜻 유유해지네.	天空意轉悠

아득히 보이는 먼 산이 어떻게 보면 검은 눈썹 화장을 한 미인의 아름다운 눈매인 듯도 하고 또 어떻게 보면 마치 비녀 같기도 하다. 또 어떻게 보면 안개인 듯하나 꼭 그것도 아니고 구름인 듯하면서도 아니다. 먼 산을 그리워하여 밤에 꿈을 꾸면 이 산들이 나타나고, 산수 병풍을 치면 이 산들과 구분도 되지 않는다.

◆…아득히 먼 곳에 있는 산들 여러 가지 모습 띠고 있어 흐릿하게 항상 마주하고 있으나 까마득하게 멀어서 정확히는 어디쯤 있는지 잘

---

97 여대비운(如黛非雲): 송나라 소식의 「장상영(張商英)을 송별하다가 메 산자를 얻어 짓다(送張天覺得山字)」에 "서쪽으로 태항령을 오르고, 북으로는 청량산을 바라보네. 맑게 갠 하늘에는 다섯 상투 떠 있고, 어둑한 놀은 상서로운 구름 사이에 있네.(西登太行嶺, 北望淸凉山. 晴空浮伍鬢, 晻靄卿雲間)"라는 구절이 있는데, 청나라 왕문고(王文誥)는 『사기 · 천문에 관한 기록(天官書)』을 인용하여 "연기 같은데 연기가 아니고 구름 같으면서도 구름이 아니며 관채가 영롱하고 엷게 굽이쳐 펼쳐진 것이 있으니 이를 경운(卿雲)이라 한다."라 하였다. 당나라 유장경(劉長卿)의 「상중기행 · 추운령(湘中紀行 · 秋雲嶺)」에 "산의 풍경 일정한 자태 없이, 연기 같기도 하고 또 검은 눈썹 같기도 하네.(山色無定姿, 如煙復如黛)"라는 구절이 있다.

98 우암수(雨暗愁): 당나라 오융(嗚融)의 「비온 뒤 수심에 찬 아낙의 음악을 듣다(雨後聞思婦樂)」에 "비 어둑하여 근심 없어지지 않고, 가운데로 나가니 달 밝음에 상심하네.(未省愁雨暗, 就中傷明月)"라는 구절이 있다.

알 수가 없다. 비 내려서 사방이 어둑해져 먼 곳의 산들 잘 보이지 않으니 마음 어찌할 바를 모르다가 비 그치고 구름 걷혀 하늘 비어 산들 다시 보이니 비로소 내 마음이 다시 유유하게 평정을 되찾는다.

9-25 흙 성 土城[99]

아아 저 남산, 산을 따라 성을 쌓았다네.
바다가 뽕나무 밭 되는 것 하루아침이니, 만씨와 촉씨 어찌 다툴까?

維彼南山, 因山作城[100]

海桑一朝, 蠻觸何爭[101]

난리 막는 것 어느 시대 사람이었던가?	禦難何代人
옛 전적 망망해서 캐 보기 어렵네.	古籍莽難考
시절 평화로운 지 오래되어 이미 허물어지니,	時平久已頹
토끼 굴에 넝쿨과 풀만 깊숙하다네.	兎穴深蔓草

서당의 남쪽으로 보이는 저 산에 산을 따라 돌아가며 산성을 쌓았다. 처

---

99 도산서당의 동남쪽에 있는 왕모산성(王母山城)을 말하는 것 같다.
100 유피남산(維彼南山):『시경 · 소아 · 높은 저 남산(節彼南山)』에 "높은 저 남산에는 바위나 차곡차곡 포개어져 있네.(節彼南山, 維石巖巖)"라는 구절이 있다.
101 만촉(蠻觸): 와각(蝸角)과 같은 의미로 사소한 것을 가지고 다투는 것을 말한다.『장자 · 칙양(則陽)』에 "달팽이의 왼쪽 뿔에 있는 나라를 촉씨(觸氏)라 하고, 달팽이의 오른쪽 뿔에 있는 나라를 만씨(蠻氏)라 했다. 이때 서로 땅을 다투어 싸움을 벌여 넘어져 죽은 시체가 수만이나 되었다."라는 고사가 있다.

음 산성을 쌓을 때는 쓸모가 있었으나 지금은 쓸모가 없는 듯하다. 바다가 뽕나무 밭처럼 변하는 것은 하루아침의 일이니 인간 세상의 일을 가지고 아옹다옹 다투는 것이 장자가 말한 달팽이의 뿔을 사이에 두고 만씨와 촉씨가 서로 다투던 일이나 무엇이 다를까?

◆ … 난리 막으려고 산성 쌓은 것 어느 시대의 사람이었던가? 한번 상고해 보려고 옛 전적을 뒤적여 보았으나 너무 망망해서 도무지 고찰해 내기가 어렵기만 하다. 그러나 외적을 막으려고 쌓은 이 산성도 평화로운 시절이 오래도록 지속되어 쓰이지를 못한 채 이미 다 허물어져 버리니, 토끼가 옛 토성 터의 이곳저곳에 굴을 파놓았으며, 이 토끼 굴에는 넝쿨과 수풀만 깊숙이 우거져 있을 뿐이다.

9-26 향교 마을 校洞

옛 현의 향교, 남은 터 뚜렷하네.

고려 말의 나약한 임금, 교화 전하지 않네.

古縣鄕學, 遺址宛然[102]

麗季孱王, 敎化無傳[103]

---

102 향학(鄕學): 『문집』에는 "향교(鄕校)"로 되어 있다.

유지완연(遺址宛然): 주자의 「사십 숙부의 백록동에서 지은 시의 각운자를 써서 짓다(次韻四十叔父白鹿之作)」에 "띠풀 베어 내고 집 지어 옛날의 선현 생각하니, 천년 남은 자취 아직도 뚜렷하네.(誅茅結屋想前賢, 千載遺蹤尙宛然)"라는 구절이 있다.

담장은 시내의 운무에 잠겨 있고,　　　　　　　　　宮墻沒澗烟[104]

음악에 맞춰 송독하니 산새들까지　　　　　　　　絃誦變山鳥[105]
　변화시키네.

누가 규약 일으키고 없앨 수 있는가?　　　　　　誰能起廢規

---

103 잔왕(孱王): 『한서·장이(張耳)와 진여(陳餘)의 전기』에 "조(趙)나라의 재상 관고(貫高)
와 조오(趙吾)는 나이가 60여 세로 옛날 장이(張耳)의 식객이었는데, 화가 나서 말했다.
'우리 왕은 약해빠진 왕입니다.(吾王孱王也)'"라는 말이 나오는데, 삼국 위(魏)나라의 맹
강(孟康)은 주석에서 "기주(冀州) 사람들은 나약한 것을 잔(孱)이라 한다."라 하였다. 또
한 주자의 「북산기행(北山紀行)」 제2장에 "시내는 여전히 후가라 불리고, 집은 나약한
임금이 지었네.(溪仍侯家名, 屋是孱王設)"라는 구절이 있는데, 주자 자신이 주석을 달고
말하기를 "후계는 본래 후씨들의 거처였는데, 이후주가 취하여 절로 만들었다.(侯溪, 本
侯氏所居, 李後主取以爲寺)"라 하였다. 여기서는 아마 망한 나라의 임금을 말한 것으로 보
인다. 『신증동국여지승람』 권 25 「예안현」조에 "의인폐현(宜仁廢縣)은 현의 동쪽 9리
지점에 있다. 원래는 안덕현(安德縣) 지도보부곡(知道保部曲)이었는데, 고려 공민왕이
현으로 승격하여 지금 이름으로 고치어 안동에 붙였다. 공양왕 때에 예안에 와서 붙였
다."라는 기록이 보인다.

104 궁장몰간연(宮墻沒澗烟): 궁장은 집의 담장이라는 뜻이다. 주자의 「백록동의 강학 모임
에서 복장이 지은 시의 각운자를 써서 짓다(白鹿講會次卜丈韻)」에 "집담 잡초에 덮인 지
몇 년이나 지났던가? 차가운 연기만이 시내의 샘 잠그고 있네.(宮墻蕪沒幾經年, 祇有寒煙
鎖澗泉)"라는 구절이 있다.

105 현송(絃誦): 옛날에는 『시경』을 전수하고 배울 때, 음악을 넣어 노래하는 것을 현가(絃
歌)라 하였고, 음악이 없이 낭독하는 것을 송이라 하였는데, 합쳐서 현송이라 하였다.
『예기·문왕이 세자였을 때(文王世子)』에 "봄에는 (『시』를) 암송하고, 여름에는 음악에
맞추어 연주하였다.(春誦, 夏絃)"라는 말이 있는데, 한나라의 정현(鄭玄)은 "송은 가악
(歌樂)이라 하며, 현은 현악을 『시』의 내용에 맞게 작곡하여 연주하는 것이다."라 하였
다. 또한 당나라의 공영달은 "송을 가악이라 한 것은 입으로 가악의 편장을 외어서 금
슬(琴瑟)에 맞추어 노래하지 않았기 때문이며, 현악을 『시』에 베푼다 한 것은 금슬을 저
시의 음절에 베푸는 것으로 시에 음악이 있으면 악장이 되기 때문이다."라 하였다. 나
중에는 학업을 전수하고 송독하는 것을 일반적으로 가리키게 되었다.

도의 오묘한 이치 크게 넓힌다네.　　　　　　　　張皇道幽眇[106]

옛날 고려에서 현을 설치하였던 곳에 있던 향교의 옛터는 지금까지도 그 자취가 뚜렷이 남아 있다. 그러나 다만 터만 남아 있을 뿐 고려 말의 나약한 임금들이 향교에서 가르치던 교화는 지금은 하나도 남아 있지 않아 전하는 것이 없다.

◆… 옛 향교의 담장은 안개에 가려 마치 안개 속에 빠져 있는 듯이 보인다. 옛날『시경』을 전수할 때처럼 음악 소리에 맞춰서 노래하고 낭독하니 산속의 새들 울음소리조차 예사로이 들리지 않아 마침내 산새들까지 교화되어 음악 소리에 맞추어 지저귀는 것처럼 들린다. 규약을 일으키고 없앨 수 있는 이 있다면 그는 필시 도의 오묘한 이치를 크게 넓힐 수 있는 사람임이 분명하다.

106　장황유묘(張皇幽眇): 당나라 한유의「학문에 나아감을 비방하는 말에 해명함(進學解)」에 "틈새를 깁고 새는 곳은 막았으며 오묘한 이치를 넓혀 크게 하였습니다.(補苴罅漏, 張皇幽眇)"라는 말이 있다.

10 또 5언절구 네 수를 짓다

이하 네 곳은 모두 천연대에서 바라본 것이다. 그러나 모두 주인이
있으므로 도산과는 관계가 없지만 따로 뒤에다 적어 두니 또한 황산곡의
경치를 빌린다는 비유이다

又伍言四絶四首 以下四處, 皆天淵所望. 然皆有主, 故不係陶山, 而別錄于後,
亦山谷借景之喩¹

10-1 농암

서취병의 동쪽에 있다. 돌아가신 지중추부사 이 선생의 정자가 있는 곳
이다.

聾巖 在西翠屛東, 故知中樞李先生亭館所在

서쪽으로 바위 낭떠러지 빼어난 곳 바라보니,	西望巖崖勝
높은 정자 그 기세 날 듯하네.	高亭勢欲飛
그 풍류 어떻게 다시 볼 수 있으리오?	風流那復覩²
산같이 우러러 보이는 이 지금은 드물다네.	山仰只今稀

---

1 산곡차경(山谷借景): 산곡은 송나라 황정견(黃庭堅)의 호이다. 황정견은 「차경정(借景亭)」이
라는 시를 지은 적이 있는데, 그 서문에서 "청신현 위의 청사는 성 입구에 옛집을 짓고 차경
정을 지었는데, 아래로 사씨네 집의 못과 대나무가 내려다보인다.(青神縣尉廳, 葺城頭舊屋,
作借景亭, 下瞰史家水竹)"라 하였고, 이어서 시에서는 "관리가 되어서 경치를 빌려도 백성들
다치지 않으니, 마치 못 파서 밝은 달 취하는 듯하네.(當官借景不傷民, 恰似鑿池取明月)"라 읊
었다. 이와 관련 있는 기록은 『명일통지(明一統志)』 권 71 「미주(眉州)」조에도 있다.
2 풍류나부도(風流那復覩): 이때는 농암이 이미 세상을 뜬 후이기 때문에 이렇게 말하였다.

◆…서쪽을 바라보니 암벽 낭떠러지 풍경이 빼어나고 그 위에 또 높다랗게 정자가 하나 우뚝 서 있는데, 그 기세가 마치 하늘로 금방이라도 날아오를 듯하게 생겼다. 그곳에서 놀던 농암 같은 이의 풍류는 그분이 돌아가시고 난 뒤에는 다시 보기 어려울 것 같고, 지금 세상에는 그분처럼 산같이 우러러 보이는 이는 실로 거의 볼 수가 없는 것 같다.

10-2 분천

서취병의 남쪽에 있는데 실은 마을 이름이다. 지사의 맏이인 찰방 이대성이 사는 곳이다. 대성의 호는 벽오이다.

汾川 在西翠屏南, 實里名也. 知事之胤察訪李大成, 所居. 大成, 號碧梧[3]

부내는 특이한 물 아니지만,　　　　　　　　　　汾川非異水

고개 돌려 오동나무 그늘 생각하네.　　　　　　回首想梧陰[4]

후둑후둑 성긴 빗소리 울리는데,　　　　　　　撼撼鳴疎雨[5]

가을 되니 주인 매우 그리워서라네.　　　　　　秋來戀主深

3　대성(大成): 농암의 차남으로 이름은 이문량(李文樑; 1498~1581), 호는 벽오(碧梧) 또는 녹균(綠筠)이라 하였다. 과거에는 급제한 적이 없으며, 음직(蔭職)으로 평릉도찰방(平陵道察訪)에 제수된 적이 있기 때문에 찰방이라 하였다. 퇴계와는 절친하게 지냈으며, 특히 퇴계의 수제자[高弟]들로 꼽히는 이덕홍(李德弘) 및 황준량(黃俊良: 이문량의 사위) 등이 초년에 그에게서 가르침을 받은 적이 있었다. 효성과 우애가 뛰어나 삼국(三國)시대의 백미(白眉) 마량(馬良)에 비유되었다. 찰방은 각도의 역참(驛站) 일을 맡아보던 외직(外職) 문관 벼슬로 역승(驛丞) 또는 마관(馬官)이라고도 하였다.

4　오음(梧陰): 이대성의 호가 벽오(碧梧)이기 때문에 그가 그립다는 뜻으로 연관지어져 쓰였다.

◆…부내는 경치가 아주 좋거나 하여 눈여겨볼 만한 빼어난 시내는 아닌 것 같지만 고개를 돌려 벽오 노인이 심어 놓고 자신의 호로 삼았던 오동나무의 그늘을 생각해 본다. 후둑후둑하며 오동잎이 거의 다 지고 난 나무로 빗방울이 떨어지는 성긴 소리가 울리는데, 가을이 되어 오동나무를 보니 주인이 더욱 그리워진다.

10-3 하연

서취병 아래에 있다. 승지 이공간의 정자가 그 위에 있다.

賀淵 在西翠屏下. 承旨李公幹亭舍, 在其上[6]

빠른 여울 내려가 못 되는데,	激湍下爲淵
깊은 곳 몇 길은 되네.	深處知幾丈[7]

---

5 색색(摵摵): "摵"은 축(所六切)과 색(山責切)이라는 두 가지 음이 있는데, 전자는 이르다 (至, 到)의 뜻이 있고, 후자는 나뭇잎이 떨어지는 모양을 나타내는 의태어이며 "槭(축)"자 와도 통하여 쓴다. 한유의 「대리평사(大理評事)이신 최사립(崔斯立)에게 드림(贈崔立之評 事)」에 "따사로이 처마 날로 따뜻하고 신선해지며, 우수수 우물가의 오동나무 성글어지 고 또 떨어지네.(暉暉簷日暖且鮮, 摵摵井梧疎更殞)"라는 구절이 있다. 이 시에서는 나뭇잎 에 비가 떨어지는 의성어로 쓰였다.

6 공간(公幹): 공간은 농암의 4남인 이중량(李仲樑; 1504~1582)의 자이며 호는 하연(賀淵) 이다. 중종 23년(1528)에 사마시에 합격하고, 1534년에 식년 문과에 병과로 급제하여 관 로에 올랐다. 청송부사를 거쳐 안동대도호부사(安東大都護府使)를 지냈다. 농암의 장남 인 이석량(李碩樑)이 일찍 죽자 이중량에게 후사를 잇도록 했다.

7 심처지기장(深處知幾丈): 주자의 「받들어 장식(張栻)이 성남의 스무 곳을 읊은 시와 같은 각운자를 써서 · 납호(奉同張敬夫城南二十詠 · 納湖)」에 "납호의 물 생각해 보니, 가을 되어 얼마나 깊을까?(想像南湖水, 秋來幾許深)"라는 구절이 있다.

이곳 주인 은대에 있으니,   主人在銀臺[8]

안개 물결 자주 꿈속에서 생각하리.   烟波頻夢想[9]

◈⋯ 빠른 여울 하나가 급하게 아래쪽으로 흘러 내려가 천연적으로 조성된 깊은 못이 된다. 그 가운데 깊은 곳은 도대체 몇 길이나 되는지 알수가 없다. 이곳에 터를 잡고 살던 주인인 공간 이중량은 지금 조정의 승정원에서 일하고 있다. 이곳에서 이는 안개 덮인 물결을 보고 싶어도 자주 볼 수가 없어 잠을 자다가 꿈속에서나 자주 생각해야 할 것이다.

10-4 병암

서취병의 낭떠러지 벽에 있다. 진사 이대용이 짓고 중에게 지키게 하였

---

8 은대(銀臺): 중국의 직관 중 문하성에 속한 한림원을 지칭하는 말로, "은대문(銀臺門)"을 통하여 한림학사(翰林學士)들이 드나들면서 임금을 배알하였다 한 데서 유래하였다고 한다. 『송사 · 직관에 관한 기록(宋史 · 職官志)』에 의하면 "전국의 임금에게 올리고 또 임금이 내리는 각종 문서를 거두는 일을 맡아서 관장하였다." 한다. 우리나라에서는 주로 왕명의 출납을 관장하던 임금의 비서기관인 승정원(承政院)을 말한다. 승정원을 일컫는 또 다른 말로는 은대 외에도 정원(政院) · 후원(喉院) · 대언사(代言司) 등이 있어서 승정원이 관장했던 업무의 성격을 보여주고 있다.

9 은대~몽상(銀臺~夢想): 주자의 「외사촌인 축택지가 지은 시의 각운자를 써서 귀성하러 가는 유자진을 송별하다(次祝澤之表兄韻, 送劉子晉歸省)」에 "누런 책 공부 오묘하니, 색동 옷 꿈에 자주 생각나네.(黃卷工夫妙, 斑衣夢想頻)"라는 구절이 있고, 역시 주자의 「백승의 등왕각에 올라 옛일을 생각하다라는 시의 각운자를 써서. 대개 들으니 지난번에 연각공이 이곳에서 상소문을 올렸다고 한다(次韻伯崇登滕王閣, 蓋聞往時延閣公拜疏於此云)」에 "금궁궐과 은대문 꿈속에서 생각하는 가운데, 누대 앞에서 절하고 춤추니 검은 비단 주머니 비었네.(金闕銀臺夢想中, 樓前拜舞皁囊空)"라는 구절이 있다.

다. 옛날에는 고요한 방이 있었는데 근자에 듣자니 지키던 중이 그 방을
개조해서 아름다운 경치를 자못 잃었다고 한다.

屏巖 在西翠屏崖壁中. 上舍李大用所構, 命僧守之. 舊有淨室, 近聞守僧改置其
室, 頗失佳趣云

병암 낭떠러지에 있는데,	屏庵在懸崖
바위 틈의 샘물이 시리네.	石縫泉冰齒[10]
옛날에는 온 방 밝은 것 사랑스러웠으나,	舊愛一室明
지금은 정녕코 어떠한지.	如今定何似

◆…서취병의 낭떠러지 벽에 병암이 있는데 바위의 갈라진 틈 사이로
샘물이 졸졸 흘러나온다. 그 샘물이 얼마나 맑고 차가운지 마시면 이
까지 다 시리다. 이대용이 처음에 이 암자를 지을 때는 온 방에 빛이 환
하게 들도록 한 것이 매우 사랑스러웠다. 그런데 지금은 그곳을 지키
던 중이 그곳을 고쳤다고 들었는데 옛 모습을 그대로 간직하고 있는
지 어떤지 가보지 않아 정녕코 어떠한지를 모르겠다.

---

10 석봉천빙치(石縫泉冰齒): 송나라 서조(徐照)의 「옹권(翁卷)의 겨울날 있던 일을 적다라는
시에 화답하다(和翁靈舒冬日書事)」세 수 중 첫째 시에 "바위 틈으로 얼음 같은 물 올라오
는데, 추위 이기고자 친히 차 달이네.(石縫歔氷水, 凌寒自煮茶)"라는 구절이 있다. 빙치는
샘물이 차가워 이가 시린 것을 말한다.

높은 곳에 올라 처음 보니	臺上初看月色多[2]
달빛 많고,	
높은 곳 앞에서 술을 부르고	臺前呼酒泛金波
금빛 물결 위에 떠가네.	
밤에 내리는 눈을 틈타	疑乘夜雪尋溪興[3]
시내의 물 따라가는 흥겨움 찾는 듯도 하고,	
은하수 곁에서	似傍銀河接海槎[4]
바다 뗏목 탄 듯도 하네.	
계수나무 노 저으며 노래 끝날 즈음	桂棹歌殘懷渺渺[5]
아득하게 님 그리워하고,	
신선 날개옷 꿈에 보이니	羽衣夢見笑呵呵[6]

---

1 대성과 대용은 바로 앞 시에 나왔다. 문경(文卿)은 『고증』에 의하면 김기보(金箕報)의 자이며, 호는 창균(蒼筠)이라 하였다 한다. 안동에서 살았으며 퇴계의 문하에서 노닐었고, 벼슬은 현감을 지냈다.

2 대상~월색다(臺上~月色多): 당나라 한유의 「월대(月臺)」에 "똑바로 모름지기 누대 위에서 보니, 비로소 달 밝으니 어찌할까?(直須臺上看, 始奈月明何)"라는 구절이 있는데, 여기서 대는 천연대를 말한다.

3 의승~계흥(疑乘~溪興): 117쪽의 주석 71 참조.

껄껄 웃네.

해마다 시월의 이렇게   年年十月風流事[7]

---

4 은하~해사(銀河~海槎): "槎"는 "查", 혹은 "楂"라고도 쓰며, "물 위에 떠 있는 나무(水中浮木)"곧 뗏목이라는 뜻이다. 남조 진(晉)나라 왕가(王嘉)의『습유기·당요(拾遺記·唐堯)』편에 다음과 같은 고사가 있다. "요임금이 재위에 오른 지 30년 만에 큰 뗏목이 서해로 떠올라 왔는데, 그 뗏목 위에는 마치 별빛이나 달빛 같은 빛이 있는 것 같았으며 밤에는 빛나고 낮에는 사라졌다. 바닷사람들이 그 빛을 바라보면 언뜻 보기에는 크기도 한 듯하고 또 얼핏 보면 작은 것 같기도 하여 마치 별과 달이 드나드는 것 같았다. 이 뗏목은 항상 온 천하를 떠돌아다니는데 12년 만에 하늘을 한 바퀴 돌며, 한 바퀴를 돌고 나면 다시 시작하는데, 이 뗏목의 이름을 '달을 꿰는 뗏목(貫月査)'이니 '별에 걸린 뗏목(挂星査)'이니 한다." 또 진나라 장화(張華)의『박물지(博物志)』에는 다음과 같은 고사가 전한다. "옛날 이야기에 은하수는 바다와 통하였다 하는데, 근래에 바닷가에 사는 어떤 사람이 해마다 8월만 되면 뗏목을 띄우고서 그곳을 왕래하는데, 그때를 놓치지 않는다 하였다." 당나라 두보의「늦가을에 소씨네 다섯째 아우 영의 강가의 누각에서 평사 벼슬을 하는 최씨네 열두째와 소부 벼슬을 하는 위씨 어른의 조카에게 밤에 연회를 베풀다(季秋, 蘇伍弟纓江樓, 夜宴崔十二評事·韋少府姪)」의 세 수 중 둘째 시에 "맑음은 술잔 가운데의 술에서 움직이어, 높이 바다 위의 뗏목 따르네.(淸動杯中物, 高隨海上査)"라는 구절이 있고, 또 송나라 소식의「아우인 자유의 목산봉에 물을 끌어들이다라는 시에 화답하다(和子由木山引水)」에 "촉간에 오래도록 푸른 물결 보이지 않더니, 강 위의 마른 뗏목 멀리 가서 가질 수 있겠네.(蜀間久不見滄浪, 江上枯槎遠可將)"라는 구절이 있다.

5 계도~묘묘(桂棹~渺渺): 송나라 소식의「적벽(赤壁賦)」에 "이에 술을 마시니 매우 즐거워 뱃전을 두드리며 노래했다. '계수나무와 목란 상앗대로, 물에 비친 달그림자를 치며 물결 거슬러 올라가네. 넓고 아득한 내 마음이여, 하늘 한쪽에 있는 님을 그리도다.(於是飮酒樂甚, 扣舷而歌之日, 桂櫂兮蘭槳, 擊空明兮泝流. 渺渺兮予懷, 望美人兮天一方)'"라는 구절이 있다.

6 우의몽견(羽衣夢見): 송나라 소식의「나중에 읊은 적벽(後赤壁賦)」에 "꿈에 한 도사가 깃 날개옷을 입고 빙빙 돌면서 임고의 아래로 날아가더라.(夢一道士, 羽衣蹁躚過臨皐之下)"라는 구절이 있다.

7 시월풍류사(十月風流事): 아마 송나라 소식(소동파)이「나중에 읊은 적벽(後赤壁賦)」을 짓고 다시 적벽에 가서 양자강 풍류를 타고 논 것이 시월이므로 그것을 가리키는 것 같다.

풍류스런 일,

한탄하지 말게나, 새 가을에   莫恨新秋有障魔[8]

　　마귀 낀 장애 있다고.

여름과 가을이 바뀔 즈음

나는 으레 토계 곁에 틀어박혀 지낸다.

夏秋之交, 予例屛溪上[9]

◆…탁영담 위에 있는 천연대에 올라 막 하늘을 쳐다보니 달빛이 많이
쏟아져 내린다. 천연대 앞에서 사람을 불러 술을 가져오라고 시키고는
달빛이 비쳐서 금빛 물결이 찰랑이는 탁영담 위로 배를 띄웠다. 이때
의 기분은 마치 눈 온 날 밤에 왕휘지가 대안도를 빙자하여 배를 타고
시내를 따라 내려가면서 흥겨움을 찾던 일에 비길만하다. 또 마치 은
하수 곁을 따라가다가 바다 위를 떠다니는 뗏목과 만난 듯도 하다. 경
치가 얼마나 좋은지 노는 계수나무와 같은 좋은 재질로 만든 듯이 느
껴지고 그 노를 저으면서 부르던 노래가 끝날 즈음에 아득하게 님을
그려본다. 배를 띄워 놓고 술을 마시다가 잠깐 잠이 들어 꿈속에서 날

8　장마(障魔): 당나라 백거이의 「봄에 노니는 꿈을 꾸다라는 시에 백운으로 화답하다(和夢
　　遊一百韻)」에 "장애는 지혜의 등불로 태워야 하고, 마는 지혜의 칼로 죽여야 하네.(障要智
　　燈燒, 魔須慧刀戮)"라는 구절이 있다.
9　가을에 낙동강에서 잡히는 은어는 나라에 바치는 진상품이기 때문에 이것을 잡지 않기
　　위하여 강가에 있는 도산서당에는 나오지 않고 토계(퇴계) 곁에 있는 본가에 들어가 있
　　다는 뜻이다.

개옷을 입은 신선을 만나게 되니 껄껄 소리 내어 크게 웃는다. 해마다 시월이 되어 소동파가 적벽에서 배를 띄우고 노닐던 풍류스런 일 생각하니, 이제 막 가을에 접어들어 새 가을에 마귀 낀 장애가 있어서 달을 보지 못한다고 한탄하는 일이 없도록 하게.

12

정유일이 찾아와 함께 도산에 이르러 한번 둘러보고 이별한 후에 뒤쫓아 부치다

정유일이 근자에 가주서로 은대에 들어갔기 때문에 '청쇄시재'라는 말을 하였다

鄭子中來訪, 俱至陶山, 眺覽, 旣別, 追寄[1] 子中近以假注書,[2] 入銀臺,[3] 故有靑瑣試才之語

몇 해 만에 겨우 보았네,	幾歲纔看環堵闢[4]
자그마한 집 열림,	
오늘 새벽 갑자기	今晨頓有玉人來[5]
옥 같은 사람 찾아왔네.	

---

1 정자중(鄭子中): 정유일(鄭惟一; 1533~1576)의 자, 호는 문봉(文峯), 본관은 동래(東萊)이다. 어려서는 충재(冲齋) 권벌(權橃)의 문하에서 수학하다가 성장하여 도산으로 와 퇴계의 문하에서 가르침을 받았다. 명종 7년인 1552년에 생원이 되고 1558년에는 문과에 병과로 급제하여 진보 · 예안의 현감을 거쳐 영천군수 등을 지냈다. 그 뒤로 관직이 대사간에까지 이르러 조정의 질서를 바로잡는 데 앞장섰다. 퇴계 사후에는 시호를 내리도록 임금에게 간곡히 진언하였으며 문인들을 대표하여 「퇴계의 말씀과 행동에 대한 통괄적인 서술(言行通述)」을 지어 남겼다. 시문에 뛰어나『한중록(閑中錄)』·『관동록(關東錄)』·『송조명현록(宋朝名賢錄)』을 지었다 하나 임진왜란 때 소실되었으며,『문봉집(文峯集)』이 전한다.
2 가주서(假注書): 벼슬 이름으로 조선시대 승정원의 사변가주서(事變假注書)를 줄여서 이르는 말이다. 주서는 승정원의 승지 밑에서 매일 임금을 모시는 승정원에서 일어나는 사건을 기록하는 직책인데, 가주서는 정7품의 정원(定員) 외 임시직 주서로 비변사(備邊司)와 국청(鞫廳) 등의 일을 맡아 보았다.
3 은대(銀臺): 승정원(承政院)의 별칭. 137쪽의 주석 8 참조.

함께 시원하고 상쾌함 좋아하니　　　　　　共憐蕭洒堂臨沼
　　서당 소에 비치고,

깊은 물을 함께 즐기니　　　　　　　　　同玩涵泓水映臺
　　물에 높은 곳 비치네.

누런 책과 흰 구름은　　　　　　　　　　黃卷白雲容我拙[6]
　　나의 옹졸함 받아들이고,

자신전의 청쇄문에서는　　　　　　　　　紫宸靑瑣試君才[7]
　　그대 재주 시험하네.

그대 보내고 홀로　　　　　　　　　　　送君獨自盤桓處[8]
　　서성이는 곳에,

꽃 지고 봄도 가니　　　　　　　　　　　花落春歸思莫裁[9]
　　생각 어쩌지 못하네.

---

4 환도(環堵): 사방이 1도(堵)인 방, 곧 좁은 방을 말한다. 사방 1장(丈)을 판(版)이라 하고 5
　　판을 1도(一堵)라 한다. 『예기·선비의 행실(儒行)』에 "선비에게는 1묘(畝)가 되는 담장
　　에 사방 1도(環堵)의 방이 있으며, 대나무를 쪼개어 엮은 낮은 문이 있다."라는 말이 나온
　　다. 곧 협소한 방을 비유하는 말로 쓰인다. 남조 진나라 도연명(陶淵明)의 「오류선생의 전
　　기(五柳先生傳)」에 "좁다란 방은 쓸쓸했으며(環堵蕭然) 바람이나 해를 가려 주지 못했다."
　　라는 구절이 있다. 또한 송나라 소식의 「방산자 진조(陳慥)의 전기(方山子傳)」에도 "좁은
　　방은 쓸쓸하고 한적하였으며(環堵蕭條), 처자와 종들은 모두 스스로 만족해 하는 뜻이 있
　　었다."라는 구절이 보인다.

5 돈유옥인(頓有玉人): 옥인은 용모가 아름다운 사람을 가리키는 말로 『남사·사회(謝晦)
　　의 전기』에 "당시 사혼(謝混)은 풍채와 재주가 양자강 이남[江左]에서 첫째였는데, 일찍
　　이 사회와 함께 무제(武帝)의 앞에 있었던 적이 있었다. 무제는 그를 보더니 '한꺼번에 갑
　　자기 옥 같은 사람을 둘씩이나 가지게 되었구나.(一時頓有兩玉人耳)'라 하였다."는 기록이
　　보인다.

◆ … 누추한 이곳의 도산서당에 처박혀 지내다가 오늘 새벽에 옥 같은

---

6 황권백운(黃卷白雲): 모두 당나라 적인걸(狄仁傑)의 고사를 따다 썼다. 황권은 책, 서적을
　　말한다. 옛날에는 황벽나무로 종이를 누렇게 물들여 좀이 스는 것을 막았으므로 이렇게
　　부르게 되었다. 『신당서 · 적인걸의 전기(狄仁傑傳)』에 "적인걸이 어릴 때 문지기 중에 피
　　해를 입은 사람이 있어 관리가 와서 조사를 하게 되었는데 뭇사람들이 다투어 가면서 따
　　지고 대답하였지만 적인걸은 책만 외고 있으면서 그것을 치지도외하였다. 관리가 그를
　　나무라니 이렇게 대답하였다. '서적 속에서 바야흐로 성현들과 마주하고 있거늘(黃卷中
　　方與聖賢對) 어찌 속된 관리들과 잠시라도 이야기할 여가가 있단 말이오?' …… 병주 법
　　조참군(幷州法曹參軍)에 추천받아 제수되었다. 양친은 하양(河陽)에 있었는데 적인걸이
　　태항산(太行山)에 올라 되돌아보니 흰구름이 외로이 날고 있는 것을 보고 좌우에 말했다.
　　'우리 양친은 저 아래에 살고 있다.' 슬피 오래도록 그것을 보고 있다가 구름이 옮겨 가자
　　갈 수 있었다."라는 기록이 있다.
7 자신(紫宸): 천자가 거처하는 궁전 이름이다. 당 · 송 때 군신을 접견하고 외국사자들이
　　조알하고 경하하는 내조[內朝正殿]로 대명궁(大明宮) 내에 있었다.
　　청쇄(青瑣): 대궐문, 즉 궁문을 말한다. 한나라 때는 궁문에 사슴 모양의 문양을 새기고
　　푸른 칠을 했으므로 그렇게 불렸다. 『한서 · 원후(元后)의 전기』에 "곡양후(曲陽侯) 근(根)
　　은 교만하고 사치스러워 스스로 임금과 같이 지대의 뜰은 붉게 하고 청쇄문(青瑣門)을 만
　　들었다."는 말이 나오는데, 당나라의 안사고는 "푸른색으로 집 주위에 그림을 그리고 그
　　가운데를 새기는 것은 천자의 법제이다. …… 청쇄라는 것은 이어진 사슴 무늬를 새기고
　　그것을 푸른색으로 칠하는 것이다."라 하였다. 『한나라 관직의 예법(漢官儀)』에 "황문시
　　랑[黃門郎]은 매일 해가 지면 청쇄문을 향하여 절을 올리므로 석랑(夕郎)이라고 한다."는
　　말이 나온다. 진나라 좌사(左思)의 「오나라의 도읍(吳都賦)」에 "곡계는 조각하고 동자 기
　　둥은 아로새겼으며, 사슴 무늬에는 푸른 칠을 하고 기둥에는 붉은 칠을 했다네.(雕欒鏤
　　棼, 青瑣丹楹)"라는 구절이 나온다.
8 반환(盤桓): 머뭇거리며 멀리 떠나가 못하는 모양을 말한다. 진나라 도연명의 「돌아가자
　　꾸나(歸去來辭)」에 "해는 뉘엿뉘엿 지려 하는데, 외로운 소나무 어루만지며 서성이네.(景
　　翳翳而將入, 撫孤松而盤桓)"라는 구절이 있다.
9 화락~막사재(花落~莫思裁): 당나라 유상(劉商)의 「왕영을 떠나보내다(送王永)」에 "그대
　　봄산 떠나면 누구와 함께 노닐까? 새 우짖고 꽃 떨어지며 물만 공연히 흐른다네.(君去春
　　山誰共游, 鳥啼花落水空流)"라는 구절이 있다.

귀인인 정유일이 갑자기 찾아와 주어 몇 년 만에 처음으로 자그마한 방의 문이 열리게 되었다. 나나 정유일이 모두 서당이 맑고 시원하게 천연대 앞의 탁영담 같은 깊은 웅덩이에 비치는 것을 사랑했다. 깊이 웅덩이진 못물을 함께 즐기고 있자니 바로 앞의 높은 곳인 천연대가 물에 비친다. 은자 같은 모습을 한 흰 구름이 둥실 떠 있는 이곳 도산에서 성현들의 훌륭한 말씀이 담긴 누런 책을 보고 있자니 나의 옹졸한 성격을 받아들이는 것 같은데, 임금님 계신 자신전의 푸른 사슬 모양의 무늬를 새긴 대궐의 궁문에서는 일찍이 그대의 훌륭한 재주를 시험하셨었지. 잠깐 만의 반가운 만남이 끝나고 궁궐로 다시 그대를 떠나보낸 뒤에 홀로 하릴없이 왔다갔다 서성이는 이곳에, 꽃이 다 지고 따라서 봄도 다 가고 나니 그대 생각에 이 몸 어찌할 바를 모르겠다네.

13

4월 16일 탁영담의 달빛에 배를 띄우다

조카 교와 손자 안도 및 이굉중에게 '명월청풍'으로 운자를 나누게 하여 '밝을 명'자를 얻다

四月旣望, 濯纓泛月 令喬姪 · 安道孫及 · 李宏仲, 以明月淸風, 分韻得明字[1]

물과 달 어둑어둑
　밤 기운 맑은데,

水月蒼蒼夜氣淸[2]

조각 배에 바람 부니
　빈 밝음 거슬러가네.

風吹一葉泝空明

한 바가지 흰 술은

匏尊白酒飜銀酌

1　이교(李喬): 선생의 조카로 온계(溫溪) 이해(李瀣)의 셋째 아들. 자는 군미(君美; 1531~?)
　이고 호는 원암(遠巖). 일찍이 『가례(家禮)』·『소학(小學)』·『대학혹문(大學或問)』을 읽고
　느낌을 적은 시 세 수를 퇴계에게 바쳐 퇴계가 이에 차운한 시가 『속집』 권 2에 보인다.
　벼슬은 음직(蔭職)으로 현감을 지냈다.
　안도(安道): 퇴계의 손자이다. 24쪽의 주 1 참조.
　이굉중(李宏仲): 이덕홍(李德弘; 1541~1596)의 자. 호는 간재(艮齋)이며, 본관이 영천(永
　川)으로 농암의 종손자(從孫子)이다. 어려서는 금란수(琴蘭秀)의 문하에서 수학하였으나
　얼마 뒤 금란수와 함께 퇴계의 가르침을 받았다. 형인 곤재(坤齋) 이명홍(李明弘), 노재(蘆
　齋) 이복홍(李福弘)과 함께 도산서당에서 수학하였으며, 퇴계에게 혼천의(渾天儀)와 선기
　옥형(璇璣玉衡)을 지어 바치기도 하였다. 선조 초년에 학행(學行)으로 참봉에 제수되었
　으나 나아가지 않았으며, 퇴계가 작고할 때 서적 관리를 부탁받았을 정도로 신임을 받았
　다. 이조참판에 추증되었다.
2　창창야기청(蒼蒼夜氣淸): 주자의 「여러 동료들과 북산에 가서 제물을 바치고 백암을 지
　나는 길에 잠시 쉬다(與諸同寮, 講奠北山, 過白巖小憩)」에 "어둑어둑 저녁 기운 일어나는데,
　돌아오는 군사 동쪽 성둑에서 오네.(蒼蒼暮色氣, 反旆同城阡)"라는 구절이 있다.

은빛 잔에 찰랑이고,

계수나무 노에 흐르는 빛은   桂棹流光掣玉橫[3]
옥형을 끄네.

채석산의 미치광이 짓은   采石顚狂非得意[4]
뜻 얻은 것 아니고,

낙성호의 놀이야말로   落星占弄最關情[5]
가장 마음을 끄네.

모르겠네, 백년 세월   不知百歲通泉後

---

3 풍취~유광(風吹~流光): 송나라 소식의 「적벽(赤壁賦)」에서 따다 쓴 것 같다. 120쪽의 주
   50 참조.
   체옥횡(掣玉橫): 옥횡은 곧 옥형(玉衡)을 말한다. 옥형은 원래 북두칠성의 다섯 번째 별인
   데, 북두칠성 전체를 가리키는 말로도 쓰인다. 당나라 두보의 「달(月)」제2수에 "은하수
   지는 것 어긋나게 하지 않고, 또한 옥승별 비스듬히 짝하네.(不違銀河落, 亦伴玉衡橫)"라는
   구절이 있는데, 청나라의 구조오(仇兆鰲)는 "『천문지(天文志)』에 의하면 북두칠성의 자루
   쪽[杓] 세 별이 옥형이며, 『춘추원명포(春秋元命苞)』에서는 옥형 북쪽의 두 별을 옥승(玉
   繩)이라 하였다."라 하였다. "횡(橫)"과 "형(衡)"은 서로 통하여 쓰인다.
4 채석전광(采石顚狂): 채석은 산 이름이다. 명나라 이현(李賢)의 『명일통지(明一統志)』권
   15 「태평부(太平府)」에 "부 성의 북쪽 25리 우저(牛渚)의 북쪽에 있다. 옛사람들이 이곳
   에서 돌을 채취하였으므로 이름하였다. 강을 바라보는 곳에 낚시터가 하나 있는데 채석
   (采石)이라고 한다. 당나라 이백이 일찍이 배를 타고 최종지(崔宗之)와 함께 채석에서 금
   릉(金陵)에 이르렀다."는 기록이 보인다. 이백의 고사는 『당서(唐書)』본전에도 나온다.
   같은 책 같은 편의 「제월정(提月亭)」에도 "채석산에 있다. 이백이 채석산을 지나다가 술
   이 너무 취하여 물속에서 달을 잡았다고 하는데 후인들이 이 때문에 정자의 이름으로 삼
   았다고 한다."라 하였다.
5 낙성(落成): 호수 이름. 『일통지』권 25 「남강부(南康府)」에 "팽려호(彭蠡湖) 서북쪽에 있
   다. 호수에 작은 산이 있는데, 전하는 바에 의하면 별이 물에 떨어져 된 것이라고 한다.
   진(晉)나라의 왕승변(王僧辯)이 후경(侯景)을 낙성만에서 쳐부수었다."라 하였다.

통천에 흐른 뒤에,

다시 어떤 사람이 나와서   更有何人續正聲[6]

바른 소리 이을지.

회암 선생의 「낙성호의 물굽이에 달이 떠올라 배를 띄우다」 시에서는,
소후호의 "오랫동안 안개 물결 차지하고서 밝은 달 가지고 노네."라는
구절을 들어 시의 첫머리에 두고는 후호가 남긴 사적에 대해 깊이 탄식
하였다. 이는 대체로 후호의 옛 거처가 서쪽 외성의 성문 밖에 있기 때문
에 그런 것이며, 배 안에서 바라본 것이다. 또한 선생은 일찍이 부경인·
원기중·양문숙·오무실과 함께 무이의 구곡에 배를 띄우고 서로 함께
시를 주고받았다. 선생의 시에 "백세 후에 누가 다시 통천으로 올까?"라
는 구절이 있다. 경인은 종일 이 구절을 읊조렸다.

晦菴先生泛月落星灣詩, 擧蘇後湖長占烟波弄明月之句, 冠之詩首而深歎後湖之
遺烈. 盖後湖舊居在西郭門外, 舟中所望也[7]. 又先生嘗與傅景仁·袁機仲·梁文
叔·鳴茂實泛舟九曲, 相與唱酬. 先生詩有百歲誰復來通泉之句. 景仁終日吟此句[8]

---

6 부지~속정성(不知~續正聲): 당나라 두보의 「소보인 설직이 벽에다 쓰고 그린 것을 살펴
   보고(觀薛稷少保書畫壁)」에 "이번 길 장관 겹쳤고, 곽대공과 설소보 모두 재능 뛰어나다
   네. 모르겠네, 백년이 지난 후에, 누가 다시 통천으로 올런지.(此行疊壯觀, 郭薛俱才賢. 不知
   百載後, 誰復來通泉)"라는 구절이 있다. 송나라 곽지달(郭知達)의 『아홉 사람의 주석(九家
   注)』에서는 "통천에는 앞에는 곽대공(郭代公)이 있었고, 뒤에는 설소보(薛少保)가 있었기
   때문에 곽·설이라 하였다."라 하였다. 청나라 구조오는 "곽원진(郭元振)과 설직이 지은
   것이 남아 있는데 모두 장관이 되었다. 장차 누가 다시 이곳으로 와서 그 운치 있는 일을
   잇겠는가?"라 하였다. 시에서 말한 것은 두보의 곽원진과 설직의 설화를 후세에 누가 다
   시 잇겠는가라는 데서 따왔지만, 여기서는 주자의 뒤를 잇겠다는 뜻으로 말하였다.

◆… 탁영담의 물과 달은 검푸른 빛을 띠고 어둑어둑한데 밤의 기운은 맑고, 일엽편주에 때맞추어 바람 불어오니 달이 비쳐 환하게 빛나 비어 보이는 곳으로 물결 거슬러 올라간다. 바가지 잔의 흰 술은 달빛을 받아 은으로 만든 술잔에서 찰랑이는 듯 보인다. 보잘것없는 배나마 달밤에 보니 훌륭하게 보여 노를 마치 계수나무로 만든 것 같다. 저을 때마다 노의 물빛이 흐르는 물을 반사하여 마치 북두칠성을 끄는 듯이 보인다. 채석산에서 미치광이 같은 행동을 했던 이백의 행동은 내가 보기에 뜻을 얻은 것 같지 않다. 팽려호 서북쪽에 있는 별이 떨어져

---

7 회암~소망야(晦菴~所望也): 인용된 주자 시의 정확한 제목은 「팽려의 달밤에 낙성호에 배를 띄우다라는 시에 화답하다(和彭蠡月夜汎酒落星湖)」이다. 이 시의 첫째 연과 셋째 연 "길이 안개 물결에서 밝은 달 가지고 놀자니, 이 마음 오래 되었네, 누구의 말 따른 것. …… 고개 돌려 문득 서곽문을 바라보니, 아직도 기쁘네, 후호의 신선 소상이 남긴 업적 있음이.(長占烟波弄明月, 此心久矣從誰說…… 回頭忽見西郭門, 尙喜蘇仙有遺烈)" 주자가 스스로 주석을 달고 말하기를 "첫째 구는 소양직의 시구를 온전히 썼다. 소상의 옛 거처는 수서문 밖에 있는데 배를 타고 가면서 그곳을 바라보았다.(首句全用蘇養直詩. 蘇舊居水西門外, 舟行望其處)"라고 했다.

소후호(蘇後湖): 송의 소상(蘇庠; 1065~1147)을 말한다. 자는 양직(養直)이며 단양[丹陽; 지금의 강소(江蘇)로 『송시기사』에서는 예주(澧州)라고 하였다.] 사람이다. 처음에는 안질을 앓아 자호를 생옹(眚翁)이라 하였다가 나중에 단양의 후호(後湖)로 옮기고부터는 후호병민(後湖病民)으로 호를 고쳤다. 소흥 연간에 여산에 거처하며 서부(徐府)와 함께 부름을 받았으나 나아가지 않았다.

소상의 시는 「맑은 강(淸江曲)」이며 이미 앞의 「월정(月艇)」 시에서 인용하였다. 송나라 소식이 이 시를 매우 좋아하여 평가한 말이 송 호자(胡仔)의 『초계어은의 시 이야기 모음(苕溪漁隱叢話)』 권 53에 나온다. "이 시를 이태백의 문집에 넣어둔다면 그 누가 아니라고 의심하겠는가? 이것이 우리 집안의 소상이 지은 청강이다.(此篇若置李太白集, 誰疑非其者. 乃吳家養直所作淸江曲也)"

서 이루어졌다는 낙성호의 놀이야말로 내 마음을 가장 잡아끄는 듯하
다. 두보가 통천의 곽대공과 설소보가 그리고 쓴 것을 보고 백년 후에
는 누가 이것을 다시 이어받아 주목을 받겠는가 하고 탄식하였듯이,
나 같은 우둔한 사람이 힘을 쓰기는 하지만 주자의 바른 소리는 과연
어떤 사람이 다시 나와서 계속 이어나갈지를 나는 도저히 모르겠다.

---

8   우선생~음차구(又先生~吟此句): 주자의「삼가 기중종정 · 경인태사를 모시고 무이에서
만나기로 기약했는데, 문숙과 무실 두 친구가 마침 소무에서 와 모여 구곡에 배를 띄우
고 바위 골짜기의 빼어난 경치를 두루 둘러보았다. 기중과 경인이 시를 주고 받으며 번
갈아 짓고는 내게도 말을 하지 않을 수 없다고 하였다. 병들고 못난 사람이 무슨 말을 할
까만은 애써 몇 마디 말로 훌륭한 선물에 보답하노니 남들에게 말할 바는 못 되는 것이
다(奉陪機仲宗正 · 景仁太史期會武夷, 而文叔 · 茂實二友適自昭武來, 集相與泛舟九曲, 周覽巖壑之
勝, 而還機仲 · 景仁唱酬迭作, 謂僕亦不可以無言也. 衰病懶廢, 那復有此勉出數語以塞嘉, 旣不足爲
外人道也)」라는 시에 "배 돌리니 술 다하여 세번 크게 탄식하노니, 백년 뒤에는 누가 다시
통천으로 올 것인가?(回船罷酒三太息, 百歲誰復來通泉)"라는 구절이 있는데, 주자가 스스
로 주석을 달고 말하기를 "경인은 여러 날 동안 이 구절을 읊조렸다.(景仁數日屢誦此句)"
라 하였다. 『명일통지 · 악주부(岳州府)』에도 관련 기사가 나온다.
부경인(傅景仁): 부백수(傅伯壽)의 자로 진강(晉江) 사람이다. 소흥 원년에 진사가 되었고,
소희 연간에 절서제형(浙西提刑)을 지냈고, 한탁주(韓侂冑)에게 아부하여 첨서추밀원사
(僉書樞密院事)까지 지냈다.
원기중(袁機仲): 원추(袁樞; 1131~1205)의 자로 건안(建安) 사람이다. 소흥 원년에 진사가
되고 공부시랑(工部侍郎), 국자좨주(國子祭酒)를 거쳐, 영종 조에는 우문전수찬(右文殿修
撰)과 지강릉부(知江陵府)를 지냈다. 사마광의『자치통감』을 매우 좋아하여 그 책에 나오
는 이야기를 다시 사건 중심으로 재구성하여『통감기사본말(記事本末)』을 지었다.
양문숙(梁文叔): 양전(梁琠)의 자. 소무 사람으로 체기혼백귀신지설(體氣魂魄鬼神之說)로
주자의 인정을 받았으며『주자어록』과『담대석각(澹臺石刻)』을 편집하였다.
오무실(鳴茂實): 오영(鳴英)의 자로 역시 소무 사람이다. 소흥 30년 진사가 되었으며, 주
자를 좇아 배웠으며,『논어문답략(論語問答略)』을 지었다.

스스로 기뻐하네, 도산서당   自喜山堂半已成
    반 이미 이루어졌음을,

산에 살면서도 오히려   山居猶得免躬耕[1]
    몸소 밭 가는 것 면할 수 있네.

책 옮기니 차츰차츰   移書稍稍舊龕盡[2]
    옛 서실 다 비고,

대나무 심어 보고 또 보니   植竹看看新笋生[3]
    새 죽순 싹트네.

깨닫지 못하겠네, 샘물 소리   未覺泉聲妨夜靜
    밤 고요함에 방해되는 줄,

더욱 사랑스럽네, 산의 경치   更憐山色好朝晴

---

1 산거면궁경(山居免躬耕):『사기 · 우맹(優孟)의 전기』에 "그리하여 노래하여 말했다. '산
   속에 살면서 밭 갈고 고생하여도 먹을 것 얻기 어렵네.(因歌曰, 山居耕田苦, 難以得食)'"라
   는 말이 있다.
2 감(龕): 원래는 신불(神佛)이나 신위(神位)를 모시는 작은 석실(石室)이나 누각, 곧 감실
   (龕室)이나 감벽(龕壁)을 말한다. 여기서는 보잘것없는 초라한 작은 집이라는 의미로 쓰
   였다.
3 신순생(新笋生): 송나라 매요신(梅堯臣)의 「주표신 및 제군들과 번씨의 동산에서 놀다(同
   朱表臣及諸君, 游樊氏園)」에 "옛것 대나무 그대로 있는데, 나중에 새 죽순 많이 났다네.(舊
   物此君在, 後生新竹多)"라는 구절이 있다.

아침에 개니 좋음이.

바야흐로 알았네, 예로부터　　　　　　　　　方知自古中林士[4]
　　숲 속의 선비,

모든 일 깡그리 잊고　　　　　　　　　　　萬事渾忘欲晦名[5]
　　이름 숨기려 함을.

◆…스스로 도산서당이 반이 이미 이루어졌음을 기뻐하니, 산속에 거
처하면서도 오히려 직접 밭을 갈아 농사를 지으며 살아가는 것을 면
할 수 있다. 반이나마 이루어진 서당으로 책을 옮겨 오니 차츰차츰 옛
날에 책을 보관하던 감실같이 좁은 서실은 비어가고, 서당 주위에 대
나무를 심어 놓고 틈나는 대로 나가서 보고 또 보고하니 새 죽순이 싹
터 오른다. 서당 바깥에서는 샘물이 졸졸 소리를 내며 흘러나오지만
사람들이 내는 소음과는 달리 밤의 고요함을 방해함을 전혀 느끼지를
못하겠다. 산의 경치도 아침이 되어 활짝 아름답게 개니 더욱 사랑스
럽게 느껴진다. 여기에 와서 거처해 보니 비로소 옛날부터 숲 속에 숨
어 은거하던 선비들이 이런 멋진 풍경 때문에 속세의 모든 일을 완전
히 잊어버리고 명예 따위를 숨기려 하는 이유를 알 만하다.

4　중림(中林):『시경·주남·토끼 그물(周南·兎罝)』에 "잘 정돈된 토끼 그물, 숲 가운데 쳤도
　　다.(肅肅兎罝, 施于中林)"라는 구절이 있는데, 주자는 "중림은 숲 속(林中)"을 말한다고 하였다.
5　회명(晦名): 이름을 숨기다. 전촉(前蜀) 두광정(杜光庭)의『기이한 기록·신선 은사 주군
　　의 기록(錄異記·仙隱士朱君記)』이라는 책에 "주도추(朱桃椎)는 은사이다. 풀을 엮어 만든
　　옷과 흰 모자를 쓰고, 이름과 관위를 숨기고(晦名匿位) 베를 짜고 신을 삼으며 자급했다."
　　라는 말이 있다. 주도추는 당나라 익주(益州) 사람이다.

창 아래서 샘 소리 들으니   窓下聽泉金石奏[2]
금석 악기 연주하는 듯하고,

높은 곳 앞에서 물 붇는 것 보니   臺前觀漲雪雲崩
눈 같은 구름 무너지는 듯하네.

말하지 마라, 물 좋아함   莫言樂水偏於智[3]
지혜로운 자에 치우쳤다고,

게다가 푸른 산   更有靑山面面層[4]
이쪽 저쪽으로 포개어져 있네.

◆… 창문 아래에 앉아 샘물 흐르는 소리 들으니 마치 금석의 악기로

---

1 『문집』(내집 권 3)에는 이 시의 제목이 「우연히 짓다(偶題)」로 되어 있다.

2 금석주(金石奏): 금속과 돌 따위로 만든 악기를 총칭하는 말로 음악을 말한다. 주자의 「임용중(林用中)의 밤에 진현의 객사에서 묵다라는 시의 각운자를 쓰다(次韻擇之夜宿進賢客舍)」에 "귀 씻고 금석 악기 연주 들으니, 먼지 쌓임 가벼움 실로 알겠네.(洗耳金石奏, 信知塵累輕)"라는 구절이 있다.

3 요수편어지(樂水偏於智): 『논어 · 옹야(雍也)』의 "지자요산(智者樂山)"에서 따다 썼다. 41쪽의 주석 6 참조.

4 청산면면층(靑山面面層): 송나라 육유(陸游)의 「누대에 오르다(登樓)」에 "강 가까우니 때때로 흰 비 날리고, 누대 높으니 이쪽저쪽으로 푸른 산 보네.(江近時時吹白雨, 樓高面面看靑山)"라는 구절이 있다.

154

연주하는 음악을 듣는 듯이 아름답게 들린다. 높은 곳에 올라 그 앞에 흐르는 물이 비로 불어난 것을 보고 있자니 마치 눈 같은 구름이 무너지듯 흰 포말을 일으키며 호탕하게 흘러간다. 더욱이 이곳에는 흐르는 물 위로 푸른 산이 서로서로 마주 보고 겹겹이 포개어져 있으니 『논어』에서 말한 것처럼 꼭 지혜로운 사람만 물을 좋아하는 것이 아니라 나같이 어리석은 사람도 따라서 물을 좋아함을 알게 될 것이다.

16 | 저녁이 되어 개이자 높은 곳에 오르다
夕霽登臺[1]

하늘 끝으로 돌아가는 구름
　봉우리는 천만 개나 되고,
짙푸른 물결 푸른 산봉우리에
　석양빛 붉네.
지팡이 짚고 급히
　높은 곳으로 올라와서,
한번 웃으니 마음 열리네,
　만리 불어온 바람에.

天末歸雲千萬峯

碧波青嶂夕陽紅[2]

攜筇急向高臺上

一笑開襟萬里風

◆… 저녁이 되어 개이자 하늘 저 끝으로 물러가는 구름은 마치 산봉우리 같은 형태를 띠고 있으며 천만 개는 되어 보인다. 푸른 옥빛을 띤 물결과 파란빛을 띤 가파른 산봉우리는 저녁이 되어 서쪽으로 지는 붉은 석양과 대조를 이루고 있다. 이 광경 놓치기에는 너무 아까워 황급

1　두 번째 구절에서 "석양 빛 붉네.(夕陽紅)"라 읊은 것으로 보아 이 시는 서쪽의 천광운영 대에서 지은 것으로 보인다.
2　벽파청장(碧波青嶂): 송나라 소식의「건주의 여덟 지경을 그린 그림(虔州八境圖)」에 "어스름 저녁에 농부와 나무꾼 다 가버리니, 짙푸른 내 푸른 산봉우리에 나정은 머네.(薄暮漁樵人去盡, 碧溪青嶂遶螺亭)"라는 구절이 있다.

히 지팡이를 찾아 짚고서 높은 곳으로 올라가 보았다. 만리 타고 온 바람이 부는 쪽 향하여 한번 보고 웃으니 가슴이 활짝 열리는 것 같다.

17 | 김팔원이 지은 시의 각운자에 맞추어 천연대를 제목 삼아 절구를 짓다

次韻金舜擧, 題天淵絶句[1]

17-1

이 이치 어떻게 주자에게 물어볼까?	此理何從問紫陽[2]
하염없이 바라보네, 구름 그림자와 하늘빛을.	空看雲影與天光[3]
본체와 쓰임 원래부터 간격 없음 알고 있다면,	若知體用元無間[4]
사물마다 하늘의 밝은 이치 묘하게 발양함을 느끼리.	物物天機妙發揚[5]

---

1 김순거(金舜擧): 순거는 김팔원(金八元: 호는 芝山, 1524~1589)의 자이며, 또한 수경(秀卿)이라고도 한다. 호는 지산(芝山)이며 본관은 강릉(江陵)이다. 처음에는 신재(愼齋) 주세붕(周世鵬)의 문하에서 학문을 배웠으며 나중에 퇴계에게서 교정을 받았다. 백운동(白雲洞)에서 퇴계에게 수학할 때 퇴계가 그의 문장을 보고 시를 지어 칭찬해준 적이 있다. 조목·구봉령과 함께 산사에 모여 학문을 강마하였는데, 특히 조목과는 「인심도심도(人心道心圖)」를 만들기도 하였다. 1555년 사마시를 거쳐 식년 문과에 을과로 급제하였으며 현감을 지냈다.
2 자양(紫陽): 주자를 말한다. 주자는 일찍이 숭안(崇安)의 오부(伍夫)에 살았을 때, 그 옆에 서재를 만들고는 자양서당(紫陽書堂)이라 이름 짓고 아울러 그것으로 호를 삼았다.
3 운영천광(雲影天光): 주자의 「책을 읽다가 느낌이 일어(觀書有感)」에 나오는 시어를 따온 것이다. 78쪽의 「천운대」 시 참조.

◆… 천연대에 올라 이 대의 이름을 따온 『중용』의 "솔개는 날아 하늘
에 이르고, 물고기는 연못에서 뛰논다."는 이치를 주자에게 물어보고
자 하나 뜻을 이룰 수가 없어, 그저 하염없이 주자가 읊었던 「관서유
감」의 "하늘빛 구름 그림자와 함께 떠돌아다니네."라는 구절을 생각
하며 구름 그림자와 하늘빛을 바라본다. 송대의 도학자들이 밝혀 놓
은 사물의 근간이 되는 본체와 지엽이 되는 쓰임의 사이에는 원래 간
격이 없음을 알고 있다면, 모든 사물마다 제각기 하늘의 밝은 이치를
묘하게 발양함을 느끼게 될 것이다.

17-2

비늘 있는 것은 음에 속한 것이고   鱗爲陰物羽爲陽[6]
　　깃털 있는 것은 양에 속하는데,

한결같이 날고 잠겨 있는 사이에   一在飛潛自顯光[7]

---

4 약지~원무간(若知~元無間): 북송의 도학자 정이(程頤)의 「역경 주석의 서문(易傳序)」에
"지극히 미묘한 것은 이치이며, 지극히 드러나는 것은 형상이다. 본체와 쓰임은 근원이
마찬가지여서 드러나고 미묘함에 틈이 없으니 융회관통하는 이치를 잘 살펴 그 모범이
되는 법칙과 예절을 행한다면 생각을 나타낸 글(효사와 괘사)에 갖추어지지 않음이 없을
것이다.(至微者, 理也. 至著者, 象也. 體用一源, 顯微無間, 觀會通以行其典禮, 則辭無所不備)"라는
말이 있다. 주자의 「임대춘을 보내다(送林熙之詩)」 제3수에 "하늘의 이치 생생하여 본래
궁함이 없나니, 지각(知覺)하고 있는 가운데 그것이 유통하고 있음을 징험해야만 하네.
본체와 쓰임 원래부터 틈 없음 알고 있다면, 예전부터 내려온 설 같고 다름 웃는 것과 같
다네.(天理生生本不窮, 要從知覺驗流通. 若知體用元無間, 如笑前來說異同)"라는 구절이 있다.
5 물물~발양(物物~發揚): 모든 사물에는 하늘의 밝은 이치가 발양하는 묘함이 없는 곳이
없이 곧 쓰임이 되면서도 본체를 이루는데, 이의 이치가 그 가운데서 광대하게 적용되면
서도 미세하게 숨어 있음을 말한다.

절로 찬란한 빛 드러나네.

바로 그윽한 은자가   正是幽人觀樂處
　살펴보고 즐기는 곳에,

여울 소리 무슨 일로   灘聲何事抑還揚[8]
　높아졌다 또 낮아지는가?

◆… 비늘이 있어서 물속에서 헤엄치며 다니는 것은 음에 속한 생물이
고 깃털이 있어서 하늘을 날아다니는 것은 양에 속하는 생물인데, 『중
용』에서 "솔개는 날아 하늘에 이르고, 물고기는 연못에서 뛰논다."는
이치에 맞게 한결같이 하늘을 날고 물속에 잠겨 있는 사이에 제각기
절로 찬란한 빛을 발하듯 그 이치를 드러낸다. 나같이 산골짜기에 몸
숨기고 있는 은자가 가끔씩 높은 곳과 물이 한꺼번에 있는 곳에 와서
살펴보고 또 즐기고 하는 곳에 흥이라도 맞추듯 아래로 흘러가는 여
울 소리마저 높아졌다가는 또 낮아지곤 한다.

6　인~위양(鱗~爲陽): 한 회남왕 유안(劉安)의 『회남자 · 천문의 가르침(淮南子 · 天文
　訓)』에 "깃털이 있는 것은 날아다니는 무리이므로 양(陽)에 속하고, 껍질과 비늘이 있는
　것은 숨어서 나오지 않는 무리이므로 음(陰)에 속한다."라는 말이 있다.
7　일재비잠(一在飛潛): 일은 곧 태극을 가리켜 말한다.
　비잠(飛潛)은 새와 물고기를 말한다. 당나라 왕통(王通)의 『문중자(文中子)』에 "새는 새는
　하늘을 날고, 물고기는 물고기는 연못에 잠겨 있다네.(有鳥有鳥則飛于天, 有魚有魚則潛于
　淵)"라는 말이 나온다.
8　탄성억환양(灘聲抑還揚): 당나라 한유의 「용궁탄에서 묵다(宿龍宮灘)」에 "질펀하면서도
　또 넘실넘실, 여울 소리 낮아졌다 또 높아지네.(浩浩復湯湯, 灘聲抑更揚)"라는 구절이 있다.

18 가을날 홀로 도산의 서당에 이르러, 상자에서 조목이 지은 시를 얻다

秋日獨至陶舍, 篋中得趙士敬詩

사람 사는 것 바다 가운데
　거품 이는 것과 같은데,

人生同作海中漚[1]

약한 닻줄 바람 걷히니
　조금 편히 느껴지네.

弱纜收風覺少優

도술 갈래 많아
　발 잘못 디딤 많고,

道術千歧多失脚[2]

세상의 정리 백 번이나 변해
　모두 고개 돌렸네.

世情百變盡回頭[3]

---

1 인생해중구(人生海中漚): 『능엄경(楞嚴經)』 권 6의 게송(偈頌)에 "덧없는 인생 큰 깨달음 가운데서, 한 거품 바다에서 이는 것과 같네.(空生大覺中, 如海一漚發)"라는 구절이 있다. 또 『대혜어록(大慧語錄)』에는 "대천의 모래 같은 무수한 세상 바다 속의 거품 같고, 모든 성현은 번개처럼 사라지네.(大千沙界海中漚, 一切聖賢如電拂)"라는 구절이 있다.

2 도술~다실각(道術~多失脚): 주자의 「현암익로(顯菴益老)」가 지은 시의 각운자를 써서(次益老韻)에 "하늘과 땅 지극한 곳 예와 지금 없고, 도술 갈래 많으면 절로 짧아졌다 길어졌다 하네.(乾坤極處無古今, 道術多歧自短長)"라는 구절이 있다.

3 회두(回頭): 『이정외서(二程外書)』에 "어떤 조정의 선비가 명도(明道: 程顥)선생에게 이르기를 '백순(伯淳: 정호의 자)은 그 많은 시간 동안 어찌하여 고개를 돌리지 않는거요?(何不回頭來)'라 하였다. 이에 선생이 말했다. '다만 고개를 돌려 잘못될까 두렵습니다.(只恐回頭錯)'"라는 말이 있다.

늦은 들판에 산 비끼니   山橫晩野迎新瘦[4]
　　새로 메마른 모습 맞아주고,

서리 낀 숲에 국화 가득하니   菊滿霜林佇遠愁
　　먼 시름에 우두커니 있네.

친구의 시   賴有故人詩發篋
　　상자에서 찾아내어,

온종일 길게 읊조리며   長吟終日獨由由
　　홀로 즐거워하네.

◆… 덧없는 인생은 큰 바다의 한가운데서 거품이 이는 것과 같다. 그
래서 위태롭기 그지없는데, 거센 바람 걷히니 곧 끊어질 듯이 약한 닻
줄 그제서야 비로소 조금씩 편안하게 느껴지는 것 같다. 도술은 갈래
가 많아 자칫하면 잘못 디디기 일쑤다. 해서 이곳저곳 맞는지 안 맞는
지 찾아가며 헤매노라니 그동안 세상의 정리는 벌써 몇 번이나 변했는
지 몰라 모두들 나에게서 세상의 실정과 맞지 않는다고 비웃으며 고개
돌리고 말았다. 저녁 무렵의 펼쳐진 들판에 산이 아득하게 비스듬히
겹쳐 있다. 그 모양이 마치 세파에 시달려 이제 막 늙어가는 이 늙은이
의 모습을 잘 돌아왔다고 반갑게 맞아주는 듯하다. 서리 낀 숲에 국화
가 가득히 피어 있는 모습은 곧 말라 버릴 것 같은 것이 마치 나의 장래

---

4 산횡~영신수(山橫~迎新瘦): 송나라 진여의(陳與義)의 「주교수의 가을 감회시의 각운자
　 를 써서(次韻周敎授秋懷)」에 "하늘의 이치 성성하니 (가을이 되어) 산 새로이 메마르고, 세
　 상 일 유유하니 해 절로 기우네.(天機袞袞山新瘦, 世事悠悠日自斜)"라는 구절이 있다.

를 보는 듯하여 먼 훗날 내 모습을 생각해 보며 시름에 잠겨 우두커니 서 있다. 이런저런 심사로 생각이 뒤숭숭하다. 마침 옛 친구가 서당 입구에 놓아둔 편지함 같은 상자에 시를 지어 두고 간 것이 있어 반가운 마음으로 펼쳐 읽어본다. 그것을 하루 종일 읽고 또 읽으며 길게 읊조려 보고 이를 위안 삼으며 홀로 즐거워한다.

19 여러 벗들에게 보이다

示諸友

와운암에서는 마음 보존하는 법 배웠다면,	臥雲庵裏存心法[1]
관선재에서는 일용사물을 공부하였다네.	觀善齋中日用功[2]
밝게 이야기한 결론을 알려고 한다면,	要識講明歸宿處
부디 실천하여	請將踐履驗吳躬[3]

1 와운존심법(臥雲存心法): 『주자의 말씀을 분류함(朱子語類)』 권 18 「문인들을 훈계함(訓門人) 6」에 나오는 다음과 같은 말을 따다 썼다. "등린(滕璘)에게 물었다. '어제 와운암(臥雲菴)에서 무엇을 하였느냐?' 등린이 말했다. '돌아올 때 이미 날이 저물어 책은 보지 못하고 그저 조용히 앉아 있었습니다.' 선생이 장횡거의 「여섯 가지 있음(六有)」이란 설을 들어 말했다. '"말에는 법도가 있고, 움직임에는 가르침이 있으며, 낮에는 하는 일이 있고, 밤에는 얻는 것이 있으며, 쉴 때는 기름이 있고, 짧은 시간에는 보존함이 있다."라 하여 비록 조용히 앉아 있어도 또한 주된 것을 보존하는 것(存主)을 비로소 얻음이 있어야 한다. 그렇지 않으면 다만 꼿꼿이 앉아 있는 것이나 똑같을 따름이다.'"

2 관선일용공(觀善日用功): 이 구절은 주자의 「무이정사를 여러 가지로 읊음 · 관선재(武夷精舍雜詠 · 觀善齋)」 시의 뜻을 취하여 썼다. "책 상자 지고 어디서 오는가? 오늘 아침 여기서 자리 함께 하네. 일용사물을 공부할 여가가 없겠지만, 서로 돌보며 함께 힘을 쓰세나.(負笈何方來, 今朝同此席. 日用無餘力, 相看俱努力)" 관선재라는 말은 『예기 · 배움에 대하여(學記)』의 "서로 살펴서 착해지도록 하는 것을 닦는 것이라 한다.(相觀而善之謂摩)"라는 말에서 따온 것이다.

내 몸으로 징험해 보기를.

◆… 내가 생각건대 지난날의 도산서당이 서기 전에는 주자가 말한 마
음을 보존하는 법을 배웠다고 한다면, 주자가 무이정사의 관선재를
완성하였듯이 나도 도산서당의 완락재를 완성하고 난 뒤에는 구태여
일상생활에서 동떨어진 먼 곳에서 공부를 하지 않고 날로 보고 쓰고
하는 일용사물 가운데서 공부를 하였다. 그러나 무엇보다도 밝게 이
야기한 결론을 굳이 알려고 한다면 아무래도 내 몸으로 몸소 실천하
여 징험해 보는 것보다 더 나은 것은 없다고 생각한다.

---

3 요식험오궁(要識驗吳躬): 주자의 「정윤부에게 답함(答程允夫)」(문집 권 41)에 "기억해 보
   니 얼마 전에 고사에 있을 때 그대가 말하기를 이와 같은 강론을 깨달아 거두어들일 곳
   이 없다고 하여 일찍이 받들어 '강론하자마자 즉시 실천해 나가면 거두어들임이 있다.'
   라 답하였는데, 이 말에는 의미가 있는 듯하니 다시 생각해 보기 바랍니다.(記得向在高沙,
   因吳弟說覺得如此, 講論都無箇歸宿處, 曾奉答云, 講了便將來踐履, 卽有歸宿)"라는 구절이 있
   다. 귀숙에 대해서 우전 신호열 선생은 이 시 풀이에서 "결속(結束), 거둠의 뜻"이라고 하
   였다.

산 비어 온 방 고요한데,	山空一室靜
밤 되니 추워져 서리 기운 높네.	夜寒霜氣高
외로운 베개 맡에 잠 이룰 수 없어,	孤枕不能寐
일어나 앉아 옷깃 여미네.	起坐整襟袍[1]
늙은 눈에 가는 글자 보자니,	老眼看細字
짧은 등불 번거로이 자주 심지 돋우네.	短檠煩屢挑[2]
책 가운데 참된 맛 있어,	書中有眞味
실컷 먹으니 진귀한 요리보다 낫네.	飫沃勝珍庖
하늘에 반 바퀴 달 떠오르니,	當空半輪月[3]

---

1 고침~금포(孤枕~襟袍): 주자의 「황수(黃銖)가 눈을 읊은 시에 받들어 답하다(奉酬黃子厚
詠雪之作)」에 "아득한 밤 잠 이룰 수 없어, 옷 걸치고 일어나 서성이네.(遙夜不能寐, 披衣起
彷徨)"라는 구절이 있다.

2 노안누도(老眼屢挑): 당나라 한유의 「짧은 등경(短檠)」에 "밤에 가는 글자 써서 말 잇다
보니, 두 눈 눈곱 끼어 흐릿하고 머리는 눈 맞은 듯 희네.(夜書細字綴語言, 兩目眵昏頭雪白)"
라는 구절이 있고, 송나라 진사도(陳師道)의 「여동빈(呂洞賓)이 심동로에게 준 시의 각운
자를 써서(次韻回山人贈沈東老)」 제2수에는 "푸른 적삼 입고 나와 가리키며 기이한 글자
논하고, 흰 머리에 등불 돋우고 가는 글씨 쓰네.(青衫出指論奇字, 白髮挑燈寫細字)"라는 구
절이 있다. 또한 주자의 「눈온 뒤의 일을 적다라는 시의 각운자를 써서(次韻雪後書事)」 제
2수에 "매화나무 둑에서 내키는 대로 긴 피리 불고, 대나무 비친 창에서는 한가로이 짧
은 등불 심지 돋우네.(梅墺愁從長笛弄, 竹窓閒把短檠挑)"라는 구절이 있다.

낮인 줄 잘못 알아 새 놀라 우네.	誤畫驚禽號[4]
빛 모난 연못 바닥으로 들어,	影入方塘底[5]
그곳에 다가가서 손으로 잡으려 하네.	臨之欲手撈
서쪽 정사 조용하니 자취 없어,	西舍悄無蹤[6]
그윽한 은자 꿈에 선경에서 노니네.	幽人夢仙遨[7]
시 이루어져 불러서 서로 화답하니,	詩成喚相和
아득히 먼 곳의 학 울음소리 듣는 듯하네.	似聞鳴九皐[8]

◆…모두들 잠이 들어 산이 텅 비고 보니 온 방이 고요하기만 하다. 밤이 되어 기온이 내려가니 날씨가 추워져서 서리 기운만 드높아진다. 홀로 자려고 베개를 베고 누웠으나 도저히 잠을 이룰 수가 없다. 다시 일어나 좌정하고 옷깃을 가지런하게 여민다. 밤중이라 밖에는 나갈 수

---

3 당공반륜월(當空半輪月): 남조 진(陳)나라 강총(江總)의 「가을날 광주성 남쪽의 누대에 오르다(秋日登廣州城南樓)」에 "들판의 불 막 연기 기울어지고, 새로 뜬 달은 공중에 바퀴 절반 드리웠네.(野火初煙細, 新月半輪空)"라는 구절이 있다.

4 경금호(驚禽號): 당나라 왕유(王維)의 「황보악의 운계에서 여러 수를 짓다·조명간(皇甫嶽雲溪雜題·鳥鳴澗)」 시에 "달 떠올라 산의 새 놀라게 하여, 이따금 봄 시내에서 우네.(月出驚山鳥, 時鳴春澗中)"라는 구절이 있다.

5 영입방당(影入方塘): 주자의 「책을 보다가 느낌이 일어(觀書有感)」에서 나왔다. 87쪽의 「천운대(天光雲影臺)」 시 참조.

6 서사(西舍): 서사는 동쪽에 있는 도산서당과 대칭이 되는 지점에 있는 농운정사를 가리키는 것 같다.

7 유인(幽人): 원래는 깊숙한 곳, 또는 그윽한 곳에 숨어사는 은자를 가리키는 말이나, 여기서는 아마 농운정사 같은 곳에 들어와서 공부하고 있는 어떤 제자들을 가리키는 것 같다.

8 구고(九皐): 120쪽 「학정(鶴汀)」 시의 주석 78 참조.

없다. 하여 책이나 볼까 하고 펼쳤으나 늙은 눈에 깨알 같은 가는 글자를 보려고 하니 행여나 좀 더 밝으면 도움이 좀 될까 하여 여러 번 자주 등불의 심지를 돋우어 본다. 책을 읽으면서 가만히 생각해 보니 실로 책 가운데 참된 맛이 있음을 알겠다. 그런지라 교훈이 담긴 글귀라도 나오면 음식을 찬찬히 씹으면서 음미하듯 몇 번이고 되풀이하여 읽어본다. 그 뜻을 음미해 보니 그 맛이 실로 한때 잠깐 입맛을 충족시켜 줄 뿐인 진귀한 요리보다 훨씬 낫다는 것을 다시 깨닫게 된다. 이렇게 시간 가는 줄 모르게 책을 읽다 보니 동쪽 하늘에 반이 잘린 듯한 바퀴 모양의 하현달이 떠오른다. 새들이 이것을 보고 낮인 줄 착각을 하여 놀라 우짖는다. 조금 지나니 좀 더 높이 떠오른 달이 서당 앞에 있는 모난 연못인 정우당의 바닥으로 옮겨와 물에 반사되어 아름답게 빛난다. 나도 모르게 연못으로 다가가 손을 뻗어 연못에 비친 달을 건져 내려고 한다. 학생들이 기숙하며 공부하는 곳인 서쪽의 농운정사를 돌아보니 고요한 것이 자취가 없다. 아마도 그곳에서 그윽하게 공부하던 학생들은 나와는 달리 열심히 공부하느라 지쳐서 잠들어 신선들이 사는 세상에서 그들과 함께 노니는 꿈을 꾸고 있으리라. 잠을 못 이루고 뒤척이다 일어나 이것도 해보고 저것도 살피고 하던 중에 마침 이 시한 수가 이루어졌다. 혹 화답할 이라도 없을까 하여 한번 불러 읊어보니 사람들은 아무도 화답하지 않고 아득히 먼 저곳에서 학의 울음 소리만이 들린다. 그것이 마치 나의 시에 화답하여 우는 듯이 들린다.

임술년(1562) 입춘날에

壬戌立春[1]

다만 축원하길, 밝은 때에   但祝明時泰慶同
    태평경사 함께하며,

나쁜 기운 삭여 없앰을   消除陰沴驗微躬
    내 몸에서 체험할 수 있기를.

눈은 밝은 거울 같고   眼如明鏡心如日
    마음은 해와 같아,

여러 서적 밝게 깨쳐   燭破羣書啓吝蒙
    어리석음 열리기를.

---

1 『내집』에는 두 수가 수록되어 있으나, 여기에는 그중 둘째 시만 수록되어 있다. 생략된
   첫째 시는 다음과 같다.

한 가닥 향불 연기에   一炷香烟滿意春
    온 마음이 봄인데,
시내 빛과 산의 색   溪光山色坐來新
    때맞춰 새로워지네.
묵은 병 이로부터   舊痾從此渾如雪
    눈처럼 녹으니,
언제까지나 맑은 때   長作淸時秉未民
    쟁기 잡는 백성 되리라.

◆… 해마다 입춘이 되면 시를 지어 새해의 소원을 기원하였다. 임술년 (1562)인 올해의 축원은 나라에 정치가 잘 되어 밝은 때 이루어 태평경사를 온 백성이 함께하는 것과, 나의 보잘것없는 이 몸에 나쁜 기운이 하나도 남김없이 모두 삭여 없어져 몸소 내 몸속에서 바른 도가 통하는가를 체험하는 것이다. 또한 점차 노안이 되어가는 눈은 거울같이 빛나게 될 것과, 마음이 입춘날 아침 저 하늘에 떠오르는 밝은 해와 같이 밝아서 눈으로 여러 가지 책들을 촛불처럼 환하게 깨치고 가슴으로는 어리석음이 활짝 열리기를 기원한다.

22 | 절우사 화단의 매화가 늦봄에 비로소 피어 지난
갑진년 봄 동호에서 망호당으로 매화를 찾아가
시 두 수를 지은 것이 생각나는데 홀연히 19년이나
되었다. 그래서 다시 한 수에 화답하여 지어 내가
옛날을 생각하여 오늘날 느낀 것을 말하여
같은 서당의 여러 벗들에게 보인다

모두 동파 시의 각운자를 썼다

節友社梅花, 暮春始開, 因憶往在甲辰春, 在東湖, 訪梅扵望湖堂, 賦詩二首, 忽
忽十九年矣. 因復和成一篇, 道余追舊感今之意, 以示同舍諸友云 皆用東坡韻[1]

짙은 봄 곧 저물려 하네,	靑春欲暮嶠南村[2]
영남의 한 마을에,	
곳곳의 복숭아며 오얏꽃은	處處桃李迷人魂
사람의 혼 홀리게 하네.	
눈 환한 천지에	眼明天地立孤樹
외로운 나무 서 있는데,	
흰 빛 하나	一白可洗羣芳昏

---

1 갑진년(1544)에 지은 시 두 수는 모두 송나라 소식 시의 각운자를 써서 지은 것으로 『내
집』 권 1에 수록되어 있다.

2 청춘(靑春): 봄을 말한다. 봄은 방위로는 동쪽이며, 색깔로는 청색이기 때문에 이렇게 부
른다. 또 신록이 우거진 봄이라는 뜻도 있다.

교남(嶠南): 우리나라의 경상남북도 지방을 이르는 영남의 별칭.

뭇 컴컴한 빛깔 씻어 주려는 듯.

풍류는 상관 않네,　　　　　　　　　　　　　　風流不管臘雪天[3]
　　선달 하늘에 내리는 눈,

운격 더욱 빼어나네,　　　　　　　　　　　　　格韻更絶韶華園[4]
　　봄 경치 빛나는 정원에.

도가의 봉래산에서 지난날　　　　　　　　　　道山疇昔幾仙賞[5]
　　얼마나 신선 감상했던가?

스무 해 만에 다시 만나니　　　　　　　　　　卅載重逢欣色溫
　　기쁜 기색 따뜻하게 퍼지네.

바람 맞으니 꼭　　　　　　　　　　　　　　　臨風宛若西湖伴[6]
　　서호의 짝과 같고,

달 마주하니 깨닫지 못하겠네,　　　　　　　　對月不覺東方曉[7]

3　납설(臘雪): 동지가 지나고 입춘이 되기 전에 내리는 눈을 말한다.

4　소화(韶華): 소광(韶光)이라고도 하며 춘광(春光), 곧 화려한 봄 경치를 말한다.

5　도산(道山): 퇴계가 사가독서를 했던 동호독서당(東湖讀書堂)을 말한다. 후한 때 조정(朝
　廷)의 도서관인 동관(東觀)이 문인들이 모이는 곳이 되었는데, 도가(道家)의 비조인 노자
　(老子)가 주나라의 도서관장을 지낸 일이 있고, 또 도가들의 전설에 따르면 동해 가운데
　있는 봉래산(蓬萊山)에 신비한 책들이 많이 소장되어 있다고 했기 때문에, 당시의 학자들
　이 그곳을 "도가봉래산(道家蓬萊山)"이라 불렀다고 한다. 그래서 이조 때에도 동호독서
　당을 흔히 "동관(東觀)" 또는 "봉관(蓬觀)"이라고도 불렀다고 한다. 『후한서 · 두융의 전
　기(後漢書 · 竇融傳)』에 "이때에 학자들이 동관을 노씨(老氏)의 장서실이니, 도가의 봉래
　산이니 하고 불렀다."라는 말이 나온다.

6　서호반(西湖伴): 항주 서호의 고산(孤山)에서 송나라 때 임포가 매화를 처로 삼고 학을 자
　식으로 삼은 것을 끌어다 썼다.

동녘이 밝아 오는 줄도,

나더러 무슨 일로   問我緣何太瘦生[8]

　그리 여위었느냐고 묻는데,

흰 머리에 오래도록   白首長屛雲巖門

　산에 틀어박혀서라네.

그동안 저절로   向來自有烟霞疾[9]

　연하에서 고질 얻었으니,

지금 어찌 필요하리오?   今者何須蘭臭言[10]

---

7 동방돈(東方暾): 송나라 소식이 7월 16일 밤에 읊은 「적벽(赤壁賦)」의 제일 마지막 구절 "동녘이 이미 환하게 밝은 것도 모른다.(不知東方之旣白)"에서 따다 쓴 듯하다.

8 문아~태수생(問我~太瘦生): 당나라 이백이 반과산(飯顆山)에서 두보를 만나 지어 주었다고 전하는 「장난삼아 두보에게 주다(戲贈杜甫)」에 "헤어진 후 몹시 여윈 듯하구나 하고 물어보니, 오로지 시 짓느라 괴로워서 그런 것이랍니다 하네.(借問別來太瘦生, 總爲從前作詩苦)"라는 구절이 있다. 시를 짓느라 너무 고심해서 몸이 많이 상했음을 말한다.

9 연하질(烟霞疾): 『신당서 · 세상을 피하여 숨은 사람들의 전기(隱逸傳)』에 "전유암(田游巖)은 서울의 삼원(三原) 사람이다. 장사(長史) 이안기(李安基)가 그가 재주가 있다는 표장을 올려 서울로 가게 되었는데 여 땅에 이르러서는 병이 들었다 하여 사퇴하고 기산(箕山)에 들어가 허유(許由)의 사당 곁에 거처하며 스스로 '허유의 동쪽 이웃'이라 호를 붙이고는 여러 차례 불러도 나아가지 않았다. 이에 황제[高宗]가 직접 그 문에 이르자 전유암은 평복을 하고 나가 절을 하였는데 행동거지가 삼가면서도 꾸밈이 없었다. 황제가 좌우에 명하여 부축하여 세우고는 말했다. '선생은 요즘 괜찮으신지요?' 이에 답하기를 '신은 이른바 산수를 사랑하여 병이 나고 자연을 즐기어 고질병이 든 사람입니다.(泉石膏肓, 煙霞痼疾者)'라 하였다."라는 말이 있다.

10 난취언(蘭臭言): 난취는 감정과 의사가 서로 맞아떨어지는 벗이라는 뜻으로 쓰인다. 『주역 · 계사(繫辭) 상』의 "(두 사람이) 마음을 함께하는 말은 그 냄새가 난초와 같다.(同心之言, 其臭如蘭)"한 데서 나온 말이다.

난초 향기 같은 말.

하늘가에 옛 친구들   天涯故人不可見

   볼 수가 없어,

그대 더불어 날로 아무 일 없이   與爾日飮無何尊[11]

   술잔 기울여 마시네.

◆… 영남의 한구석에 있는 이곳의 이 마을에 푸른색으로 대표되는 계절인 봄도 곧 저물려 하는데, 곳곳에 복숭아며 오얏꽃이 활짝 피어 사람들의 혼을 쏙 빼놓는다. 이렇듯 여러 꽃나무 가운데 눈부시게 환한 천지에 외로이 한 그루 나무가 서 있다. 활짝 핀 꽃의 빛깔이 얼마나 새하얀지 다른 모든 어둑한 꽃의 색깔을 깨끗이 씻어줄 만하다. 원래 매화꽃은 섣달 하늘에 펑펑 내리는 눈 따위도 전혀 개의치 않으니, 봄의 경치가 화려하게 빛나는 이 정원에 피어 그 운격이 몇 배는 더 빼어난 듯 보인다. 도가의 봉래산에 비길 만한 동호독서당에서 먼 옛날 이 신선 같은 자태의 매화를 몇 차례나 감상하였는지 모르겠다. 그러나 그

---

11 일음무하(日飮無何): "무하"는 별일이 없음을 말한다. 『장자 · 제왕의 덕에 맞음(應帝王)』에 "그러다가 싫증이 나면 다시 저 아득히 높이 나는 새를 타고 이 세상 밖으로 나아가 아무것도 없는 곳(無何有之鄕)에서 노닐고자 한다."는 말이 있다. 『한서 · 원앙(袁盎)의 전기』에 "제(齊)나라의 재상에서 옮겨 오(鳴)나라의 재상이 되었다. 사퇴하고 가려는데 형의 아들인 원종(袁鍾)이 원앙에게 말했다. '남방의 땅은 낮고 습하여 숙부께서는 날로 마셔도 아무 일이 없을 것입니다.(亡何) 오왕을 유세하여 반역하지 않게 해야 할 따름입니다.'"라는 말이 나오는데, 당나라의 안사고는 "무하는 더 이상 다른 일이 없음을 말한다."라 하였다.

174

로부터 20년이나 지난 지금 이곳 도산서당에서 신선의 자태를 다시 만나게 되니, 반가워 흔연한 기색이 나도 모르는 사이에 만면에 따뜻하게 퍼진다. 그 꽃 굽어보며 바람 맞자니 내가 마치 중국에 있는 항주의 서호에서 매화와 학을 짝하며 보내던 임포와도 같이 느껴진다. 또 달빛 아래서 매화를 감상하느라 시간을 보내자니 동쪽 하늘이 밝아오는 것조차 전혀 깨닫지를 못하겠다. 사람들이 나더러 무엇 때문에 저 고고한 매화처럼 바짝 말랐느냐고 물으니, 나는 흰머리 성성하도록 오랫동안 산속 깊이 틀어박혀 지내서 그렇다고 대답한다. 그러는 동안 저절로 산수와 자연을 사랑하는 고질병을 얻게 되었으니, 이제 와서 『주역』에서 말한 난초와 같은 향기를 풍기는 마음을 함께할 수 있는 벗이 하필이면 필요하겠는가? 지금은 저 하늘가로 흩어져 있는, 옛날 동호동서당에서 함께 공부하며 매화를 감상하던 친구들을 다시 볼 수가 없다. 그러니 그대 매화와 더불어 그 옛날의 좋았던 시절을 생각하면서 그저 이 이상 아무 별다른 일 없이 술잔을 기울여 마셔 본다.

23-1

구름 속에 둥지 트니	雲裏巢成我勝鳩²
내 신세 비둘기보다 낫고,	
그 한 골짜기에서 마음먹은 대로 하는 일	能專一壑果前謀³
이전의 계책 이루었네.	
아리땁구나, 땅 오래되고	可憐地老天荒處⁴
하늘도 버린 곳,	
한가한 사람에게 맡겨 주어	分付閑人待此秋

1　김사순(金士純): 김성일(金誠一; 1538~1593)의 자로 본관은 의성이며, 호는 학봉(鶴峯)
이다. 아우인 김복일(金復一)과 함께 도산서당으로 찾아가 퇴계의 가르침을 받았으며,
1564년에 진사가 되어 성균관에서 수학하였다. 1568년에는 문과에 급제하여 승문원권
지부정자가 되어 관로에 들어선 후 청직을 두루 거쳤다. 1590년에는 통신부사가 되어 일
본에 갔는데 정사인 황윤길과 엇갈린 견해를 보였다가 임진왜란이 일어나자 전날의 복
명에 대한 책임을 지고 백의종군하여 의병활동 등 왜적에 대항할 것을 독려하다가 병으
로 죽었다. 『주자서절요』, 퇴계의 『자성록』, 『퇴계집』의 편집과 간행에 참여하였다. 이조
판서에 추증되었으며, 시호는 문충(文忠)이다.

2　운리~아승구(雲裏~我勝鳩): 『시경 · 소남의 민요 · 까치 둥지(召南 · 鵲巢)』에 "까치가 둥
지를 지으니 비둘기가 거기에 사네.(維鵲有巢, 維鳩居之)"라는 구절이 있는데, 주자는 "까
치는 둥지를 잘 만들어 그 둥지가 완전하고 견고한데, 비둘기는 성질이 졸박하여 둥지를
잘 만들지 못하고 간혹 까치가 지은 둥지에 살 때가 있다."라 하였다.

이 가을 기다리게 했네.

◆… 구름이 감도는 이 도산의 자락에 둥지 같은 서당 여니, 성질이 졸
박하여 스스로는 제 둥지를 만들지 못하고 남의 둥지에 들어가 사는
비둘기보다는 한결 낫게 생각된다. 또 남조 송나라 때 사곤(謝鯤)처럼
종묘에서 예복을 단정히 입고 백관을 법도에 맞게 부리는 것을 못하
여 궁벽한 골짜기로 물러나 마음먹은 대로 하고 싶은 일을 하려 한, 내
본래의 계책을 마침내 이룬 것 같다. 땅 오래되고 하늘도 돌보지 않는
이 땅 정말 아름답게 생각되는데, 나처럼 한가하여 일 없는 사람이 나
타나기를 기다린 뒤에 비로소 맡겨 주고자 지금 이 순간까지 기다리게
한 것 같구나.

---

3 능전일학(能專一壑): 『한서 · 저자의 자서전(敍傳) 상』에 "저[班固]는 말합니다. '한 골짜
   기에서 고기를 낚는 것은(漁釣於一壑) 천하의 만물이 그 뜻을 침범하지 않고, 한 언덕에
   물러나 쉬는 것은 천하라도 그 즐거움을 바꿀 수 없습니다.'"라는 말이 있는데, "일학"
   은 이로부터 은퇴하여 재야에 파묻혀 지내면서 산수와 자연을 맘대로 즐기는 것을 비유
   하는 말이 되었다. 남조 송나라 유의경(劉義慶)이 지은 지인(志人)소설인 『세설신어 · 인
   물들을 품평함(世說新語 · 品藻)』에는 "명제(明帝)가 사곤(謝鯤)에게 물었다. '그대 스스로
   말한다면 유량(庾良)과는 어떻다고 보는가?' 이에 답하여 말하기를 '종묘에서 예복을 단
   정히 입고 백관을 법도에 맞게 부리는 것은 신이 유량보다 못하나, 언덕이나 골짜기에서
   마음먹은 대로 하는 것은 제 스스로 낫다고 생각합니다.'라 하였다."는 고사가 있다.
4 지로천황(地老天荒): "천황지로(天荒地老)"라고도 하며, 시간이 매우 오래 흘렀음을 형용
   하는 말이다. 남송 양만리(楊萬里)의 「영우릉을 참배하고 돌아오는 길에 용서궁에서 노
   닐다가 우혈(절강의 회계에 있는데 우임금이 들어가서 죽었다 함)을 구경하다(謁永祐陵, 歸途
   游龍宮瑞觀禹穴)」에 "우혈에서 아래를 내려다보니 정말 깊고 어두워, 땅 오래되고 하늘도
   돌보지 않으니 옳고 그름을 알까?(禹穴下窺正深黑, 地老天荒知是非)"라는 구절이 있다.

23-2

세상 일 해 나가자니 많이 방해되네
　　머리 눈처럼 흰 것이,

그대 얻으니 오직 기뻐
　　검은 눈동자로 대하네.

이제부터는 날마다
　　그윽한 마음 활짝 열어,

저버리지 마세나, 구름 창문과
　　달빛 비치는 정자를.

應俗多妨頭雪白

得君偏喜眼湖靑5

從今日日開幽款

莫負雲窓與月亭

◆ … 세상의 일을 해 나가는 데 나이가 들어 머리카락이 눈처럼 하얗게
센 것이 많은 방해가 되어 은퇴하고 이곳 도산으로 들어왔다. 여기서

5　안호청(眼湖靑): 안호는 안파(眼波)와 같으며, 물결같이 흐르는 눈빛을 말한다. 주로 여자
　의 눈을 가리키는 데 많이 쓰이나 여기서는 그냥 눈이라는 뜻으로 쓰였다. 송(宋)나라 황
　정견(黃庭堅)의 「어부사(漁父詞)」에 "낚시터 가의 새 아낙 검은 눈썹 슬프고, 포구의 여자
　아이 눈빛 가을색 띠고 있네.(新婦磯頭眉黛愁, 女兒浦口眼波秋)"라는 구절이 있다.
　청안은 백안(白眼)의 대(對)가 되는 말이다. 곧 검은 눈동자로 사람을 대하는 것을 가리키
　며, 반가워하다, 기뻐하다, 존경하다의 뜻이 내포되어 있다. 남조 송나라 유의경(劉義慶)
　의 『세설신어 · 간결하고 오만함(世說新語 · 簡午)』에 양나라 유효표(劉孝標)가 주석으로
　인용한 『진나라 백관의 이름(晉百官名)』을 보면 "혜희(嵇喜)의 자는 공목(公穆)으로 양주
　(揚州)자사를 지내었으며 혜강(嵇康)의 형이다. 완적(阮籍)이 상을 당하자 그를 조문하러
　갔다. 완적은 흰자위와 검은 눈동자로 사람을 대할 수 있었는데 평범하고 속된 인사를
　보면 흰자위를 한 눈으로 대하였다. 혜희가 갔을 때 완적이 곡도 하지 않고 흰자위를 한
　눈으로 보자 혜희는 불쾌해 하며 물러갔다. 혜강이 그 소식을 듣자 곧 술을 보내고 거문
　고를 끼고 그를 찾아가 마침내 서로 친하게 되었다."는 고사가 있다.

뜻밖에 학봉 그대를 얻게 되니 너무나 기뻐서 항상 남조 진나라 때 완
적이 진정한 친구인 혜강을 만났을 때처럼 검은 눈동자를 하고 그대를
반갑게 맞이하게 된다네. 이제부터라도 마음이 맞는 사람을 만나게 되
었으니 날마다 그윽한 흥금 활짝 열어 놓고 이곳의 구름 맴도는 창문
과 달빛 비치는 정자에서 학문을 함께 토론하자는 약속을 하여 이를
저버리지 말도록 하세나.

23-3

운곡의 주자의 글은	雲谷書傳千聖心[6]
모든 성인의 마음 전하여,	
읽어보니 해와 같아	讀來如日破昏陰
어두운 그늘 깨뜨리네.	
평생에 나부산에	平生不上羅浮望[7]
올라 바라보지도 않고,	
몇 차례나 어두운 길로 뛰어들어	幾向冥塗枉索尋
잘못 찾아 헤매었던가.	

◆… 주자께서는 운곡에 서당을 짓고 살면서, 학문을 연구했던 천고의

6　운곡(雲谷): 주자를 가리킨다. 주자는 건양현(建陽縣) 서북쪽 70리 지점 여산(廬山)의 꼭
　대기에 있는 운곡에다 띠를 엮어 초막을 지어 거처한 적이 있다. 또한 주자는 이곳에 있
　을 때「운곡잡영(雲谷雜詠)」이란 연작시와 서문을 지은 적이 있는데 퇴계의『도산잡영』
　과 서문도 주자의 이 일련시에서 많은 영향을 받았다.

모든 성인들의 마음을 하나도 남김없이 지금까지 온전히 다 전했다. 쭉 읽어 보니 마치 밝은 해와도 같아 여태까지 어두워서 알지 못했던 부분까지 환히 비추어 어두운 그늘 같던 모르던 곳까지 다 알게 하였다. 명나라의 진헌장은 나부산에 올라 "나중에 오는 여러 선비들 앞서 닦은 것이어서, 봉래산에 올라 노니는 것 힘써 게을리 말기를"이라 읊어 공부하는 사람들을 경계하였지만, 나는 한 번도 그곳에 올라가 바

---

7 나부망(羅浮望): 나부산은 광주부(廣州府)와 혜주부(惠州府)에 걸쳐 있는 산으로『명일통지』의 두 곳 모두에 기록이 보인다. 광주부 조(권 79)의 기록에 따르면 일명 봉래산(蓬萊山)이라고 한다. 위의 책 권 80「혜주부」에 의하면 "옛날에는 산이 바다에 떠 있었는데(山浮海) 박현(博縣)으로 와 나산(羅山)에서 합쳐져 하나가 되었으므로 나부산이라고 한다."고 하였다.

명나라 진헌장(陳獻章)의「오광우의 묘에서 돌아와 봉래산의 꼭대기에 오르다(自佰光宇墓還, 登蓬萊山絶頂)」시에 "옛 친구 무덤 앞에 내 술 뿌리니, 밝은 해 서산으로 기울어지려 하여 말 머리 돌리네. 비탈진 길 높고 험하여 오를 수 없어, 말에서 내려 긴 수염 양 팔꿈치로 받치네. …… 기어서 오르려 하나 한 치도 오르기 힘들고, 또 몸 뒤집어져 깊은 함정으로 떨어질까 걱정되네. …… 어린 아이들 물고기 꿴 듯 올라오다가 쉬었다 하는데, 꼭대기에서 비로소 그윽한 바위 봉우리 얻었네. 얼굴 펴고 한번 바라보니 구주도 좁고, 약수 졸졸 흐르고 부상나무는 앙상하네. 그 가운데는 술잔을 하나 엎어 놓은 듯 푸른 바다 흘러가고, 높다란 푸른 것은 우리 나부산이라네. …… 나중에 오는 여러 선비들 앞서 닦은 것이어서, 봉래산에 올라 노니는 것 힘써 게을리 말기를.(故人墳前澆我酒, 白日欲西回馬首. 登危道險不可蹲, 下馬長鬚扶兩肘 …… 蹟攀欲上分寸難, 又恐翻身落深阱 …… 小童貫魚上復休, 絶頂始得巖巒游. 開顔一望隘九州, 弱水涓涓扶桑槮. 中覆一杯蒼溟流, 穹然靑者吳羅浮 …… 後來諸生繼前修, 努力莫倦蓬萊遊)"이라 읊은 구절이 있다.

진백사(陳白沙): 명(明)나라 신회(新會) 사람인 진헌장(陳獻章; 1428~1500)을 말한다. 자는 공보(公甫)이며 호는 석재(石齋)로, 백사리(白沙里)에 살았기 때문에 보통 백사선생이라 부른다. 예부의 시험에 응시하였다가 떨어져 오여필(嗚與弼)에게서 학문을 배웠다. 명대 심학(心學)의 선성으로 "학문을 하는 것은 마음에서 구해야 한다.(爲學求諸心)"고 주장하였다.

라보지 않은 채 몇 번이나 어두운 길로 잘못 뛰어들어 길을 잃고 이리
저리 찾아 헤매었는지를 모르겠다.

24

달밤에 이문량이 도산으로 찾아오다

정자 벼슬을 하는 오건과 함께 관란헌에서 술을 조금 마시다가 탁영담에
배를 띄우다

月夜大成來訪陶山¹ 與吳子强正字小酌觀瀾軒, 因泛舟濯纓潭

좋은 밤 함께 즐겁네, 　좋은 손님들 찾아오니,	良夜同欣好客來
산봉우리 넘어 불러 　탁주잔 기울여 마시네.	隔岑呼取濁醪盃²
관란헌에 셋이서 솥발처럼 앉아 　그윽한 마음 열고,	臨軒鼎坐開幽款
다시 난초 배에 올라 　달놀이 하다 돌아왔네.	更上蘭舟弄月回³

---

1 이대성(李大成): 이문량(李文樑)의 자. 151쪽의 주석 3 참조.

　오자강(吳子强): 오건(吳健; 1521~1574)의 자. 호는 덕계(德溪)이고 본관은 함양(咸陽)이
　며, 산음(山陰)에서 살았다. 원래는 남명(南冥) 조식(曺植)의 문하에서 배우다가 성주교수
　로 있을 때 마침 그곳의 목사로 있던 금계 황준량과 함께 주자서를 공부하다가 마침내
　도산으로 가서 가르침을 청했다. 선조 때 인사담당 요직인 전랑이 되었으나 당시 이미
　동·서로 분당되어 반목이 깊어져 가고 있어 관직을 버리고 귀향한 후 여러 차례 부름에
　도 나아가지 않고 학문연구와 후진양성에만 힘을 쏟았다.

2 격잠~탁료배(隔岑~濁醪盃): 『요존록』에 의하면 퇴계 선생 집의 술 빚는 곳이 산 뒤에 있
　었다 하는데 도산서당에 손님이 오면 산봉우리 너머로 불러서 가져오게 하였다고 한다.

◈…도산서당에 마침 달이 떠올라 밤 풍경이 좋은데 마음이 맞는 좋은 친구들까지 찾아오니 즐겁기 그지없다. 이에 내가 비록 술을 잘하는 편은 못 되지만 즐거운 마음에 한잔 하지 않을 수 없어 봉우리 너머에 있는 퇴계의 집으로 술을 가져오라 시켜서 탁주잔을 기울여 함께 마신다. 손님들이 오면 으레 함께하는 곳인 농운정사의 관란헌에 이문량과 오건, 그리고 나 이렇게 셋이 마주하고 앉으니 마치 큰 솥의 세 솥발이 버티어 선 것 같다. 서로의 그윽한 흥회 열어 스스럼없이 털어 놓다가 흥이 올라 다시 보잘것없는 조각배이지만, 훌륭한 벗들 때문에 난초 배같이 아름답게 보이는 배에 올랐다. 탁영담에다 배를 띄우고 달놀이를 실컷 하다가 돌아왔다.

---

3 갱상란주(更上蘭舟): 주자가 유온(劉韞), 왕재(王宰)와 함께 극목정(極目亭)에서 놀다가 지은 「왕재의 입춘날의 큰 눈이라는 시의 각운자를 써서 짓다(次王宰立春日大雪韻)」에 "다시 복사꽃 붉은 물결 따뜻해지기 기약하고, 오히려 두 분 모시고 난초 배 위에 오르네.(更約桃花紅浪暖, 却陪履舄上蘭舟)"라는 구절이 있다.

25

강가에서 있었던 일을 그대로 써서 오건에게 보이다

江上卽事示子强

한가로이 함께 책 지니고
　　작은 배 띄웠더니,

저녁에 소나기 만나
　　강가의 누대에 올랐네.

잠깐 만에 비 걷히고
　　구름 자취 없어지니,

물 빛깔 산의 경치
　　그림 속의 가을이네.

閑共携書泛小舟[1]

晚逢急雨上江樓[2]

斯須雨卷雲無跡

水色山光畵裏秋[3]

---

1 휴서범소주(携書泛小舟): 주자의 「임용중(林用中)이 이영(李泳)의 오석산 남호시에 창화
한 훌륭한 시구를 부쳐 주어 문득 원운시의 각운자를 써서 짓는다(擇之寄詩深卿唱和烏石
南湖佳句, 輒次元韻)」 제1수에 "더 책 지니고 싶어, 낚싯배 사려 하네.(贖欲携書卷, 相將買釣
舟)"라는 구절이 있다.

2 만봉~상강루(晚逢~上江樓): 당나라 장구령(張九齡)의 「저녁에 날이 개어 왕씨네 여섯째
의 동쪽 누각에 오르다(晚霽登王六東閣)」에 "강가의 누대에 올라 바라보았더니, 산의 비
갓 개어 맑다네.(試上江樓望, 初逢山雨晴)"라는 구절이 있다.

3 수색산광(水色山光): 당나라 이백의 「노군에 있는 요임금의 사당에서 두사또 박화가 서
경으로 돌아감에 송별하다(魯郡堯祠送竇明府薄華還西京)」에 "옛 친구 빼어난 경계 가리키
며 웃으면서 자랑하는데, 산의 풍광과 물의 경치 쪽빛보다 푸르네.(笑誇故人指絶境, 山光
水色靑於藍)"라는 구절이 있다.

◆…오랜만에 뜻이 맞는 벗이 이곳 누추한 곳까지 찾아 주었다. 한가로이 책을 지니고 함께 운치 있는 담론이나 즐길까 하여 작은 배에 올라 탁영담으로 나갔다. 저녁에 난데없이 갑자기 소나기를 만나게 되어 부득이 강가에 지어 놓은 누대로 올라가게 되었다. 세차게 내리던 소나기가 잠깐 만에 싹 걷히고 구름마저 어느 틈엔가 자취를 감추더니 사라지고 없더라. 그러니 저녁노을이 비치는 물과 거기에 어우러진 산의 경치가, 마치 한 폭의 그림 같은 가을 경치를 보인다.

26 | 정자인 오건이 떠나려 하여 지어 주다

吳子强正字將行贈別

26-1

운곡의 주자가 남긴 글   雲谷遺書百世師[1]
백 세대의 스승이라,

하늘에 닿고 땅에 서려   際天蟠地入毫絲[2]
털같이 가는 실에도 들어 있네.

그대에 감격스럽네, 나귀에 책 상자 실어 와   感君驢笈來相訂[3]
바로잡아 달라고 함이,

나 부끄럽네, 높은 담장   愧我宮墻老未窺[4]
늙어서 엿볼 수 없었음이.

1　백세사(百世師):『맹자·진심(盡心) 하』에 "성인은 백세의 스승이다.(聖人百世之師也)"라
　　는 구절이 있다.

2　제천반지(際天蟠地):『장자·각의(刻意)』에 "정신은 사방으로 트이고 흘러서 이르지 않는
　　곳이 없다. 위로는 하늘까지 닿고 아래로는 땅에 서린 채(上際於天, 下蟠於地) 만물을 변화
　　시키고 기르면서도 모습은 나타내지 않는다."라는 말이 나오는데, 성현영(成玄英)은 "아
　　래로 서려 두꺼운 땅에 가깝고 위로는 닿기를 검은 하늘에까지 미친다."라 하였다.

3　급(笈): 책을 지는 상자[負書笈]를 말하며, 또 책을 가리키는 데 쓰이기도 한다.

4　궁장규(宮墻窺):『논어·자장(子張)』에 "자공이 말하였다. '그것을 궁궐의 담장에 비유하
　　면 나 사(賜)의 담장은 어깨에 미쳐 궁실의 좋은 것들을 볼 수 있지만 선생님의 담장은 여
　　러 길이나 된다.(譬之宮牆, 賜之牆也, 及肩, 窺見室家之好, 夫子之牆, 數仞)'"라는 말이 나온다.

◆⋯주자께서는 여산의 운곡에 서당을 짓고 학문에 몰두하여 많은 글을 지어 남기셨다. 그분은 백 세대나 길이 이어질 만고의 스승이시다. 높게는 하늘 끝까지 닿고 낮게는 땅 밑까지 웅크리고 있으며 심지어는 털같이 가느다란 실에도 그 진리가 두루 스며들어 있다. 오건 그대가 나귀 등에 공부할 책을 가득 싣고 나를 찾아와 잘못된 학문을 바로잡아 달라고 간청함이 감격스럽기는 하다. 그러나 내 학문의 높이가 공자의 학문을 비유하여 궁궐같이 담장이 너무 높아서 엿볼 수 없음을 한탄한 자공과 같음을 생각하여 보니 정말 매우 부끄러움을 느끼겠다.

26-2

듣자니 지난 날 가야 땅에서	聞昔伽倻講此書[5]
이 책 강론하여,	
두 마음 함께 절실하여	兩心同切辨熊魚[6]
곰 발바닥과 물고기 변별하였다 하네.	
황금계 갑자기 지하의	錦溪忽作修文去[7]

5　문석~강차서(聞昔~講此書): 오건은 성주(星州) 교수로 있으면서 금계 황준량과 함께 주자의 글을 읽은 적이 있는데, 성주는 옛 성산가야로 여섯 가야 가운데 하나이므로 이렇게 말하였다.
　　강대수(姜大遂)가 지은 오건의 「생애에 대한 기록(行狀)」에 보면 "무오년 처음으로 벼슬한 뒤 성주의 교수로서 유생을 가려 뽑아 네 등급으로 나누어 가르쳤다. 또 성주목사 황금계와 뜻과 기개가 같아, 서로 주자서를 토론함에 추위와 더위에도 폐하지 않았다."는 기록이 보인다.

수문랑 되어 떠나고,

그대 보니 매우 슬프네,　　　　　　　　　　見子深悲不見渠[8]

그 사람 보지 못함이.

◆ … 옛날 성산가야 땅이었던 성주에서 주자께서 남긴 글을 강론하였
다고 들었다네. 황준량과 그대의 두 마음씨가 다 같이 주자의 글을 강

6　웅어(熊魚):『맹자·고자(告子) 상』에 "생선(魚)도 내가 바라는 것이고 곰의 발바닥(熊掌)
　도 내가 바라는 것이지만 두 가지를 다 가질 수 없다면 생선은 버리고 곰 발바닥을 갖겠
　다. 생(生)도 내가 바라는 것이고 의(義)도 내가 바라는 것이지만 이 두 가지를 모두 가질
　수 없다면 삶을 버리고 의를 갖겠다."라는 말이 있다.

7　금계(錦溪): 황준량(黃俊良:1517~1663)의 호. 본관은 평해(平海)이며, 자는 중거(仲擧)이
　다. 농암의 손서로 도산 분천으로 오면서 퇴계의 문하에 들어 중종 32년인 1537년에 생
　원이 되고 3년 뒤에 식년 문과에 을과로 급제하여 권지성균관학유(權知成均館學諭)에 임
　명된 후, 1560년에는 성주목사로 있은 지 4년 만에 병으로 돌아오던 도중 47세로 예천에
　서 작고하였는데, 그를 위하여 퇴계가 행장(行狀: 일생 동안의 사적)을 지어 준 일이 있다.
　수문거(修文去): 수문은 수문랑 또는 지하수문이라고도 하고, 지하에서 저작(著作)의 관
　직을 맡는 것을 말한다. 주로 문인(文人)의 죽음을 가리키는 말이다. 송나라 이방(李昉)의
　『태평광기(太平廣記)』 319권에 인용된 진나라 왕은(王隱)의『진서(晉書)』에서 죽은 소소
　(蘇韶)가 형제들에게 나타나 나눈 말인 "소절(蘇節)이 의심나는 것을 물으니 소소가 말했
　다. '천상 및 지하의 일은 또한 다 알 수가 없다. 안연과 복상[子夏]은 지금 보니 수문랑이
　되어 있는데, 수문랑은 모두 여덟 사람으로 귀신 중에서 성스러운 자들이다.'"라는 말에
　서 유래했다. 당나라 두보의 「산기(散騎) 상시인 이역의 영전에 곡함(哭李常侍嶧)」 두 수
　중 첫째 시에 "일대의 풍류 다하고, 지하 깊숙이서 수문랑이 되었네.(一代風流盡, 修文地下
　深)"라는 구절이 있으며, 송나라 육유(陸游)의 「운명을 논하여 주운 수재에게 드림(贈論
　命周雲秀才)」에 "지하에서 수문랑이 되지 못한다면, 천상에서 또한 경조윤(서울특별시장)
　이 되겠네.(地下不作修文郎, 天上亦爲京兆尹)"라는 구절이 보인다.

8　거(渠): 여기서는 3인칭 대명사로 쓰였다. 그. 그 사람. 곧 황준량을 가리키는 말이다.

론하는 데 절실함을 느껴, 맹자께서 말씀하신 인간의 행위에서 비교적 덜 중요한 생(生)에 해당하는 물고기와, 더욱 절실한 의(義)에 해당하는 곰 발바닥을 변별하였었다고 하였다. 그러다가 함께 주자의 글을 강론하던 황준량이 느닷없이 별안간 지하에서 수문랑의 벼슬을 받아 이 세상을 하직하게 되고 난 후에, 이렇게 그대를 보게 되니 지금은 그 옛날 함께 학문을 강론하던 황준량을 보지 못하게 됨이 마음속에 느껴져서 더욱 슬픔을 느낀다.

27 | 정자인 정탁에게 이별하며 주다
贈別鄭正字子精[1]

그대 방장산 노닐며,	君遊方丈山[2]
회오리바람 타고 구만 리 올라갔다네.	九萬扶搖上[3]
돌아와서는 나 같은 시골 노인 찾아와서,	歸來尋野老
한 방에서 그윽이 감상했던 일 이야기하네.	一室共幽賞[4]
큰 저작인 『유산록』 읽어보다,	巨編讀遊錄
기이함에 탄복하여 몇 번이나 손뼉 쳤다네.	奇歎屢抵掌[5]

---

1 정자정(鄭子精): 약포(藥圃) 정탁(鄭琢: 1526~1605)의 자. 본관은 청주(淸州)이며, 안동에 살다가 나중에 예천으로 거처를 옮겼다. 일찍부터 퇴계의 문하에 들었으며, 성균관 생원 시를 거쳐 1558년에 식년 문과에 병과로 급제하였다. 정언을 시작으로 이조좌랑, 도승지, 대사헌을 역임하였으며, 좌찬성으로 임진왜란 때 선조를 호종하면서 곽재우, 임덕령 등 명장을 천거하여 우의정에 올랐다. 그 뒤 좌의정, 판중추부사, 영중추부사에 오르고 호종 공신 3등에 녹훈되었으며, 서원부원군(西原府院君)에 봉하여졌다. 시호는 정간(貞簡)이다.

2 방장산(方丈山): 지리산을 말하며 또 두류산(頭流山)이라고도 한다.

3 구만부요상(九萬扶搖上): 부요는 회오리바람을 말한다. 『장자·자유롭게 노닒(逍遙遊)』 에 "대붕이 남쪽으로 옮겨 갈 때는 물결을 치며 삼천 리를 가서 회오리바람을 타고(搏扶 搖) 구만 리나 오른 후에 여섯 달이나 가서 쉰다."라는 말이 있다.

4 유상(幽賞): 그윽이 바라보며 감상한다는 뜻이다. 당나라 이백의 「봄날 복숭아꽃 오얏꽃 핀 정원의 연회를 벌이며 지은 시의 서문(春夜宴桃李園序)」에 "그윽한 감상 아직 끝나지 않았는데, 고상한 담론 더욱 맑아지네.(幽賞未已, 高談轉淸)"라는 구절이 있다.

5 저장(抵掌): 손뼉을 치다. 당나라 한유의 「가난을 떠나보내다(送窮文)」에 "다섯 귀신이 모두 눈을 크게 뜨고 혀를 내밀고는 펄쩍펄쩍 뛰다가 이리저리 나자빠지며 손뼉을 치고 발을 구르며(抵掌頓脚) 실소하면서 서로 돌아다보았다."라는 말이 있다.

반 달 동안 기이한 말 자아내어,	半月紬微言[6]
마음의 문 활짝 열었다네.	心扃胥豁敞
이 즐거움 오래도록 부지할 수 없었던지,	玆歡不可恃
대궐 안으로 갑자기 가게 되었다네.	城闕忽有往
해 저물어 서리와 싸락눈 내리니,	歲暮霜霰集[7]
남쪽으로 가는 기러기 슬픈 소리 떨어뜨리네.	南鴈墮哀響
물 건널 땐 얕은 곳 깊은 곳 삼가며,	涉水愼揭厲[8]
사람 만나면 고개 숙였다 쳐들었다 말게나.	逢人莫俯仰[9]

◆… 그대는 중국에서 동방의 신선이 산다는 방장산으로 불리는 지리

---

6 미언(微言): 성현의 정심 정묘한 언사를 말한다. 곧 정미로운 언어 속에 들어 있는 미묘한 뜻을 가리켜 한 말이다. 한나라 유흠(劉歆)의 「편지를 써서 태상박사직을 물림(移書讓太常博士)」에 "공자께서 돌아가시자 정미로운 말이 끊어졌고, 칠십 제자들이 죽자 큰 뜻이 어그러졌습니다.(及夫子沒而微言絶, 七十子卒而大義乖)"라는 말이 있다.

7 세모상산집(歲暮霜霰集): 주자의 「어제 여러 형씨들이 왕래하여 주심에 묽은 술과 거친 밥도 헤아리지 않고……(昨承諸兄臨辱不揆以薄酒蔬食……)」에 "해 저물어 서리와 싸락눈 내리는데, 손과 벗들 나를 좇아 노네.(歲暮霜霰集, 賓友從我游)"라는 구절이 있다.

8 섭수신계려(涉水愼揭厲): 계(揭)는 물이 얕아서 옷을 걷고 건너는 곳을 말하며, 려(厲)는 깊어서 벗고 건너는 곳을 말한다.

9 봉인막부앙(逢人莫俯仰): 『장자·하늘의 운행(天運)』에 "그대는 유독 저 두레박 틀의 두레박을 보지 못했는가? 잡아당기면 내려가고 놓으면 올라온다네.(引之則俯, 舍之則仰) 남이 당기는 대로 하고 있지 남을 당기지는 못하네. 그래서 내려갔다 올라갔다 하면서도 남에게 욕을 먹지는 않는다네.(俯仰而不得罪於人)"라는 말이 있다. 송나라 소식의 「이공서가 대궐의 부름을 받아 감에 송별하다(送李公恕赴闕)」에 "어찌 흙먼지 아래서 늙어 죽을 수 있으리오? 두레박처럼 사람 따라 숙였다 쳐들었다 한다네.(安能終老塵土下, 俯仰隨人如桔槹)"라는 구절이 있다.

산을 두루 유람하였는데, 그 산이 하도 높고 웅장하여 마치 대붕이 회오리바람을 타고 저 높이 구만 리 하늘 위까지 올라간 것과 같다네. 지리산으로 갔다가 돌아와서는 나 같은 시골에 사는 보잘것없는 노인을 찾아 이 궁벽진 곳까지 와서, 한 방에 같이 앉아 나는 가보지도 못했던 그곳의 그윽한 풍경을 보고 느낀 점을 이야기했다. 지리산을 유람한 자신의 기행문을 모은 글을 보여주는데 큰 저작을 이루었으며 읽어보다가 기이한 부분에 이르러서는 탄복한 나머지 몇 번씩이나 손뼉을 치곤 하였다. 이 일이 있은 후로도 반 달을 머물면서 정미로운 말씀을 꾸준히 자아내어 즐거운 마음 그지없어, 서로 간에 마음의 문을 활짝 열고 활달하게 의견을 주고받았다. 그러나 그와 함께하는 즐거움이 끝내 오래도록 부지할 수 없는 운명이었는지, 그만 나라의 부름을 받아 나 혼자 남겨 두고 궁궐로 별안간 가버리고 말았다. 이 해도 이미 저물어 날씨가 추워지더니 이슬과 비 내리던 하늘은 어느새 서리와 싸락눈 내리는 철로 바뀌고, 겨울을 지내려고 남쪽으로 날아가는 철새인 기러기는 구슬픈 울음소리만 남겨두고 훨훨 하늘을 가로질러 날아가 사라진다. 그대 지금 궁궐로 떠나게 되니 충고의 말을 하나 하겠는데 부디 물을 건널 때 얕은 곳인지 깊은 곳인지를 잘 살펴서 건너갈 것일세. 그러나 많은 사람들을 만나게 될 즉슨 사람 따라 고개를 숙였다 들었다 하며 비위 맞추는 일일랑 삼가도록 하게나.

斎中偶書[1]

네 편으로 나누어 풀 매는데 　한 편은 느릿느릿,	四兵耘草一兵遲
손 빠른 세 편이 　모두 그를 꾸짖네.	捷手三兵共詫伊[2]
빠른 사람이 뿌리 남겨 　번거롭게 다시 뽑으니,	捷者留根煩再拔
느린 자만 못하겠네, 처음부터 　모조리 뽑아 버린 것만.	不如遲者盡初時

『어류』에 보임 見語類[3]

---

1 간재 이덕홍의 『퇴계와 도산에서 훌륭하신 언행을 기록함(溪山記善錄) 상』에 이 시에 대한 언급이 있는데 잠깐 소개해 보면 다음과 같다. "내가 일찍이 재질이 노둔하고 뒤처진다고 근심을 하자 선생께서 말씀하셨다. '공자의 문하에서 도를 전한 사람은 바로 재질이 노둔한 증자였으니 노둔하다고 어찌 반드시 걱정을 하겠느냐? 다만 노둔한데도 독실하지 못하다면 이것이 근심일 따름이니라.' 아울러 회암 선생의 뜻을 말하여 절구 한 수를 지으시고 손수 써서 내게 주셨다. ……곧 이 시이다." 이 책은 『간재집』 권 5(상)와 6(하)에 수록되어 있다.

2 타이(詫伊): "이(伊)"자는 여기서 2인칭 대명사로 쓰였다. 간재 이덕홍의 『도산기선록』에는 "咤呷"로 되어 있다.

◆···뜰에 풀이 무성하게 자라서 풀을 매게 되었는데 네 편으로 나누어서 매게 되었다. 이들 네 편 가운데 한 편은 늦고 다른 세 편은 빨리 풀을 뽑으면서 늦는 한 편을 가리키며 한데 모여 손가락질을 하며 그 편을 나무랐다. 그러나 자세히 보니 손 빠른 사람들은 뿌리까지 다 뽑아버리지를 않았다. 그 자리에서 다시 풀이 돋아나 처음부터 다시 김을 매는 수고를 되풀이해야 하니, 차라리 느린 패가 처음부터 뿌리까지 싹 뽑아 버려 그런 번거로움을 없앤 것만 못하다. 공부를 하는 것도 처음에는 다소 느리더라도 꼼꼼하게 하는 것이, 대충 훑어보고 지나쳐 처음부터 다시 시작하는 것보다 훨씬 낫지 않겠는가?

---

3 『주자의 말씀을 분류함(朱子語類)』권 121 「주자(朱子) 18 · 문인들을 훈계함(訓門人) 9」에 나오는 말로 "선생이 병산서당(屛山書堂)에서 독서를 하고 계셨다. 하루는 여러 학생들과 함께 높은 곳에 올랐는데 풀이 무성한 것을 보고는 여러 편으로 나누어 풀을 매게 하였는데 네 편으로 갈라 각기 한 모서리씩 김매게 하였다. 한 편은 뿌리까지 찾아 뽑아버렸는데 그리 많이 김을 매지 못하고, 그 나머지가 김맨 곳은 일제히 끝이 났다. 선생은 김을 다 매지 못한 자를 보고 여러 학생들에게 말했다. '여러분들은 여럿이서 김매는 것을 봤는데 어느 것이 빠릅니까?'라고 하였다. 여러 학생들이 여러 패가 모두 빠른데 유독 이 한 사람만을 가리키며 느리다고 하였다. 그러자 말씀하셨다. '그렇지 않다. 내가 보기에는 이 사람만이 빠르다.' 그래서 여러 패가 김맨 곳을 자세히 보았더니 풀이 모두 완전히 제거되지 않았다. 모두 다시 불러와 새로 김매게 하였다. 선생이 다시 말씀하셨다. '저패는 비록 그리 빠르지는 않지만 그 속을 자세히 보면 뿌리까지 찾아 없도록 하였다. 비록 한때의 어려움은 있었지만 오히려 한 번의 공부로 끝내었다. 이 몇몇은 또 처음부터 다시 공부를 해야 하니 다만 처음에 빨리하려고 하다가 실로 소홀히 하여 이렇게 힘을 낭비하게 된 것이다. 이곳을 보는 것이 곧 학자가 책을 읽는 방법이다.'"라고 하였다. 서우(徐寓)의 기록.

덕의와 풍류를
　일찍부터 흠모하였더니,

德義風流夙所欽²

편지 보내 은근히
　마음으로 교유하네.

書來鱵鱵爲論心³

그대는 점 파는 집에
　몸 숨긴 진흙탕 속의 거북이요,

君藏卜肆龜塗瀆⁴

나는 시골에 거처하며 밭 가는

我處耕巖鳥蔚岑⁵

1　이정존(李靜存): 이담(李湛; 1510~1575)의 호, 자는 중구(仲久)이며 본관은 용인(龍仁). 김
굉필(金宏弼)의 고제자인 유우(柳藕)에게 배웠으며 보통 김굉필의 문인으로 분류된다. 문
과에 급제한 후 수찬, 지평 등을 역임하였으나 을사사화, 양재역 벽서사건 등에 연루되
어 삭직, 유배 등의 처분을 받았다. 선조 때 병조참의까지 이르렀으며, 학문을 좋아하여
만년에『주역』을 즐겨 읽었고『황극경세(皇極經世)』,『계몽역전(啓蒙易傳)』등에 뛰어났
다고 한다.
　이 시는 주자의「아호사에서 육구령(陸九齡)의 시에 화답하다(鵝湖寺和陸子壽)」권 4 시의
각운자를 써서 지은 시이다.
2　덕의숙소흠(德義夙所欽): 주자 원운시의 첫 구절을 그대로 썼다. 다음의 원운시를 참조.
3　즙즙(鱵鱵): "觯觯" 또는 "濈濈"이라고도 하며, 화애로운 모양을 나타내는 의태어.『시
경·소아·양이 없음(無羊)』에 "네 양이 오는데, 그 뿔이 화기애애하네.(爾羊來思, 其角濈
濈)"라는 구절이 있는데, 주자는 "즙즙은 화애롭다는 뜻이다. 양은 떠받기를 잘함을 염
려한다. 그런데 여기서는 화애로움을 말하였으니 서로 모여 있어도 떠받지 않음을 말한
것이다."라 하였다.

빽빽한 숲의 새라네.

늘어가니 학문 근심되네,　　　　　　　　老去學憂常廢放

　늘 물리치고 버려둠이,

병중이라 생각 경계해야만 하네,　　　　病中思戒苦凝沈6

4　장복사(藏卜肆): 서한 때 숨어 살면서 점을 팔아 생계를 이었던 엄준의 고사로, 진나라 황
　　보밀(皇甫謐)의『뜻이 높은 선비들의 전기 · 엄준(高士傳 · 嚴遵)』에 나온다. "[전한(前漢)
　　의] 엄준(嚴遵)은 자가 군평(君平)이며 촉(蜀) 땅 사람이다. 숨어 살면서 벼슬을 하지 않고
　　늘 성도(成都)의 저자거리에서 점을 쳐 주며 먹고 살았는데, 하루에 백 전만 벌면 점치는
　　것을 그만두고 가게의 문을 닫고 발을 내리고서는 책을 짓는 것을 일삼았다. …… 군평
　　은 점을 팔았는데, 양웅(揚雄)이 스승으로 삼았네.(君平賣卜, 子雲所師)"
　　귀도독(龜塗瀆):『장자 · 가을 강(秋水)』에 "장자가 복수(濮水)에서 낚시를 하고 있는데,
　　초왕(楚王)이 두 대부를 보내어 왕의 뜻을 전달하기를 '부디 나라의 정치를 맡기고 싶습
　　니다.'라 하였다. 장자는 낚싯대를 쥔 채 돌아다보지도 않고 말했다. '내가 듣기에 초나
　　라에는 신령스런 거북[神龜]이 있다는데 죽은 지가 삼천 년이나 되었다고 하더군요. 왕
　　께선 그것을 헝겊에 싸서 상자에 넣고 묘당 위에 간직하고 있다지만, 이 거북은 죽어서
　　뼈를 남긴 채 소중하게 받들어지기를 원했을까요, 아니면 살아서 진흙 속을 꼬리를 끌면
　　서 다니기를 바랐을까요?' 두 대부는 대답했다. '그야 물론 살아서 진흙 속에서 꼬리를
　　끌며 다니기를 바랐을 테죠.' 그러자 장자가 말했다. '돌아가시오, 나도 진흙 속에서 꼬
　　리를 끌며 돌아다닐테니까.'"라는 고사가 있다.
5　경암(耕巖): 골짝 입구[谷口]에서 밭을 갈며 숨어 살았던 정자진의 고사를 끌어다 썼다.
　　정자진은 운양골의 입구[雲陽谷口]에 은거하였는데, 성제(成帝) 때 대장군인 왕봉(王鳳)
　　이 예로써 그를 초치하였으나 응하지 않았다. 세상에서는 그를 곡구자진(谷口子眞)이라
　　했다.
　　조울잠(鳥蔚岑):『시경 · 소아 · 꾀꼴꾀꼴(綿蠻)』에 "꾀꼴꾀꼴 꾀꼬리, 언덕 모퉁이에 머물
　　러 있네.(綿蠻黃鳥, 止于丘隅)"라는 구절이 있다.
　　군장조울잠(君藏鳥蔚岑):『문집』권 10「이담에게 답함(答李仲久)」에 "대은(大隱)은 성시
　　(成市)에 숨는 법이니 꼭히 산림(山林)으로 고치(高致)를 삼을 것은 없습니다. 그러나 '갈아
　　도 닳지 않고 검은 물을 들여도 물들지 않음'은 대현(大賢) 이상이 아니면 쉬이 말하지 못
　　합니다. 그래서 산림의 의의가 과연 성시보다 나음이 있는 것 같습니다."라는 말이 있다.

엉겨붙는 괴로움을.

구슬 장식 거문고 쓸쓸하네,   瑤琴寂寞塵徽掩[7]
    먼지 줄 덮고 있어,

옛 곡조 어떠한가   古調如何發自今
    지금부터 퉁겨 봄이.

◆⋯ 내 그대를 보고 그대가 보내 온 시의 원운시인 주자시의 첫 구절
에서 읊었던 것처럼, 평소에 그대의 덕의와 풍류를 일찍부터 흠모하여
오던 바였네. 그런데 이렇게 편지까지 보내어 와서 은근히 마음을 논
하며 깊이 교유하게 되었다. 세상에 나서기를 싫어하는 그대는 한나라
때 엄준 같이 점을 파는 집에 몸을 숨기고 나라의 부름에도 진흙 속에
서 꼬리를 끌며 살겠다며 나아가기를 거부하였던 장자 같은 인물이네.
그렇지만 나는 보잘것없이 시골에 처박혀 농사나 지으면서 사는, 수풀
이 우거진 빽빽한 숲에 사는 눈에 띄지 않는 이름 없는 새나 다름없다.
이런 이름 없는 시골에서 농사나 지으며 늙어가니 게을러져 학문을 늘
물리치고 내버려둠이 적잖이 걱정되는데, 병중이라 생각이 어지러우

---

6 노거응침(老去凝沈): 『요존록』에서는 "나이가 들어 노쇠해지니 항상 학문을 완전히 방기
    해 버림이 걱정이 된다. 선생이 스스로 말씀하시기를 병중에는 생각이 어지러우니, 마땅
    히 엉겨붙는 괴로움을 경계해야 되기 때문에 이담에게 규범을 훈계한 것이다."라 풀이하
    였다.

7 요금적막진(瑤琴寂寞塵): 당나라 온정균(溫庭筠)의 「이처사가 그윽이 은거하는 곳에다 적
    다(題李處士幽居)」에 "수정 비녀 끈 흰 뿔 같은 두건에, 옥 같은 거문고 쓸쓸한데 가벼운
    먼지 터네.(水玉簪頭白角巾, 瑤琴寂歷拂輕塵)"라는 구절이 있다.

니 마땅히 엉겨 붙는 괴로움을 경계해야 되리라. 한때 즐겨 연주하던 구슬 장식한 거문고는 오랫동안 방치되어 줄에는 먼지가 두텁게 쌓인 채로 방치되어 있는데, 그 옛날 즐겨 뜯던 곡조가 어떠한가? 지금부터라도 다시 퉁겨 봄이 어떻겠는가?

이담이 술수의 학문을 정미하게 연구하고 또 생각을 너무 골몰하게 해서 몸에 조금 병이 생겼으므로 이렇게 말했다.

靜存精究數學, 又因苦思而有微恙, 故云

원운시

아호사에서 육자수에게 화답하다 鵝湖寺和陸子壽

덕의와 풍류를
　　일찍부터 흠모했더니,

이별한지 3년 만에
　　그 마음 더욱 깊어지네.

우연히 청려장 짚고
　　차가운 계곡을 나섰더니,

그대 또한 가마타고
　　먼 길 오셨다네.

지난 학문 의논함에
　　깊고 정밀하셨고,

德義風流夙所欽

別離三載更關心

偶扶藜杖出寒谷

又枉籃輿度遠岑

舊學商量加邃密

새로이 함양의 원리 알아   新知培養轉深沈
　깊은 뜻 더했다네.
다만 슬프기는 그의 학설   却愁說到無言處
　무언의 경지에 이르러,
이 세상에 고금이 있음을   不信人間有古今
　믿지를 아니함이라네.

30

정유일과 함께 탁영담에 배를 띄우다

주자의 구곡에서 지은 시의 각운자를 써서 짓는다

鄭子中同泛濯纓[1] 用九曲詩韻

옛 어진 이 놀던 곳에
교화 전하여지니,

昔賢遊處風聲傳[2]

민산의 아홉 물굽이가
항아리 속의 별천지라네.

閩山九曲壺中天[3]

나의 미친 짓에 나 스스로 웃고
또한 스스로 가련해 하노니,

吳狂自笑亦自憐

생활은 넉넉지 못하나
산책하기에는 좋다네.

不及薪水供盤旋[4]

---

1 정자중(鄭子中): 문봉(文峯) 정유일(鄭惟一; 1533~1576)의 자. 정유일에 대해서는 143쪽의 주석 1 참조.
구곡시는 주자의 시를 말한다. 원운시 참조.
2 풍성(風聲): 여러 가지 뜻이 있으나 여기서는 교화(敎化), 좋은 기풍의 뜻으로 쓰였다. 『서경 · 필공의 명(畢命)』에 "선함을 드러내고 악함을 눌러 좋은 기풍과 훌륭한 덕성을 그곳에 세우십시오.(彰善癉惡, 樹之風聲)"라는 구절이 있다.
3 민산구곡(閩山九曲): 민산은 곧 민중(閩中)으로 주자가 살던 복건성(福建省)을 가리킨다. 구곡은 무이산의 아홉 물 구비, 곧 무이구곡을 말한다.
호중천(壺中天): 곧 호중천지(壺中天地)와 같은 말이다. 231쪽의 주석 6 참조.
4 신수(薪水): 땔나무와 마실 물. 모두 생활해 나가는 데 필수품이므로 나중에는 주로 봉록, 식비(食費)의 뜻으로 쓰였다.

나날이『시경』과『서경』의
　　뜻 생각하고,

밤마다 혼은 꿈에
　　구름 위로 나르네.

오늘 아침 얼마나 다행스러운지
　　그대 볼 수 있어,

또한 내 뜻과 같아
　　더욱 오로지 하네.

눈앞에 들어오는 모든 일
　　모름지기 논할 것도 없으니,

의와 리 예와 지금이나
　　옳다는 것 아네.

책상 나란히 하여 마주 보고 이야기하니

日日詩書服音旨

夜夜魂夢飛雲烟

今朝何幸得見子

亦如我志尤專專[5]

眼中萬事不須論

理義今古知同然[6]

聯床晤語兩綢繆[7]

<hr/>

5　전전(專專): 순일(純一)함, 전일(專一)함을 말한다. 당나라 한유의「옛날에 품었던 뜻을 회
　　복함(復志賦)」에 "비로소 학문을 익힘에 마음을 오로지 함이여, 옛 성현들의 가르침이 아
　　니면 그 마음을 기울이는 바가 없었도다.(始專專於講習兮, 非古訓爲無所用其心)"라는 구절
　　이 나온다.

6　동연(同然):『맹자 · 고자(告子) 상』 "입은 맛에 있어서 똑같이 즐김이 있다고 하니 마음에
　　이르러서만 유독 똑같이 옳게 여기는 바가 없겠는가?(至於心獨無所同然乎)"라는 말이 나오
　　는데, 주자는 "그럴 연(然)"자는 "옳을 가(可)"자와 같다고 하였다.

7　오어(晤語): 오(晤)는 만난다[見, 會]는 뜻. 오어는 만나서 이야기하는 것을 말한다.『시
　　경 · 진(陳)나라의 민요 · 동쪽 문밖의 연못(東門之池)』에 "아름다운 좋은 아가씨와 짝지
　　어 얘기하고 싶네.(彼美淑姬, 可與晤語)"라는 구절이 있다.
　　주무(綢繆): 여러 가지 뜻이 있으나 여기서는 정의(情意)가 은근함을 나타내는 말로 쓰였다.

둘 다 서로 얽혔는데,

깊은 조예 터득할 때는   得處超詣如登仙
 날아가는 신선 같네.

서로 손 이끌고 다시   相攜復泛烟潭艇
 안개 낀 못에 작은 배 띄우고,

거슬러 올라가니 날 저물어도   泝沿日夕忘回鞭
 채찍 되돌림 잊네.

내 노래하여 소리 내니   我歌遺聲君擊節[8]
 그대 장단 맞추어,

그림 조각한 배 맑고 깨끗한 시내 畫舸如上淸泠川[9]
 오르는 것과 같네.

우리가 바라고 탄식하는 도(道)는 仰嗟吾道日中天
 해가 하늘 중간에 뜬 것과 같은데도,

내 자신을 돌아보니 웅덩이 말라붙어 顧我溝澮羞原泉[10]

---

8 아가~격절(我歌~擊節): 진(晉)나라 육기(陸機)의 「문장에 대해 논함(文賦)」에 "이를테면
  무인이 리듬에 맞추어 소매를 흔들고, 노래하는 사람이 가락에 응해서 노래를 부르는 것
  과 같다.(譬猶舞者赴節以投袂, 歌者應絃而遺聲)"라는 구절이 있다.

9 화가~청령천(畫舸~淸泠川): 주자 원시의 같은 구 참조. 원운시 참조.

10 구학수원천(溝澮羞原泉):『맹자·이루(離婁) 하』에 "서자(徐子)가 물었다. '중니께서 자주
  물을 칭찬하시어 물이여 물이여 하셨는데, 어째서 물을 취하셨습니까?' 맹자가 말했다.
  '근원이 좋은 물이 철철 흘러(原泉混混) 밤낮을 그치지 아니하여 구덩이를 가득 채운 후
  나아가 사해에 이르니 학문에 근본이 있는 자는 이와 같다. 실로 근본이 없다면 7, 8월간
  에 빗물이 모여 도랑이 모두 가득하나(溝澮皆盈) 그 마르는 것은 서서도 기다릴 수 있다.
  그러므로 명성이 실제보다 지나치게 됨을 군자는 부끄러워한다.'"는 말이 있다.

근원 좋은 물에 부끄럽네.

만종의 봉록이며 천 대의 사두마차   萬鍾千駟是何物[11]

　　이것이 다 무엇인가?

분발하여 또한 신선 세계에   發憤且和仙遊篇[12]

　　노닌 시에나 화답하여 보세.

◆⋯ 옛날에 주자 같은 어진 이가 노닐던 무이산의 아홉 구비에 교화가
전하여지니, 무이산이 있는 아홉 구비가 우리 같은 도학자들에게는 곧
도가의 신선들이 노닐던 항아리 속의 별천지와 같게 느껴진다. 나같
이 어리석은 사람도 거기에서 느낀 바가 있어 내 능력도 돌아보지 않
고 이곳 도산의 물굽이에서 주자가 했던 것을 본받았는데 내 스스로
생각해 봐도 미친 듯이 느껴져서 내 자신을 비웃고 또 스스로를 불쌍
하게 여긴다. 그동안 미련을 갖고 매달리던 관직생활을 청산하고 이곳
궁벽한 곳으로 물러나니 봉록을 받지 못하여 생활은 그리 넉넉하지 못
하나 그래도 산수가 좋아서 산책하기에는 더없이 좋다. 관직생활에 쫓
길 때는 제대로 책을 볼 시간적 여유조차 없었으나 이곳에 내려와 한
가로이 보내자니 나날이 『시경』과 『서경』의 뜻을 이리저리 음미하며

11　만종천사(萬鍾千駟): 두터운 봉록과 부귀영화를 말한다. 『맹자 · 고자(告子) 상』에 "만종
　　의 봉록은 예의를 분별하지 않고 받으니 만종의 봉록이 내게 무슨 보탬이 되겠는가?(萬
　　鍾則不辨禮義而受之, 萬鍾於我何加焉)"라는 말이 있고, 『논어 · 계씨(季氏)』에 "제나라 경
　　공은 네 필의 말이 끄는 수레를 천대나 가졌으나 죽는 날 사람들이 덕을 칭송함이 없었
　　다.(齊景公有馬千駟, 死之日, 民無德而稱焉)"라는 말이 있다.

12　선유편(仙遊篇): 주자의 원시를 말하는 듯하다.

생각해 보고, 잠자리도 상쾌하여 매일 밤 혼이 꿈속에서 구름과 안개 속을 자유롭게 날아다니는 것 같다. 이렇게 즐겁게 보내던 중에 더욱 더 다행스럽게 오늘 아침에 이렇게 그대를 만날 수 있게 되었는데, 그대는 나와 뜻이 같을 뿐만 아니라 이 뜻을 더욱 철저하게 관철하고 있다. 그대와 함께 서당에 앉아 있자니 눈앞에 펼쳐지는 모든 일이 일일이 따져가면서 논할 필요도 없이 이치와 의리가 그 옛날 주자가 무이산에 느꼈던 때나 지금 그대와 이렇게 의리를 논할 때나 전연 다를 바 없이 모두 옳다는 것을 알게 되었다. 그대와 함께 서당에서 책상을 마주하고 앉아 허심탄회하게 흉금을 털어놓고 담론하니 두 사람의 정회가 마치 한데 얽힌 듯한데, 간혹 서로 간에 깊은 조예라도 터득하게 될 때는 마치 날개 달린 신선이 되어 하늘로 날아가는 듯한 희열감을 맛보기도 하였다. 서당에서 늦도록 이야기를 하다가 미진한 감이 있어서 뜻이 맞아 다시 서로 의기투합하여 손을 끌고 안개 낀 탁영담에 작은 배를 띄우고 도산의 물굽이 쪽으로 배를 거슬러 올라가다 보니 어느새 날은 저물었지만 그래도 다시 돌아가려고 노를 돌리는 것도 잊었다. 이에 흥이 나서 내가 먼저 나도 모르게 노래를 하게 되었고 그대가 뱃전을 두드리며 장단을 맞추니, 우리가 탄 보잘것없는 작은 배가 마치 그림 조각한 아름다운 배인 듯 느껴지고 깨끗하고 맑은 시내를 올라가는 듯이 느껴진다. 우리가 바라며 얻지 못하여 탄식하는 도는 마치 해가 하늘 높이 떠 있는 것과도 같다. 한데 우리 자신을 돌아보니 갑자기 내린 비에 잠시 고였다가는 금방 말라버리는 길에 패인 웅덩이와 같은지라, 끊임없이 맑은 물이 흘러나오는 근원이 있는 샘물에 비교하여 보니 부끄럽기 그지없다. 예의를 분별하지 않고 받는, 헤아릴 수 없는 봉록과, 죽는 날 칭송을 받지도 못하면서 살아서 천 대나 되는 수레를 부린들, 이런 것들이 나한테 모두 무슨 의미가 있는 것이겠는가? 이런 부질없는 물욕일랑 차제에 다 잊어버리고 옛날 주자가 무이산의 구곡에서 신선처럼 노닐면서 지은 시를 읽으며 우리도 분발하여 그때 지은 시의 각운자를 써서 한번 미력하나마 화답을 하여 봄이 어떨지?

원운시

원추(袁樞) 종정과 부백수(傅伯壽) 태사를 모시고 무이에서 모이기로 했는데 양전(梁琭) 문숙과 오실(嗚實) 두 벗이 마침 소무에서 와 함께 구곡에 배를 띄워 바위와 골짜기의 경치를 두루 구경하고 왔는데, 원종정과 부태사가 서로 주고받으며 시를 짓고, 내게도 한 마디 말이 있지 않을 수 없다 하나 병들고 못난 사람이 무슨 말을 할까마는 애써 몇 마디 말로 훌륭한 선물에 보답하노니, 남들에게 말할 바는 못 되는 것이다.

奉陪機仲宗正 · 景仁太史期會武夷, 而文叔 · 茂實二友適自昭武來, 集相與泛舟九曲, 周覽巖壑之勝, 而還機仲 · 景仁唱酬迭作, 謂僕亦不可以無言也. 衰病懶廢, 那復有此勉出數語以塞嘉, 既不足爲外人道也

이 산의 이름
    서한으로부터 전해 오니,
신선이 사는 곳으로
    하늘 중의 하늘에 있다네.

此山名自西京傳

丹臺紫府天中天

구름 속의 학 늘 내려와
　　모이는 소리 들을 듯한데,

似聞雲鶴時降輯

맷돌 위의 개미
　　부질없이 따라 도는 것 웃을 만하네.

應笑磨螘空回旋

내 마침 이곳으로 온 때는
　　가을빛 고와서,

我來適此秋景晏

푸른 단풍이며 붉은 잎새
　　차가운 안개 속에서 흔들린다네.

青楓葉赤搖寒烟

잘 구운 신선의 단약이야
　　쉽게 얻기 어려우나,

九還七返不易得

천 개의 바위굴 만 개의 골짜기야
　　누가 독차지할 수 있으리!

千巖萬壑渠能專

다행히 그대들
　　이곳에 와 함께 노니니,

同遊幸有二三子

이 기회 하늘이 주신 것이지
　　우연이 아니라네.

天畀此段非徒然

양형과 오형은
　　산과 못가의 마른 신선이고,

梁郎季子山澤臒

부태사와 원종정은
　　바다 섬의 신선이라네.

傅伯爰盎瀛洲仙

서로 만나 서로 얻고자
　　억지로 친하고자 해도,

相逢相得要彊附

기회가 손쉽지
　　않음이 한이네.

「황화곡」을 부는 사람은
　　「양춘백설」의 곡 알지 못하는데,

화려한 배를 타고
　　맑은 강에서 함께 즐기네.

배 돌리니 술 다하여
　　세 번 크게 탄식하노니,

백년 뒤에는 누가 다시
　　통천으로 올 것인가.

경인은 여러 날 동안 이 구절을 읊조렸다.

차고 이지러짐 어찌
　　끝간 데가 있으리오?

그대들 위해 시름겨운
　　이 시를 쓴다네.

却恨馬腹勞長鞭

黃華未和白雪句

畫舸且共淸泠川

回船罷酒三太息

百歲誰復來通泉

景仁數日屢誦此句

盈虛有數豈終極

爲君出此窮愁篇

31

도산으로 매화를 찾았으나 지난 겨울 추위가 심하여
꽃술이 상하고 남은 꽃이 늦게 피어 초췌하니 안타까워
그것을 탄식하다가 이 시를 짓는다

陶山訪梅, 緣被去冬, 寒甚藥傷, 殘芳晚發, 憔悴可憐, 嘆息爲之, 賦此

손님 마음이 같아   有客同心期不來[1]
  기약하였으나 오지를 않아,

외로이 지팡이 짚고 오래도록 기다리네,   孤筇延佇白雲堆[2]
  흰 구름 무더기 속에서.

거듭 탄식하네, 오래전부터 마음 맞던   重嗟宿契三梅樹[3]

---

1 유객기불래(有客期不來): 『고증』에서는 "다음 권의 「3월 13일시」로 고찰해 이를 보건대
   여기서는 정유일을 가리킨다.(以下卷三月十三日詩考之, 此指鄭子中)"라 하였다.「3월 13일
   시」는 『문집』 권 4의 「3월 13일 도산에 이르렀더니 매화가 추위에 상했는데 작년보다 심
   했으며 움 속의 대나무도 시들었다. 작년 봄에 지은 율시의 각운자를 그대로 써서 지어
   탄식하는 뜻을 보인다. 이때 진보현감 정사또와도 약속이 있었다(三月十三日, 至陶山梅被
   寒損, 甚於去年, 窖竹亦悴. 次去春一律韻以見感歎之意. 時鄭眞寶亦有約)」를 말한다.
2 연저(延佇): 오래도록 기다리다, 목을 늘이고 기다리다, 서성이며 이러지도 저러지도 못
   하다 등의 뜻이 있는데, 여기서는 복합적인 의미로 쓰인 것 같다.
   백운퇴(白雲堆): 주자의 「임용중 현우가 돌아가는 길에 내방하여 사명산에서 주고받은
   찬란한 시편을 보여주었다 ……(擇之賢友歸途左顧, 示以四明唱酬煥爛盈編……)」에 "십 년
   동안 몸 흰 구름 쌓인 곳에 누웠더니, 이미 누런 흙먼지 갈라지고 왕복하는 길이 끊겼
   네.(十年身臥白雲堆, 已分黃塵斷往回)"라는 구절이 있다.
3 숙계(宿契): 오래된 인연, 오래된 약속, 오래전부터 의기투합함 등의 의미가 있는데, 여기
   서는 세 번째 의미로 쓰였다.

세 그루 매화나무,

다만 얼마 남지 않은 늦봄에
　　몇 송이 꽃을 피워.　　　　　　　　祇向殘春數蕚開

손에 드는 맑은 바람　　　　　　　　入手淸風空洒落
　　부질없이 시원하고 깨끗한데,

처마 곁의 밝은 달은　　　　　　　　傍簷明月自徘徊
　　홀로 왔다갔다 하네.

내년에는 이 일　　　　　　　　　　明年此事還諧未[4]
　　또한 잘 어울릴지 말지,

읊조리던 끝에 근심스런 생각　　　　愁思吟邊浩莫裁
　　마구 넘쳐 억누르지 못하네.

◆…손님으로 오기로 한 진보현감 정유일과 매화를 좋아하는 마음이
같아서 이곳 도산에서 함께 감상하기로 기약을 하였다. 그러나 약속
을 해 놓고도 오지를 않는지라, 나 혼자 흰 구름 층층이 쌓인 이곳 서
당의 언덕에서 지팡이를 짚고 우두커니 서서 오래도록 기다려 본다.
결국 혼자서 매화를 감상하게 되었는데 오래전부터 마음에 맞아 의기
투합하던 매화나무 세 그루에서 이제 얼마 남지 않은 늦봄에 몇 송이
나마 꽃을 피운 것을 보고 감탄하여 탄식에 탄식을 거듭한다. 혼자 외
로이 매화를 감상하던 도중에 어디선가 맑은 바람이 불어와 손을 스

4　환(還):『문집』에는 "知"자로 되어 있다.

친다. 괜히 시원하고 깨끗함 느껴지는데 처마 곁의 밝은 달도 혼자서 외롭게 왔다갔다 서성이는 모양이 내 처지와 같이 외롭게 보인다. 올 해는 이미 약속이 어긋나 함께 감상하는 일이 틀어졌으나 내년에는 이 일 또한 약속을 하면 그대로 될지 근심스레 읊조린다. 그러던 나머지, 이 생각 저 생각에 넘쳐 흐르는 생각을 주체하지 못하여 이렇게 읊어 보는 바이다.

32

한밤중에 천둥 번개와 비가 쏟아지더니 조금 있다가 달빛이 휘영청하여

中夜雷雨, 俄頃月色朗然

번개 끌고 천둥 내달으며 　모든 나무 울부짖다가,	掣電奔雷萬木鳴[1]
잠깐 만에 모두 걷히고 　바퀴 같은 달 밝네.	須臾捲盡月輪明
알 수 없네, 모든 변화 　하느님의 뜻인 줄을,	不知變化天公意
다만 느끼네, 빈 서재에서 　온갖 근심 맑아짐을.	唯覺虛齋百慮淸[2]

◆ … 번개가 땅에 끌리듯이 하늘에서 그대로 내리꽂힌다. 또한 나무란 나무는 모두 거센 바람을 맞아 울부짖는 듯한 소리를 낸다. 그러다가,

---

1　만목명(萬木鳴): 남송 육유(陸游)의 「비오는 밤(雨夜)」에 "집 낡고 외로운 등 어두운데, 바람 미친 듯 불고 온갖 나무 울부짖네.(屋老孤燈闇, 風顚萬木號)"라는 구절이 있다.

2　백려청(百慮淸): 주자의 「숭수의 객사에 밤에 소쩍새 소리가 들려 절구 세 수를 얻어 평보 형에게 써서 부치고, 언집 형 및 두 현에 있는 여러 친한 벗들에게도 부치도록 번거로움을 끼치다(崇壽客舍, 夜聞子規得三絶句, 寫呈平父兄, 煩爲轉寄彦集兄及兩縣間諸親友)」에 "빈 산 초저녁에 소쩍새 우는데, 고요히 거문고와 책 마주하니 온갖 근심 맑아지네.(空山初夜子規鳴, 靜對琴書百慮淸)"라는 구절이 있다.

언제 그랬느냐는 듯이 잠깐 만에 비구름이 모두 싹 걷히더니 수레바퀴 같은 달이 휘영청 밝다. 이런 정황으로 미루어 보건대 이 모든 변화가 조물주의 뜻인 줄은 나로서는 실로 알 수가 없다. 다만 이럴 때 아무도 없이 빈 완락재에 앉아 있자니 여태껏 마음이 쓰이던 온갖 근심이 어느덧 깨끗하게 맑아졌음을 깨닫게 된다.

◪ 33 │ 역락재 제군들의 글모임에 부쳐

여러 사람이 서쪽 기슭에다 띳집을 얽고 역락이라 하였다

寄亦樂齋諸君文會 諸人構茅舍於西麓, 名曰亦樂[1]

33-1

바위에 기대고 물 바라보게	依巖臨水刱茅齋[2]
띳집 열어,	
책 상자 짊어지고 서로 좇으며	負笈相從幾往來
몇 번이나 왕래하였던가?	
병 들어 책 공부 그만둠을	病廢攻書吳所嘆
내 탄식하는 바이니,	
무수한 공부	百千工力付羣才
여러분의 재주에 맡기네.	

◆… 뒤쪽에는 바위가 버텨 서 있고 앞쪽으로는 물이 굽어다 보이는 곳

---

1 역락재는 퇴계의 이 자주(自註)로 보면 여러 사람이 함께 지은 것으로 되어 있으나, 실은 지헌(芝軒) 정사성(鄭士誠: 1545~1607)이 입학할 당시 농운정사의 시설이 부족하여 그의 부친이 별관의 형태로 지어 준 것이다. 서록은 곧 서취병산의 기슭을 말한다. 94쪽의 「서취병산」 시를 참조.

2 의암임수(依巖臨水):『남사 · 왕홍지(王弘之)의 전기』에 "시령(始寧)의 옥천(沃川)에는 아름다운 산수가 있었는데 왕홍지는 또한 바위를 끼고 집을 지었다. 이에 사령운(謝靈運)과 안연지(顔延之)가 아울러 서로 부러워하고 중시했다."는 기록이 있다.

에다 떳집을 얽어 서당을 지어 놓았다. 그대들이 책 상자를 등에 지고 줄줄이 좋아서 몇 번이나 이곳으로 왔다갔다 하면서 공부를 하느라 애를 썼던가? 나야 이제 병이 들어서 책 공부를 그만두게 되어 절로 탄식이 나오지만, 나 같은 보잘것없는 사람이 해왔던 백 배나 천 배의 무수한 공부를 이 서재를 찾아오는 여러분들과 같은 재주에 맡기려고 한다.

33-2

여럿이 함께 생활하는 즐거운 일 묻건대 어떠한가?	羣居樂事問如何
또한 열심히 공부하며 함께 갈고 닦는 데 있겠지.	亦在劬書共切磨3
홀로 퇴계의 집에 누워 있자니 생각 그치지 않고,	獨臥溪莊思不歇
온 천지에 달과 바람 가득하니 낚시터 우뚝하겠네.	滿川風月釣臺峩4

---

3 절마(切磨): 끊임없이 덕을 닦는 것을 말한다. 『시경·위(衛)나라의 민요·기수의 물굽이(淇奧)』의 "깨끗하신 우리 님, 깎고 다듬고, 쪼고 간 듯하시네.(有匪君子, 如切如磋, 如琢如磨)"라는 구절에서 나온 말이다.

4 독와~풍월: 주자의 「적계 호헌(胡憲) 어르신과 유공(劉珙)에게 부침(寄籍溪胡丈及劉恭父)」에 "그윽한 은자만 남겨 두어 빈 골짜기에 눕게 하니, 온 천지에 가득한 바람과 달 사람들로 보게 하네.(留取幽人臥空谷, 一川風月要人看)"라는 구절이 있는데, 이 시에 나오는 만천(滿川)의 "川"은 인용한 주자 시의 "一川"의 "川"과 같이 천지라는 뜻이다.
여기서 "조대(釣臺)"는 도산서당에 있는 낚시터를 가리킬 것이니, 곧 도산서당을 말하는 것 같다. 퇴계의 집에 누워 있으면서 제자들이 모여 있는 서당을 생각한 것이다.

◆ … 여럿이 함께 생활하는 즐거운 일이 어디 있을까 내 스스로 물어보았다. 이것은 다름이 아니라 열심히 책을 읽으며 함께 『시경』에서 말한 것처럼 깎고 다듬고 쪼고 갈 듯이 연마하며 학업을 닦는 데 있을 것이다. 다들 열심히 공부할 것을 생각하며 혼자 서당에서 떨어진 퇴계의 집에 누워 있자니 서당에 있는 제군들의 생각 간절하여 끊이지 않는다. 또한 지금쯤이면 낙동강에는 온 강에 달빛과 바람이 가득하고 게다가 낚시터까지 우뚝하게 솟아 있을 정경이 그리워진다.

33-3

요즘 듣자니 제군들 　　각기 돌아가겠다 하는데,	近聞諸子各言歸
돌아가서 탐구한다면 　　정말 스승 있으리.	歸去求之信有師
짧은 시간 애석히 여길 만한 곳에 　　이를 수만 있다면,	能到寸陰堪惜處[5]

5　촌음감석처(寸陰堪惜處): 아주 짧은 시간을 말한다. 한나라 회남왕 유안(劉安)의 『회남자 · 도의 근원에 대한 가르침(淮南子 · 原道訓)』에 "성인은 한 자짜리 벽옥을 귀하게 생각하지 않았으며 한 치의 짧은 시간을 중히 여겼다. 때는 얻기는 어려우나 잃기는 쉽다.(聖人不貴尺之璧, 而重寸之陰, 時難得而易失也)"라는 말이 있다. 『진서 · 도간(陶侃)의 전기』에 "늘 사람들에게 말했다. '우임금은 성인인데도 짧은 시간을 아꼈으니 뭇 사람들은 당연히 나누어진 짧은 시간을 아껴야 한다.(大禹聖者, 乃惜寸陰, 至於衆人, 當惜分陰) 어찌 마음껏 놀며 술에 빠져 취하겠는가? 살아서 당시 세상에 도움이 되지 못하고 죽어서 나중에 이름이 알려지지 않는다면 이는 곧 자포자기하는 것이다.'"라는 기록이 있다.

이 경지의 참된 즐거움
　　차츰 알게 되리라.

　　　　　　　　　　　　　　　　此間眞樂漸因知

◆⋯근자에 듣자니 제군들이 각기 모두 집으로 돌아간다고들 하더군. 잠시 집으로 돌아가더라도 알아서 잘 탐구를 하게 되면 그야말로 바로 곁에서 스승이 가르쳐주는 것이나 다름이 없을 것이다. 그리하여 공부하는 데 짧은 시간을 낭비하지 않고 열심히 매진할 수 있는 경지에 이를 수 있기만 한다면 그야말로 그 짧은 시간에 학문을 터득하게 되는 참된 즐거움을 차츰차츰 깨달아 저절로 학문에 심취하게 됨을 깨닫게 될 것이다.

34 3월 보름경에 홀로 도산에 이르렀더니 매화가 추위에 떨어져 아직 꽃을 피우지 않았으며 움 속의 대나무도 시들었다. 게다가 이날 비바람이 몰아쳐 작년 봄에 지은 율시의 각운자를 그대로 써서 짓는다

暮春望日, 獨至陶山, 梅爲寒損, 尙未芬葩, 窖竹亦悴, 加之是日風雨連宵,
追次去春律詩韻[1]

아침에 산 북쪽에서 봄 찾아왔더니,	朝從山北訪春來
눈에 띄는 산 꽃 고운 비단같이 쌓였네.	入眼山花爛錦堆[2]
시험 삼아 대나무 떨기 들춰보고 유난히 시듦에 놀라고,	試發竹叢驚獨悴
곧 매화나무 당겨 보고 늦게 핌을 한탄하네.	旋攀梅樹嘆遲開[3]
성긴 꽃잎 다시 바람에	疎英更被風顚簸

---

1 이 시의 원운시는 205쪽을 참조.『문집 · 내집』권 4에서는 "3월 13일에 도산에 이르러 보니 …… 이때 진보고을의 정사또와도 언약이 있었다.(三月十三日, 至陶山……時鄭眞寶亦 有約)"로 되어 있다.

2 난금(爛錦):『시경 · 당(唐)나라의 민요 · 칡이 자라서(葛生)』에 "뿔 베개 반짝반짝 빛남이 여, 비단 이불 곱기만 하네.(角枕粲兮, 錦衾爛兮)"라는 구절이 있다.

거꾸로 까불리고,

군은 마디 거듭 비 만나   苦節重遭雨惡摧
모질게 꺾였다네.

지난 해 같은 사람   去歲同人今又阻[4]
이제 또 막히니,

맑은 시름 예와 같아   淸愁依舊浩難裁
철철 넘치니 누르기 어렵다네.

◆⋯아침이 되어 도산의 북쪽에 있는 퇴계에서 남쪽의 사당으로 봄의
흔적이 찾아왔다. 눈에 들어오는 산의 꽃이 울긋불긋 찬란하게 피어
마치 고운 비단과 같이 겹겹이 쌓여 있다. 이곳저곳 살펴보던 도중에
대나무 떨기를 한번 헤쳐봤더니 다른 나무들에 비하여 유난히 많이 시
들어 깜짝 놀랐다. 조금 있다가 다시 매화나무 가지를 당겨 보고는 제
철을 넘기고 늦게야 꽃을 피운 것을 탄식하였다. 그나마 핀 꽃들도 이
곳저곳에서 군데군데 드문드문 성글게 피어 있다. 게다가 바람을 맞아
마치 키질을 하듯 거꾸로 뒤집어졌으며, 좀처럼 부러지지 않는 군은

---

3 선(旋): 여기서는 부사로 앞에 일어난 사실 등에 대응하여 오래지 않아 일어난 일을 나타
   내는 데 쓰이는 시어로, 오래지 않아, 급히, 내키는 대로, 또한 등의 뜻을 복합적으로 나
   타내고 있다. 송나라 소식의 「영락을 지나는데 문장이 늙어서 이미 죽다(過永樂文長老已
   卒)」에 나오는 "처음에는 학 말라 알아볼 수 없어 놀랐더니, 또 구름 돌아가 찾을 곳 없음
   깨달았네.(初驚鶴瘦不可識, 旋覺雲歸無處尋)"라는 구절을 예로 들 수 있다.
4 거세동인(去歲同人): "정진보"는 진보현감으로 와 있는 정유일(鄭惟一)을 가리킨다. 역시
   205쪽의 원운시 참조.

마디도 계속된 비에 거듭 맞아 모질게 꺾이고 말았다. 지난해에도 오기로 하고서는 오지 않았던 정유일이 금년에도 또 일이 있어 오지 못하게 되니, 맑은 시름 또한 예전과 같아 마구 넘치는지라 어떻게 해 보기가 어려움을 느낀다.

35 | 16일 도산에서 사물을 관조하다

十六日, 陶山觀物

설렁설렁 봄바람
　삼월도 저물고,

싱싱한 온갖 사물들
　봄 풍경 다투누나.

산 경치 물에 거꾸로 비쳐
　붉은 비단 흔들리고,

들빛은 하늘까지 이어져
　푸른 비단 펼쳐 놓았네.

蕩蕩春風三月暮[1]

欣欣百物競年華[2]

山光倒水搖紅錦[3]

野色連天展碧羅[4]

---

1 춘풍삼월모(春風三月暮): 주자의 「다섯 날짐승의 소리로 이부상서이신 왕희려(王希呂)에게 화답함(伍禽言和王仲衡尙書)」에 "돌아감만 못하다는 두견새 울음소리, 외로운 성에 월나라 끊어지니 석 달 봄 저무네.(不如歸去, 孤城越絶三春暮)"라는 구절이 잇다.

2 흔흔(欣欣): "欣"은 "訢"과도 통하여 쓰며, 초목이 싱싱하게 쑥쑥 자라는 모양을 나타낸다. 도연명의 「돌아가자꾸나(歸去來辭)」에 "나무는 쑥쑥 싱싱하게 꽃 피우려 하고, 샘물은 졸졸 비로소 흐르네.(木欣欣以向榮, 泉涓涓而始流)"라는 구절이 있다.

　연화(年華): 봄 풍경, 또는 1년 중 가장 좋은 철을 가리키는 말.

3 산광~홍금(山光~紅錦): 『요존록』에서는 "네 개의 운자를 쓰는 시의 법은 두 번째 구에서 제목의 뜻을 집어내고, 셋째 구 이하에서는 모두 두 번째 구절의 뜻을 형용한다. 이 시의 셋째 구 이하는 모두 '백물경화(百物競華)'의 뜻을 형용한다."라 하였다.

4 홍금~벽라(紅錦~碧羅): 당나라 두목(杜牧)의 「늦봄에 홀로 남정에 와서 장호에게 부치다(殘春獨來南亭因寄張祜)」에 "온 재의 복숭아꽃 붉은 비단 빛으로 색 바래고, 시내 반쪽의 산과 물에는 짙푸른 비단 새롭네.(一嶺桃花紅錦甎, 半溪山水碧羅新)"라는 구절이 있다.

산새 소리 호로병 술 권하니
　내 병을 없이 여기는 듯하고,　　　　　　鳥勸葫蘆欺我病[5]

개구리는 풍악 울리니
　제 몸 위해 움직이네.　　　　　　　　　蛙分鼓吹爲私吪[6]

하늘과 땅의 조화
　비록 일 많다지만,　　　　　　　　　　乾坤造化雖多事

오묘한 것은 무심함에서 나오니
　그대로 맡겨둘 뿐이라네.　　　　　　　妙處無心只付他[7]

5　조권호로(鳥勸葫蘆): 송나라 구양수의 「우짖는 새(啼鳥)」에 "홀로 꽃 위로 호로병 가져와
서, 나보고 술 사서 꽃 앞에서 기울이라 권하네.(獨有花上提葫蘆, 勸我沽酒花前傾)"라는 구
절이 있다.

6　와분~사와(蛙分~私吪):『남사 · 공규(孔珪)의 전기』에 "문과 뜰 앞의 풀숲을 베지 않았
다. 그 속에서 개구리가 우니 누군가 묻기를 '뜰 안의 풀을 베지 않았던 후한의 진번(陳
蕃)이 되려고 그러십니까?'라 묻자, 공규는 웃으면서 말했다. '나는 이를 두 고취곡으로
생각할 터인데 하필이면 진번을 흉내내겠소?' 왕안(王晏)이 일찍이 고취곡을 울리고 난
후 개구리떼가 우는 것을 들려주고는 말했다. '이것은 사람의 귀를 시끄럽게 하는 것과
는 다릅니다.' 그러자 공규가 말하기를 '내 그대가 연주하는 고취곡을 들어보니 이에 못
미치는 듯하오.' 이에 왕안은 매우 부끄러워했다."라는 기록이 있다.『진서 · 혜제기(惠帝
紀)』에 "혜제가 화림원(華林園)에서 두꺼비 소리를 듣고 곁에 있는 사람들에게 일러 말하
기를 '이 울음소리는 관부[官]를 위한 것인가, 개인[私]을 위한 것인가?' 시중인 가윤이
말하기를 '관부의 땅에 있는 것은 관부를 위한 것이고, 사유지에 있는 것은 개인을 위해
우는 것입니다.'라 하였다."라는 기록이 있다. 송나라 소식의 「연못가(池上)」 첫째 시에
"작은 연못 새로 뚫었는데 마침 하늘에서 비 내리니, 한바탕 고취곡 어디에서 나는가?(小
池新鑿會天雨, 一部鼓吹從何來)"라는 구절이 있다.
와(吪)는 "움직이다(動)"의 뜻이다.『시경 · 왕풍 · 토끼는 깡총(王風 · 兎爰)』에 "내 난 후,
이런 걱정 숱하게 만났으니, 아예 잠들어 꼼짝도 않았으면.(我生之後, 逢此百罹, 尚寐無吪)"
이라는 구절이 있다.

◆… 설렁설렁 불어오는 봄바람 속에 봄의 마지막 달인 3월도 저물어 간다. 때마침 피어나는 싱싱한 온갖 사물들이 경쟁적으로 봄의 풍경을 다투고 있다. 냇물 쪽을 바라보니 맞은편 산의 경치가 거꾸로 물에 비친다. 꽃이 흐드러지게 피어 마치 붉은 비단을 펼쳐 흔들어 대는 듯하다. 들판에도 온통 녹음이 우거지기 시작하여 파란 하늘까지 이어져 마치 짙푸른 옥빛의 푸른 비단을 펼쳐 놓은 듯이 보인다. 산새인 두견새는 한자로 제호로(提葫蘆)라 하는데 그 이름이 호로병의 술을 권하는 듯이 들리어 그렇게 부른다. 마치 나한테도 술을 권하는 것 같아 병든 몸이라 술을 마시면 안 되지만 간곡하게 권하니 병들지 않은 듯 속이고, 개구리가 우는 소리는 마치 풍악을 울리는 것 같은데 이 소리를 두고 많은 사람들이 의견이 분분하였지만 내가 보기에는 그냥 제 자신을 위하여 울고 움직이는 것에 불과할 따름이다. 이처럼 새가 울고 개구리가 우는 등 온갖 하늘과 땅의 조화로운 일들이 비록 번다하고 많기는 하다. 그래도 오묘한 일은 모두 다 무심결에 무의식 중에서 나오는 것이다. 내 이를 위해 의도적으로 어떻게 조정을 하지 않고 다만 그대로 맡겨둘 뿐이다.

---

7   건곤~지부타(乾坤~只付他): 온갖 사물이 봄철을 다투어 조화가 많은데, 그 오묘함은 무심에 있어 다만 스스로에 맡겨 둘 뿐, 일찍이 하나하나 인위적으로 만든 것은 없음을 말한다. 주자의 「봄날 우연히 짓다(春日偶作)」에 "천 송이 꽃 만 송이 꽃술 붉음과 보랏빛 다투는데, 누가 알리오 하늘과 땅 조화부리는 마음을.(千葩萬蕊爭紅紫, 誰識乾坤造化心)"이라는 구절이 있고, 또한 「엎드려 치정소부상공 진준경(陳俊卿)께서 지성도부사이신 조여우(趙汝愚) 공을 송별한 훌륭한 시구를 읽고 ……(伏讀致政少傅相公送趙成都佳作……)」에 "한가로운 가운데 시구 지어 다투어 외니, 오묘한 곳 무심한 데 있고 사물 절로 봄이 되네.(閑中有句人爭誦, 妙處無心物自春)"라는 구절이 있다.

36-1

성성이 피 같은 붉은색 찬란하게   猩紅灼灼映山堂[2]
    산의 서당 비추이고,

오리 목 같은 푸른 빛 반짝반짝   鴨綠粼粼蕩鏡光[3]
    거울 빛 같은 물결 일렁이네.

기다려도 오지 않으니   有待不來春欲去[4]
    봄날 다 가려고 하는데,

---

1 『내집』에는 모두 다섯 수가 있다. 나중에 한 수를 새로 지어 넣었거나, 원래 시 수에서 한 수를 뺐을 것인데, 후자가 더 타당성이 있다. 원래 이 『잠영』이 선집본이고, 이렇게 줄여서 수록한 예를 다른 데서도 찾아볼 수 있다.

2 성홍(猩紅): 성성(猩猩)이는 주로 동남아시아에 서식하는 오랑우탄을 말하며, 중국에는 성성전(猩猩氈)이라고 하는 붉은 담요가 있는데 곧 성성이가 술을 마시고 붉은 피를 토한 것을 염료로 사용하였다고 한다. 당나라 배염(裴炎)의 「성성이를 경계함 서문(猩猩銘序)」에서는 "서역나라의 오랑캐들은 그 피를 뽑아서 털 담요를 물들이는데 색이 선명하고 얼룩이 지지 않는다."라 하였다. 당나라 방간(方干)의 「손씨네 숲속의 정자(孫氏林亭)」에 "쓸쓸히 온 골목에 대나무 숲 지어 늘어섰고, 성성이의 피는 동산의 꽃 절반이나 물들였네.(瑟瑟林排全巷竹, 猩猩血染半園花)"라는 구절이 있다.
　작작(灼灼): 진나라 도연명의 「옛 시체를 본따서(擬古)」 제9수 "반짝반짝 잎 속의 나무, 오래가지 않으니 어찌하리오?(灼灼葉中華, 不久當何如)"라는 구절이 있다.

3 압록린린(鴨綠粼粼): 송나라 왕안석(王安石)의 「남포(南浦)」에 "바람 머금고 오리 목 같은 푸른 물결 찰랑찰랑 일고, 해 놀리며 거위털 같은 담황색 살랑살랑 내려오네.(含風鴨綠粼粼起, 弄日鵝黃裊裊垂)"라는 구절이 있다.

외로운 흥 한가로워   悠然孤興一揮觴
　　한잔 술 당기네.

◆… 옷감이나 양탄자에 붉은 물을 들일 때 사용하는 염료인 성성이의
피 같은 봄꽃의 붉은색이 찬란하게 도산서당을 비추고 있다. 서당의
앞으로 흐르는 낙동강의 오리 목 같은 푸른 물결은 반짝반짝하는 것
이 마치 거울에서 반사된 빛같이 물결이 일렁일 때마다 빛을 발하고
있다. 정유일이 봄놀이를 함께 하려고 오기로 약속을 했는데 아무리
기다려도 오지 않아 그 사이에 봄날도 이미 져서 다 지나가려 한다. 그
래도 홀로나마 봄 구경을 하고 있자니 둘이서 감상을 하는 것보다는
아무래도 외롭다. 그런 가운데도 나름대로 흥이 이는지라 이에 한잔
술을 따라 들어 본다.

36-2

두견화 바다같이   杜鵑花似海漫山
　　온 산 뒤덮고,

복사꽃 살구꽃은 펄펄 날고   桃杏紛紛開未闌
　　아직 시들지 않네.

일찍부터 상관없음 알았네,   早識不關榮悴事

---

4 유대불래(有待不來): 여기서 기다리는 사람은 역시 13일에 지은 시에서 말한 진보현감 정
　유일을 말하는 것 같다.

꽃 피고 시드는 일.

매화 꽃술 다른 것과   莫將梅蘂較他看

  비교해 보지 말게.

◆…두견화는 이제야 막 피기 시작하여 마치 끝없이 펼쳐진 바다같이 온 산을 뒤덮고 있다. 복사꽃과 살구꽃은 이미 지기 시작하여 또한 눈발이 날리듯 펄펄 날려 드물지 않다. 이로써 일찍부터 꽃이 피고 지는 일이 나무에 따라 서로 상관없음을 알았다. 이들 흔한 꽃을 가지고 남달리 빼어난 꽃술을 가진 매화와 비교해 보는 일 따위는 하지 않기를 바란다.

36-3

매화나무 드문드문   梅樹依依少着花[5]

  꽃 적게 붙어 있고,

그 성기고 마름과   愛他疎瘦與橫斜[6]

---

5 착화(着花): "著花"라고도 하며, 꽃봉오리나 꽃송이가 피는 것을 말한다. 당나라 왕유(王維)의 「생각나는 대로 짓다(雜詩)」 둘째 시에 "그대는 고향에서 왔으니, 고향일 잘 알리라. 오던 날 비단 창 앞에, 한매 꽃 피웠는가 안 피웠는가?(君自故鄕來, 應知故鄕事, 來日綺窗前, 寒梅著花未)"라는 구절이 있다.

6 소수횡사(疎瘦橫斜): 송나라 범성대(范成大)의 「석호매보의 서문(石湖梅譜序)」에 "매화는 운치가 빼어나고 격조가 높기 때문에 비스듬히 기울어 성기고 메마른 것(橫斜疎瘦)과 늙은 가지가 기괴한 것을 귀히 여긴다."라는 말이 있다. 송나라 임포(林逋)의 「산의 정원에 있는 소매(山園小梅)」에 "성긴 그림자 비스듬히 기울어 있고 물 맑고 얕은데, 그윽한 매화 향기 떠서 움직이고 달은 지려 하네.(疎影橫斜水淸淺, 暗香浮動月黃昏)"라는 구절이 있다.

비스듬히 기운 것 사랑하네.

다시 삼성이니 저녁이니
　新벽이니 변별할 필요 없으리니,

향기로운 가지 끝에
　달이 떴나 바라보게나.

不須更辨參昏曉[7]

看取香梢動月華

◆… 매화나무는 제철이 지나 다 지고 이곳저곳에 드문드문 꽃 드물게
남아 있다. 나는 그 드문드문 피어 있고 빼빼 말랐으나 격조가 높으며
또 비스듬히 기운 채 피어 있음을 사랑하는 바이다. 예로부터 많은 사
람들이 매화를 감상하는 법이 달랐다. 삼성이니 저녁이니 새벽이니 하
면서 서로 변별하여 왔던 것이다. 그러나 그런 것을 기다릴 필요도 없

7　참혼효(參昏曉): 송나라 홍매(洪邁)의 『용재의 붓 가는 대로(容齋隨筆)』 권 9 「매화가 삼성
에 비끼다(梅花橫參)」에 "요즘 사람들이 매화를 읊은 시와 사에는 '삼성이 비끼다(參橫)'
라는 자를 많이 쓰는데, 이는 대체로 유종원이 지은 「용성록(龍城錄)」에 수록된 조사웅
(趙師雄)의 일에서 나온 것이지만, 이는 실로 망령된 책으로 어떤 이는 유도(劉燾)가 지은
것으로 생각하고 있다. 그 말에 '동방이 이미 밝았는데, 달이 지고 삼성이 비껴 있네.(東
方已白, 月落參星)'라 하였다. 그리고 한겨울에 보면 해가 질 때 삼성이 이미 보이니 한밤
중이 되면 서쪽으로 져 버리는데 어찌 새벽까지 비낄 수 있겠는가? 진관(秦觀)의 시에
서 '달 지고 삼성 비끼니 그림 뿔피리 애처롭고, 그윽한 향기 다 사그러져 사람 늙게 하
네.(月落參星畫角哀, 暗香消盡令人老)'라 하였는데, 이 잘못을 이은 것이다. 동파가 말한 '빼
빼하게 처음에는 달 나무에 걸려 있는 듯하더니, 반짝반짝 홀로 삼성과 함께 황혼에 비
껴 있네.(紛紛初疑月掛樹, 耿耿獨與參星昏)'라 한 것만이 딱 알맞은 표현이다." 여기에 인용
된 동파의 시는 「다시 앞 시의 각운자를 써서 짓다(再用前韻)」이며, 앞 시의 제목은 「11월
26일 송풍정 아래 매화가 만발하다(十一月二十六日, 松風亭下, 梅花盛開)」인데, 퇴계는 이
시들의 각운자를 써서 시를 짓기도 하였고, 또 많은 용어를 따다 쓰기도 하였다.

이, 다만 향기로운 매화 향기 풍기는 가지가 달에 겹쳐 있는 광경이야
말로 가장 매화와 어울리는 아름다운 풍경일 것이다.

36-4

빼어나게 아름다운 풍류	絕艶風流玉雪眞
진짜 옥인 듯 눈인 듯,	
필 때 괴이히 여기지 말라	開時休訝混芳春[8]
봄꽃과 섞였다고.	
태평한 그때에도	太平當日濂溪老
염계의 노인은,	
비갠 뒤 달빛 같은 마음	光霽襟懷映俗塵[9]
속세의 먼지에 비쳤다네.	

◆ … 매화의 빼어난 풍류를 가만히 감상하노라니 진짜로 옥 같기도 하
고 눈 같기도 하다. 눈 속에 피는 이 꽃이 봄에 피어 다른 꽃들과 섞여

8　방춘(芳春): 봄을 말하며 달리 청춘(靑春), 양춘(陽春), 구춘(九春)이라고도 한다.

9　절염~영속진(絕艶~映俗塵): "광제(光霽)"는 "광풍제월(光風霽月)"의 준말로 "비 갠 뒤의
　바람과 달"이라는 뜻. 주로 인품이 세속을 초탈하여 맑고 깨끗함을 비유하는 말로 쓰인
　다. 송나라의 황정견(黃庭堅)이 「염계 주돈이의 시집 서문(濂溪詩序)」에서 "용릉의 주무
　숙(주돈이의 자)은 마음속이 깨끗하고 맑아 세속을 초탈하기가 비가 개인 후의 달과 구름
　같았다.(周茂叔胸中灑落, 如光風霽月)"라 한 데서 나왔다. 이 구절은 매화가 늦게 피어 온갖
　잡꽃들과 한데 섞이었지만 빼어나게 아름다워 절로 구분이 되는 것이 주렴계가 태평한
　세상에 있어도 깨끗하고 밝은 속마음이 속인들과는 같지 않아 확연히 구분되는 것과 같
　다는 표현이다.

있다고 해서 기이하게 생각하지 말라. 염계의 주돈이 선생님은 태평한 그때에도, 비 갠 뒤의 밝은 달빛과 맑은 바람 같은 깨끗하고 고결한 마음을 지녔지. 그분의 인품은 잡꽃이 피지 않는 때 피던 매화가 봄에 피어 다른 꽃들과 섞이듯이, 속세의 먼지에 섞이어 그들과 어울려 지내면서도 속세를 맑고 밝게 비추어 우뚝하게 드러났었지.

임금님으로부터 마침내 물러나 한가로이 살라고 허락하는 은총을 입어 격스럽고 경사스러워 스스로 여덟 절구를 짓는다

伏蒙天恩, 許遂退閑, 且感且慶, 自述八絶[1]

37-1

가짜로 물러나 일찍이 　잘 물러난 사람 아니었는데,	假退曾非善退人
함부로 쓴 은자의 두건 이제야 비로소 　참된 은자의 두건 쓴다네.	濫巾今始着眞巾[2]
구름 덮인 산 또한 　임금의 은혜 두터운 것 알아,	雲山亦識君恩重[3]

1　『연보』에 의하면, 4월 20일에 동지중추부사(同知中樞府事)라는 실무가 없고, 다만 명예직으로 월급만 받는 자리조차 사양하여 임금의 허락을 받게 되었다.

2　남건(濫巾): 은사들이 쓰는 두건을 함부로 쓰다. 남조 송(宋)나라 공치규(孔稚圭)의 「가짜 은자가 북산에 다시 발을 들이지 못하도록 띄우는 공문(北山移文)」에 "세상에 주옹(周顒)이라는 사람이 있었는데 속세에서 뛰어난 선비였다. …… 그러나 [『장자』에 나오는 남곽 선생(南郭先生)처럼] 은자도 아니면서 초당에 거처하였고, 함부로 은자의 두건을 쓰고 북악에 있었다.(濫巾北岳)"라는 구절이 있는데, 곧 은자도 아니면서 은자인 체함을 일컫는다.

3　운산(雲山): 구름으로 덮인 높은 산이란 뜻인데, 여기서는 은자가 거처하는 속세와 멀리 떨어진 곳이라는 뜻으로 쓰였다. 남조 양(梁)나라 강엄(江淹)의 「시중에 선임되신 소돈권 공에게 올리는 표장(蕭被侍中敦勸表)」에 "저는 안개 긴 모래섬을 따라 지백에게 고마워하고, 구름 덮인 산을 맞아 허유에게 읍을 할 수 없습니다.(臣不能遵煙洲而謝支伯, 迎雲山而揖許由)"라는 구절이 있다.

나를 향해 아침마다   向我朝朝喜色新
　　기쁜 기색 새롭다네.

◆ … 나는 전에도 관직에서 물러난 적이 있었지만 그때는 가짜로 물러
났지 정말로 마음을 먹고 물러난 사람이 아니었다. 그 당시에 외람되
이 함부로 쓴 은자들만이 쓰는 두건을 이번에 물러나서야 참된 의미로
쓸 수가 있게 되었다. 은자들이 사는 구름 덮인 깊은 산도 마치 임금님
께서 내게 베풀어 주신 두터운 은혜를 아는 듯하다. 나를 보고 아침마
다 바뀌는 형상이 기쁜 얼굴을 날마다 바꾸는 것처럼 보인다.

37-2

세 임금 섬기며 보탬 없는   三朝無補一微臣[4]
　　한 미천한 신하,

온갖 병에 시달린 일생   百病餘生兩鬢銀
　　양 귀밑 머리털만 은빛으로 세었네.

이제부터 '손괘'와 '익괘' 아는 것   從此不妨知損益[5]
　　거리낄 것 없을 것이며,

호리병 속의 별천지에서   壺中天地祝堯民[6]
　　요임금 같은 성대의 백성 축하하리라.

4　삼조미신(三朝微臣): 퇴계는 연산군 7년에 나서 34세 되던 중종 29년에 관직생활을 시작
　　했다. 이때 이미 중종·인종·명종의 세 임금을 섬기고 있었기 때문에 이렇게 말하였다.
　　이 가운데 중종과 명종에게 바친 만사가 문집에 수록되어 있다.

◆… 일찍이 벼슬길에 나서 중종ㆍ인종ㆍ명종의 세 임금을 섬겼으나
아무런 도움도 준 적이 없는 이 미천한 신하는, 갖가지 병마에 시달린

---

5 손익(損益):『주역』의 「손괘(損卦)」와 「익괘(益卦)」를 말하며, 후한 상장(向長)에 관련된
   고사이다. 「손괘」는 아래를 덜어서 위를 보태는 것이며, 「익괘」는 위의 것을 덜어서 아래
   를 보태는 것을 말한다. 『후한서ㆍ은자들의 전기ㆍ상장』에 "상장의 자는 자평(自平)인데
   은거하면서 벼슬길에 나아가지 않았다. 『주역』을 읽다가 「손괘」와 「익괘」에 이르자 탄
   식하여 말했다. '내 이미 부유한 것이 가난한 것만 못하고, 귀한 것이 천한 것만 못하다
   는 것은 알겠으나 죽음은 삶에 비해 어떠한지를 모를 따름이다.' 건무(建武) 연간에 아들
   딸이 모두 장가가고 시집을 가자 마침내 마음을 풀어 놓고서 행동하면서 취미를 같이하
   는 북해의 금경(禽慶)과 함께 더불어 오악의 명산을 유람하였는데 끝내 그가 어디에 가
   서 일생을 마쳤는지 알지 못했다."는 기록이 있다. 주자의 「상자평의 일에서 느낌이 있어
   (感尙子平事)」 "나 또한 요즘 들어 『주역』의 「손괘」와 「익괘」를 알아, 다만 (손괘의) 분노
   를 징계하고 욕심을 막는다는 말로 남은 생애 헤아리네.(我亦近來知損益, 只將懲窒度餘生)"
   라는 말이 있다.
6 호중천지(壺中天地): 후한 비장방(費長房)이란 사람과 관련된 고사로, 『후한서ㆍ신선의
   술법을 닦는 사람들의 전기ㆍ비장방의 전기』에 나온다. "비장방이란 사람은 여남(汝南)
   사람으로 일찍이 저자를 관장하는 아전이 되었다. 저자에서 한 노인이 약을 팔며 가게에
   다 병 하나를 걸어 놓고 있다가 저자가 파하자 노인은 문득 병 속으로 들어가 버렸는데,
   저자의 사람들은 아무도 그것을 보지 못하였지만 비장방만은 누각 위에서 그것을 보고
   기이하게 생각하였다. 다음날 아침 비장방이 그 노인을 다시 찾아가니 노인은 이에 그와
   함께 병 속으로 들어갔다. 그 병 속에는 오직 아름다운 집들이 엄정하고, 술과 안주가 그
   속에 가득한 것을 보고 함께 다 마시고 나왔다." 송나라 장군방(張君房)의 『운급칠첨(雲
   笈七籤)』 권 28 「28도읍(二十八治郡)」에서도 『운대의 군 소재지에서 있었던 일의 기록(雲
   臺治中錄)』이란 책을 인용하여 이렇게 말했다. "시존(施存)은 노(魯)나라 사람으로 공자
   의 제자인데 단약(丹藥)을 만드는 도를 배웠지만 300년간 10번을 달여도 이루지 못하고
   변화의 술법만 터득하였다. 나중에 장신(張申)을 만나서 운대치(雲臺治)의 관원이 되었으
   며, 항상 닷 되 크기의 호리병을 걸어 놓았는데 변해서 천지가 되었다. 그 가운데는 세상
   과 마찬가지로 해와 달이 있었으며 밤에는 그 안에서 잤다. 스스로 호천(壺天)이라 불렀
   으며, 사람들은 호공(壺公)이라 하였다."

나머지 무상한 일생 동안의 흔적으로 양쪽 귀밑 머리털에 하얀 은발만
더 늘어나게 되었다. 지금부터 후한의 상장(向長)이『주역』을 읽다가
아래를 덜어서 위를 보태는 형상인 손괘와 위의 것을 덜어서 아래를
보태는 형상인 익괘를 보노라니 "내 이미 부유한 것이 가난한 것만 못
하고, 귀한 것이 천한 것만 못하다는 것은 알겠으나, 죽음은 삶에 비해
더 좋은 것인지 어떠한지를 모를 따름이다."라 하며 벼슬을 그만둔 이
유를 알 만도 할 것 같다. 역시 후한의 비장방이 놀았다는 호리병 속의
별천지에서 요임금 같은 성군이 다스리시던 태평성대에 태어나서 아
무 거리낌 없이 살았던 백성들에게 축하를 보내어도 상관이 없으리라.
나 역시 그렇게 되었으므로.

37-3

스스로 부끄럽네, 변변치 못한 재주로   自愧菲才厠盛才
　　비상한 재주 틈에 섞여 있던 것이,
이름은 벼슬아치나 몸만 물러나 있으니   名班身退又人猜
　　또 남들 시기하였네.
이제야 믿겠네,   只今可信無猜愧
　　부끄러움도 시기도 없음을,
물고기며 새떼 속에서   魚鳥羣中與作魁
　　더불어 놀면서 우두머리 되리라.

◆…지금에 와서 옛날 조정에서 관직생활을 하던 때를 가만히 생각해

본다. 변변치도 못한 재주를 가지고 비상하고 쟁쟁한 재주를 가진 무리의 틈에 끼어 있었던 게 부끄럽기만 하다. 그런데다가 항상 이름은 벼슬아치의 반열에 올려져 있었으면서도 몸은 거의 궁벽한 시골로 물러나 있었으니 이것을 가지고 또 많은 사람들이 시기를 하였을 것이다. 그러나 이곳 도산서당으로 물러나 생활하며 그 시절과 비교하여 생각해 보니 시기를 받던 것과 부끄러움 따위는 없다. 오히려 이곳의 자연과 어울리며 물고기와 새들의 무리 가운데서 그들의 우두머리가 되어 즐겁게 살아갈 수 있을 가능성을 믿겠다.

37-4

몇 칸짜리 낮은 집 흰 구름과 이웃하고 있는데,	數間矮屋白雲隣[7]
아직도 한스럽네, 내 그윽하고 곧음 그리 진실되지 못함이.	尙恨幽貞未甚眞
편지로 온화한 말씀 적어 온 세상에 내리시니,	一札溫言九天下[8]

---

7 수간왜옥린(數間矮屋隣): 송나라 소식의 「대한에 동파에 걸어서 이르러 소곡(巢谷)에게 주다(大寒步至東坡贈巢三)」에 "동파의 여러 칸 집, 소씨 누구와 이웃하리?(東坡數間屋, 巢子誰與隣)"라는 구절이 있다.

8 온언구천하(溫言九天下): 주자의 「백록동에서 노닐다가 내 사자를 얻어 지어 양원범, 양백기, 왕중걸(王仲傑) 세 형씨에게 드리고 아울러 함께 노닌 사람들에게 보인다(遊白鹿洞, 熹得謝字, 賦呈元範伯起之才三兄, 幷示諸同遊者)」에 "석실에는 만 권 책 들어 있고, 굵은 실 같은 왕의 말씀 온 세상에 내리셨네.(石室萬卷藏, 綸言九天下)"라는 구절이 있다.

깊이 병든 몸 소나무와 대나무에   沉痾贏得付松筠[9]
　　기댈 수 있겠네.

◆…몇 칸밖에 되지 않는 서당의 야트막한 집이나마 산골짜기에 자리 잡고 있어 은자들을 대표하는 흰 구름과 이웃하고 있다. 그렇기는 하나 『주역』에서 말한 "그윽이 숨어 사는 군자가 마음을 곧고 바르게 가지면 좋은 일이 있다."라는 말에 비추어 보면 내 마음이 진정한 은자가 되기에는 그다지 진실스럽지 못한 것 같아 아직도 한탄스럽기만 하다. 그런데도 임금님께서 나같이 미천한 신하에게 아직도 벼슬에 나오라는 따뜻한 서찰을 세상에 내리시어 부르신다. 깊이 병든 이 보잘것없는 몸, 심이 있어 굳고 항상 푸른 빛을 띤 곧은 대나무 같은 성심에 의지할 수 있음이 매우 감격스럽다.

37-5

재주 없고 덕망 없어   無才無德坐成癡[10]
　　어리석어졌는데,

세상 일에 대응해 감에   應世何殊沒字碑[11]

9　송균(松筠): 소나무와 대나무, 곧 굳은 정절을 가리키는 말로 『예기 · 예는 기물(禮器)』에 "그 예의범절은 사람에 있어서는 대나무 줄기가 푸른빛을 띠고 있고(竹箭之有筠), 소나무 잣나무에 심(心)이 있는 것과 같다. 이 두 가지는 천하에 있는 것들 가운데서 크게 단아한 것들이므로 사철 내내 가지를 고치거나 바꾸지 않는다."라는 말이 있다.

10　좌성치(坐成癡): "坐"자는 부사로 쓰이면 "갑자기", "때문에", "저절로", "공연히", "매우" 등 여러 가지 뜻이 있는데, 여기서는 "이르다(致)"의 뜻으로 쓰였다.

어찌 반드시 글자 없는 비석 필요하리?

먼지 쌓인 책상 앞에서   欲向塵編求晚智[12]
  늘그막에 지혜 구하고자 하나,

눈에 뿌연 안개 끼어   眼中花霧苦相欺
  서로 헷갈림이 괴롭네.

◆… 나는 재주가 없는데다 덕망도 없어 결국 이렇게 어리석어지게 되었다. 사실 세상을 살아가는 데는 나같이 학식이 없는 사람이 꼭 필요하지는 않을 것이다. 먼지가 쌓인 책상 앞에서 혹 늘그막에라도 지혜를 구할 수가 있을까 하여 책을 대하고 앉아 있으나 이제는 벌써 노안이 되어 눈앞에 희뿌연 안개 같은 것이 끼어 비슷한 글자들이 마구 헷갈려 보이는 것이 괴롭기만 하다.

37-6

은행나무 단 잡초에 덮인 지   杏壇蕪沒幾千年[13]

---

11 몰자비(沒字碑): 그냥 몰자(沒字)라고만 하기도 하며, 원래는 태산에 있는 글자가 없는 비석을 말하나, 여기서는 겉으로는 의젓해 보이나 문식(文識)이 없는 사람을 가리킨다. 『신오대사 · 여러 신하의 전기 · 안숙천(安叔千)의 전기』에 "안숙천은 겉모습은 당당하였으나 문자에 통달하지 못하였으며 하는 짓거리가 비루해서 사람들은 그를 '글자가 없는 비석(沒字碑)'이라 하였다."는 말이 있다.

12 만지(晚智): 삼국 위나라 유소(劉邵)의 『여러 인물들의 전기(人物志)』에 "인재가 이루어지는 데는 일찍 됨과 늦게 됨이 다르다. 일찍부터 지혜로워 빨리 이루어지는 사람이 있고, 지혜가 늦게 와서 늦게 이루어지는 사람(晚智而晚成者)이 있다."는 말이 있다.

수천 년 지났고,

사숙하던 여러 어진 이들   私淑諸賢亦已夭[14]
    또한 이미 하늘로 갔네.

동쪽 바다 동쪽 물가의   東海東濱可憐子
    불쌍한 이 사람,

귀 밝지 못한 데다 벙어리 신세이니   不聰喑嘿似寒蟬[15]
    가을 매미와 비슷하다네.

---

13 행단(杏壇): 『장자·어부(漁父)』에 "공자가 우거진 숲 속을 거닐고 은행나무 단(杏壇) 위
    에 앉아서 쉬었다. 제자들은 책을 읽고 있었고 공자는 노래를 하며 거문고를 타고 있었
    다."는 말이 나오는데, 이 일에 의거하여 산동(山東) 곡부(曲阜)에 있는 공자의 묘 앞에는
    행단루(杏壇樓) 등을 세워 놓았으며, 나중에는 강학의 장소라는 뜻으로 널리 쓰이게 되
    었다. 당나라 두보의 「여덟 슬픔·옛 저작랑이시며 대주사호로 폄직되신 형양 정건공(八
    哀詩·故著作郎眨台州司戶滎陽鄭公虔)」에 "「자지가」 헛되이 들었고, 은행나무 단의 어르신
    보이지 않네.(空聞紫芝歌, 不見杏壇丈)"라는 구절이 있다.
    무몰기천년(蕪沒幾千年): 주자의 「백록동 서원의 강회에서 복 어르신의 각운자에 맞추어
    짓다(白鹿講會次卜丈韻)」에 "궁궐의 담장 잡초에 뒤덮인 지 몇 해나 지났는가? 차가운 운
    무만이 샘 막고 있네.(宮墻蕪沒幾經年, 秖有寒煙鎖潤泉)"라는 구절이 있다.
14 사숙제현(私淑諸賢): 맹자를 말한다. 『맹자·이루(離婁) 하』의 "나는 공자의 문도가 될 수
    는 없었으나 여러 사람들에게서 스스로를 선하게 한 사람(私淑諸人)이다."라는 말에서
    나왔다. 주자의 주석에 의하면 "私"는 "竊"이라 하였고, "淑"은 "善"이라 하였다. 곧 "나
    는 공자의 도를 남에게서 얻어들어 몰래 그 몸을 선하게 할 수 있었다."라는 뜻이다.
15 한선(寒蟬): 한조(寒螬)라는 매미의 일종도 있으나, 여기서는 가을이 깊어 추워서 울지 못
    하는 매미를 말한다. 울지 못하고 잠자코 가만히 있기 때문에 어떤 일에 아무런 말도 못
    하는 것의 비유로 쓰인다. 『후한서·두밀(杜密)의 전기』에 "선한 것을 알면서도 천거하
    지 않고 나쁜 것을 듣고서도 말하지 않으며, 정을 숨기고 자기를 애석히 여기는 것이 추
    운 날의 매미와 같습니다."라는 말이 있다. 「초사」에 "슬프다 가을의 절기 됨이여, 매미
    쓸쓸히 소리 내지 않는구나.(悲哉秋之爲氣也, 寒蟬寂漠而無聲)"라는 구절이 있다.

◆… 공자가 제자들과 거닐면서 책도 읽고 거문고도 타면서 공부하던 은행나무 단이 이미 잡초에 파묻힌 지 수천 년이나 지나갔다. 공자의 도를 얻어듣고 자기 몸을 선하게 하였던 맹자 또한 벌써 하늘로 올라가고 없다. 공자와 맹자가 살던 중국의 동쪽에 있는 조선에서도 동해에 가까운 궁벽한 시골에 거처하고 있어 불쌍하기 그지없다. 이제 늙어서 귀도 밝지 못한 데다가 벙어리 신세나 다름없어 아무 일도 할 수 없음이, 가을이 깊어 이제는 울지 못하는 가을 매미와 다를 바가 없이 느껴진다.

37-7

소옹이 말한 푸른 하늘   邵說靑天在眼前[16]
　　눈 앞에 있는데,

쇠 부스러기나 주우니 주자는 웃네   零金朱笑覓爐邊[17]

---

16 소설청천(邵說靑天): 송나라 소옹의 학문의 기본은 선천도(先天圖)에 관한 학설인데, 주자는 이 학설을 매우 존중했다. 여기서 소강절이 말한 청천이란 바로 이 선천도의 이론을 말하는 것 같다. 『주역』을 풀이하는 방법에 선천도와 후천도가 있는데, 그 차이는 9괘를 방위에 맞추어 배열하는 순서이다. 소위 문왕역(文王易)의 후천도는 진(震: 동쪽), 태(兌: 서쪽), 이(離: 남쪽), 감(坎: 북쪽) 등으로 배열한다. 이른바 복희역(伏羲易)이라 하여 소옹이 구성한 선천도는 건(乾: 남쪽), 곤(坤: 북쪽), 이(동쪽), 감(서쪽) 등으로 배열한 것이다. 한편 선천학은 본체론적인 우주 발생의 원리를 상수론적인 순서로 설명하며, 후천학은 우주의 삼라만상을 현상론적으로 설명하기도 한다.
17 영금멱로변(零金覓爐邊): 주자의 「진량(陳亮)에게 답함(答陳同甫)」(권 36)에 "이제 아무런 이유도 없이 굳이 자기 집의 빛나는 보물 창고를 내버려 두고 도로로 달려 나가 쇠 도가니로 가 광석 가운데서 쇠 부스러기나 파내려고 한다면(向鐵鑪邊査礦中撥取零金), 또한 잘못된 것이 아니겠습니까?"라는 말이 있다.

도가니 곁에서 찾는 것.

흰 머리 사람의 공부   莫言白髮妨人學
　　방해한다 말하지 말라,

위무공은 오히려 경계의 잠명   衛武猶箴九十年[18]
　　나이 아흔이나 되어 지었다네.

◆…북송의 강절 소옹이 말한 선천도의 학설이 푸른 하늘처럼 눈앞에
펼쳐져 있다. 한데 그 학설의 정수는 제대로 취하지도 못하고서 도가
니 옆에서 쇠 부스러기나 줍고 있는 격이니 주자가 진량에게 보낸 편
지에서 말하고 있는 것과 똑같은 꼴이라 내 모습을 본다면 역시 비웃
을 것이다. 그러나 이제 늙어서 머리가 허옇게 되어서 이것이 공부하
는데 방해가 된다고는 말하지 말라, 춘추시대의 위무공은 나이가 아
흔 다섯에 스스로를 경계하는 시를 지었으니 내 나이는 그에 비하면
아직 한창 젊은 나이가 아닌가?

37-8

님은 어디쯤 계신가,   美人何許隔天涯[19]

---

18 위무~구십년(衛武~九十年): 『국어 · 초나라의 역사(國語 · 楚語)』에 "좌사인 의상(倚相)
　이 말했다. '옛날 위무공(衛武公)은 나이가 95세였는데도 오히려 경계하여 말하기를 "경
　이하 대부와 여러 선비 등 조정에 있는 자들은 내가 늙었다고 나를 버리지 말고 ……"라
　하고 이에 「억(懿)」이라고 하는 경계시를 지어 스스로 경계했다.'"라는 구절이 있다. 「억
　(懿)」은 곧 『시경 · 대아(大雅)』편의 「억(抑)」인데 그 서문[小序]에 의하면 "「억」은 위나라
　무공이 여왕을 풍자하고 또한 스스로 경계한 시이다."라 하였다.

238

하늘가에 떨어져 있네,

꿈속에서 서로 만났네					夢裏相逢玉帝家
　　옥황상제의 집에서.

홀로 깨어나						獨自覺來臨碧水
　　짙푸른 물 내려다보니,

한 덩이 밝은 달						一輪明月映金波[20]
　　금빛 물결에 비치네.

가정 44년(1569) 을축년 5월 모일에 퇴계 도산의 늙고 병들고 한가한 사람이 산의 집에서 쓰다.

嘉靖四十四年, 歲乙丑, 伍月日, 退溪陶山老病閑人, 書于山舍

◆… 내가 항상 그리워하고 섬기려고 하는 임금님이 어디쯤 계신가 늘 생각해 본다. 나와는 이쪽 하늘과 저쪽 하늘의 끝에 각각 떨어져 있지만 자나 깨나 잊지를 못하여 늘 그리워하다 보니 꿈을 꾸다가 옥황상제의 집에서 뵙게 되었다. 이것이 무슨 징조인가 싶어 깜짝 놀라 꿈에서 깨어나 정신을 차리고서 밖으로 나갔다. 서당 앞으로 흐르고

---

19 미인격천애(美人隔天涯): 송나라 소식의 「적벽(赤壁賦)」에 "넓고 아득함이여 나의 회포, 님을 바람이여, 하늘 한쪽에 있네.(渺渺兮余懷, 望美人兮天一方)"라는 구절이 있다.

20 명월금파(明月金波): 당나라 유우석(劉禹錫)의 「절서의 이대부의 서리 내리는 밤에 달을 보고 있는데 작은 동자가 필률 부는 소리를 듣고 본래의 운자에 의거하여 노래한 시에 화답하다(和浙西李大夫霜夜對月, 聽小童吹觱篥歌依本韻)」에 "해문의 두 푸른 저녁 운무 그치고, 만 이랑 금빛 물결에 밝은 달 뛰네.(海門雙青莫煙歇, 萬頃金波明月)"라는 구절이 있다.

있는 강물은 밤이 되어 더욱 짙푸르게 변했다. 내려다보니 잔잔히 흐르는 강물에 완전히 둥근 수레바퀴 같은 보름달이 비쳐 물결에 따라 찰랑찰랑 흔들리는 것이 마치 금이 빛을 받아 반짝이는 모습과도 같아 보인다.

38 산에 사철 거처하며, 네 수씩 열여섯 절구를 읊다

山居四時各四詠十六絕[1]

봄 네 수 春四詠

38-1

안개 걷힌 봄 산에 　수놓은 비단 빛나고,	霧捲春山錦繡明
진귀한 새들 서로 화답하며 　백 가지 소리로 지저귀네.	珍禽相和百般鳴[2]
그윽이 지내자니 더욱 기쁘네, 　찾아오는 손님 없음이.	幽居更喜無來客
짙푸른 풀 뜰 가운데서 　제 마음껏 돋아나네.	碧草中庭滿意生

아침 朝

---

1 『요존록』에서 인용한 『말씀과 행동의 모든 기록(言行總錄)』에 의하면 "한가로이 지내는 맛이 무궁한 즐거움을 있는 대로 말하여 그 속마음을 기탁하였다."고 하였다.

2 백반명(百般鳴): "般"은 여기서 "종(種)"의 뜻으로 쓰였다. 당나라 한유의 「무원형(武元衡) 상공의 이른 봄 앵무새 소리를 듣다라는 시에 화답하다(和武相公早春聞鶯)」에 나오는 "아침 저녁으로 금성으로 날아 들어와, 누구로 하여금 백 가지로 울어 대는 것 알게 할까?(早晚飛來入錦城, 誰人教解百般鳴)"라는 구절에서 따다 썼다.

◆…짙게 끼었던 안개가 개이자 봄을 맞은 산에는 꽃들이 활짝 피었다. 그 모습이 마치 꽃을 수놓은 비단을 펼쳐 놓은 듯이 화려하게 빛이 난다. 겨우내 추위를 피하여 어디론가 숨어 버렸던 진귀한 새들이 서로 노래하듯 화답하며 온갖 소리를 다 동원하여 지저귄다. 이렇게 봄 풍경이 눈앞에 펼쳐진 서당에서 그윽이 은거하면서 지내고 있자니 번다하게 찾아와 귀찮게 구는 손님이 없음이 더더욱 기쁘게만 느껴진다. 이제 봄빛을 받아 짙푸른 빛을 띠기 시작한 풀들까지 뜰 가운데서 제 마음껏 돋아나고 있다.

38-2

뜰 안에 비 갓 개이니   庭宇新晴麗景遲[3]
　　아름다운 경치 더디 지나가고,

꽃향기 물씬   花香拍拍襲人衣[4]

3　여경지(麗景遲): 여경은 아름다운 경치, 곧 미경(美景)과 같다. 여기서는 봄을 말하는 것
　　으로, 남조 제(齊)나라 사조(謝朓)의 「3일 유상곡수의 연회에서 모시고 있다가 대신 조칙
　　에 응하다(三日侍宴曲水, 代人應詔)」에 "아름다운 경치는 봄이요, 독충을 쫓는 의방이란
　　두 글자는 동쪽 방향에 있네.(麗景卽春, 儀方在震)"라는 구절이 있고, 주자의 「증점(曾點)」
　　에 "봄옷 막 이루어지니 아름다운 봄 경치 더디 지나가고, 발걸음 흐르는 물 따라 맑은
　　잔물결에서 노네.(春服初成麗景遲, 步隨流水玩晴漪)"라는 구절이 있다.
4　박박(拍拍): 의성어로 쓰이면 주로 새가 날아오르는 소리를 나타낼 때 쓰이는데, 여기서
　　는 충만한 모양을 나타내는 의태어로 쓰였다.
　　습인의(襲人衣): 당나라 왕유(王維)의 「남전산의 석문정사(藍田山石門精舍)」에 "시내의 꽃
　　향기 사람 옷으로 스며들고, 산의 달은 돌 벽에 비치네.(澗芳襲人衣, 山月映石壁)"라는 구
　　절이 있다.

사람 옷에 스며드네.

어찌하여 네 사람 모두   如何四子俱言志

　　제 뜻을 말했건만,

성인께서 감탄의 탄성 질렀는가?   聖發咨嗟獨詠歸[5]

　　유독 노래하며 돌아가겠다는 말에.

낮 晝

◆…뜰에 내리던 봄비가 이제 막 그쳤다. 뜰에 돋아난 파릇파릇한 생기
를 머금은 풀들이 싱싱하여 아름다운 경치를 오래도록 유지하여 마치
시간이 매우 천천히 지나가는 듯이 느껴지고, 꽃향기 역시 갓 그친 비
에 향기가 물씬 풍겨 사람의 옷소매로 스며든다. 이에 증점 등 네 사람
이 공자를 모시고서 모두 각자의 뜻을 다 말하였는데도, 공자께서 유
독 기수에서 목욕하고 봄바람을 쐬며 돌아오겠다고 한 말에 감탄을
하며 동의한 뜻을 이제야 조금은 알 것만 같다.

5　사자~영귀(四者~詠歸):『논어·선진(先進)』에 "자로(子路)·증석(曾晳)·염유(冉有)·
공서화(公西華)가 공자를 모시고 앉았는데, …… 공자가 말씀하셨다. '무엇을 꺼리느냐?
또한 각자 제 뜻을 이야기하는 것이니라.' 이에 증점이 말했다. '늦은 봄에 봄옷이 다 되
면 관례를 올린 어른 대여섯 명과 아이 예닐곱 명과 함께 기(沂)수에서 목욕하고 서낭당
에서 바람을 쐬고 노래하며 돌아오겠습니다.' 이에 공자께서 아! 하고 탄성을 지르시며,
'나는 점의 뜻에 동의하노라.'라 하셨다."라는 말이 있다. 주자의「교사당에서 지어 여러
동지들에게 보이다(教思堂作示諸同志)」에 "노래하며 돌아가는 것 증점의 뜻에 동의하였
고, 앉아서 세상만사 잊는 것은 안회와 같기를 바라네.(詠歸同與點, 坐忘庶希顏)"라는 구절
이 있다.

38-3

동자 산 찾아　　　　　　　　　　　　童子尋山採蕨薇[6]
　　고사리 캐니,

그릇 속의 음식 절로 족하네　　　　盤飧自足療人飢
　　사람의 허기 면하기에,

비로소 알겠네, 당시　　　　　　　　始知當日歸田客[7]
　　전원으로 돌아온 나그네,

저녁 이슬 옷 적셔도　　　　　　　　夕露衣沾願不違[8]
　　바람 어긋나지 않았음을.

저녁 暮

◆ … 동자가 이 산 저 산을 찾아다니며 고사리를 캐오니 그릇에 담겨

6　동자~채궐미(童子~採蕨薇): 당나라 가도(賈島)의 「은자를 찾았으나 만나지 못하다(尋隱
　者不遇)」에 "소나무 아래서 동자에게 물으니, '스승님은 약초를 캐러 가셨습니다.'라 한
　다.(松下問童子, 言師採藥去)"라는 구절이 있으며, 주자의 「옛 시체를 본따서 짓다(擬古)」
　제3수에 "산에 올라 고사리 캐는데, 기울어진 오솔길에 그윽한 난초 많네.(上山採薇蕨,
　側徑多幽蘭)"라는 구절이 있다. 또한 한나라 때 진나라의 폭정을 피해 숨어 살던 상산사
　호(商山四皓)가 지었다는 「자줏빛 영지(紫芝歌)」에 "빽빽한 자줏빛 영지 허기 면할 만하
　네.(曄曄紫芝, 可以療饑)"라는 구절이 있다.
7　귀전객(歸田客): 당나라 두보의 「역에서 초당에 갔다가 다시 동쪽 언덕의 초가집에 이르다
　(從驛次草堂後至東屯茅屋)」 첫째 시에 "골짜기 안의 전원으로 돌아가는 나그네, 강가에서
　말 빌려 타네.(峽內歸田客, 江邊借馬騎)"라는 구절이 있는데, 여기서는 도연명을 가리킨다.
8　석로~불위(夕露~不違): 41쪽의 마지막 구절 "옷 저녁 이슬에 젖어도 바람 어긋나지 않
　았으면.(衣沾夕露願無違)"의 주석 8 참조.

244

오는 보잘것없는 산나물이나마 그런대로 사람의 허기를 채워주기에
는 충분한 것 같다. 이제야 나도 도연명이 그 당시 벼슬을 그만두고 전
원으로 돌아와서, 길게 자란 잡초에 내린 저녁 이슬이 옷을 적신다 하
더라도 모든 것을 버리고, 전원으로 돌아온 본래의 뜻에 어긋나지나
않았으면 하는 바람을 어느 정도는 알 만하다.

38-4

꽃 풍경 저녁 되어   花光迎暮月昇空
　　달 동쪽에서 떠오르니,

꽃과 달 있는 맑은 밤   花月淸宵意不窮
　　깨끗한 뜻 끝이 없네.

다만 달 둥글고   但得月圓花未謝
　　꽃만 지지 않는다면,

근심하지 말라 꽃 아래   莫憂花下酒杯空[9]
　　술잔 비었다고.

밤 夜

◆… 꽃이 만발한 봄 풍경에 저녁이 되어 하늘로 보름달이 둥실 떠오른

9　막우~주배공(莫憂~酒杯空): 송나라 소식의 「달밤에 객과 더불어 살구꽃 아래서 마시다
　(月夜與客飮杏花下)」에 "퉁소 소리 끊기고 달은 밝은데, 오로지 달 지자 술잔에 달그림자
　사라질까 근심스럽네.(洞簫聲斷月明中, 惟憂月落酒杯空)"라는 구절이 있다.

다. 꽃과 달이 한데 어울려 맑은 밤 이루어, 그 아름답고도 깨끗한 분위기가 끝없이 펼쳐진다. 다만 구름 끼지 않아 밤새 둥근 달을 볼 수 있고, 달 아래 만발한 꽃이 지지만 않는다면 그것만으로도 봄 풍경의 정취를 만끽할 수 있으니, 꽃나무 아래 앉아서 술잔 비었음은 전혀 걱정하지 않아도 될 것이다.

여름 네 수 夏四詠

38-5

새벽에 일어나니 빈 뜰의 대나무에 맺힌 이슬 맑고,	晨起虛庭竹露淸[10]
헌함 열고 아득히 마주하네 여러 산의 푸르름을.	開軒遙對衆山靑[11]
작은 아이 익숙하고 민첩하게 병에 물 담아 오니,	小童慣捷提瓶水[12]

---

10 허정죽로청(虛庭竹露淸): 당나라 진자앙(陳子昻)의 「가을날 형주부 병조로 있는 조사연과 마주치다(秋日遇荊州府崔兵曹使宴)」에 "고목에 푸른 안개 끊기고, 빈 정자에 맑은 이슬 차갑네.(枯樹蒼煙斷, 虛亭白露寒)"라는 구절이 있다. 또한 당나라 맹호연(孟浩然)의 「여름날 남정에서 신씨네 맏이를 그리워하다(夏日南亭懷辛大)」에 "연꽃 바람은 향기 실어 보내고, 대나무에 맺힌 이슬은 똑똑 떨어지며 맑은 소리 내네.(荷風送香氣, 竹露滴淸響)"라는 구절이 있다.

11 요대중산청(遙對衆山靑): 당나라 맹호연의 「영가의 상포관에서 장씨네 여덟째 항렬인 자용을 만나다(永嘉上浦館逢張八子容)」에 "뭇 산들 아득히 나와 술잔 마주하고 있고, 외로운 섬들 모두 다 나의 시제가 되어주네.(衆山遙對酒, 孤嶋共題詩)"라는 구절이 있다.

얼굴 깨끗이 씻네, 탕임금의 세숫대야에 적힌   澡頮湯盤日戒銘[13]
　　　나날이 새롭게 경계하라는 좌우명같이.

아침 朝

◆… 새벽이 되어 일어나 보니 텅 빈 뜰에 심겨져 있는 대나무에 밤새
맑은 이슬이 맺혀 있다. 헌함을 열어젖히니 아득히 여러 푸른 산이 눈
에 들어와 나랑 마주하고 있다. 심부름하는 작은 아이는 어느덧 병에
물을 길어 오는 것이 습관이 되었는지 민첩하게 물을 떠 온다. 나는 이
물을 가지고『대학』에 나오는 탕임금이 세숫대야에 적어놓은 '나날이
새롭게 되도록 하라'는 좌우명을 따라서 얼굴을 깨끗하게 씻는다.

38-6

낮에 도산의 서당 고요한데   晝靜山堂白日明
　　　한낮의 해 밝고,

우거진 아름다운 나무   葱瓏嘉樹遶簷楹
　　　처마 기둥을 휘도네.

---

12 소동제병수(小童提瓶水): 당나라 두보의 「대운사의 찬공방(大雲寺贊公房)」 넷째 시에 "아
　이 정화수 긷는데, 습관 되어 재빠르게 병 손 위에 있네.(童兒汲井華, 慣捷瓶上手)"라는 구
　절이 있다.
13 탕반일계명(湯盤日戒銘):『대학』에 "탕왕의 세숫대야에 적어 놓은 경계하는 말에 이르
　기를 '진실로 어느날 새롭게 했거든 나날이 새롭게 하고 또 날로 새롭게 하라.'라 하였
　다.(湯之盤銘曰, 苟日新, 日日新, 又一新)"라는 말이 있다.

북쪽 창 아래 높이 누운   北窓高臥羲皇上[14]
　　복희 시대의 사람에게,

바람 잔잔한 시원함과   風送微凉一鳥聲
　　한 마리 새의 소리 보내오네.

낮 畫

◆ … 도산서당 여름날의 한낮은 적막하리만큼 고요한데 해는 밝게 빛
난다. 서당의 주위에 울창하게 우거진 아름다운 나무들이 한여름을
맞아 신록을 뽐내듯이 서당의 나무 처마까지 뻗어 있는 것이 마치 기
둥을 휘감고 도는 것 같다. 공부를 하다가 더위를 식히려고 통풍구로
만들어 놓은 북쪽 창문 아래에 도연명처럼 복희시대의 사람인 듯 생각
하며 누웠다. 때마침 잔잔하고 시원한 바람이 불어, 마치 들려오는 새
가 지저귀는 소리도 바람을 타고 오는 듯하다.

38-7

해질 무렵의 아름다운 경치   夕陽佳色動溪山

---

14 북창~희황상(北窓~羲皇上): 진나라 도연명의 「아들 엄 등에게 훈계함(與子儼等疏)」에
　　"숲과 나무에 녹음에 우거지고 철 따라 새소리 바뀌는 것을 보면 또한 즐거워하고 기뻐
　　하였다. 항상 말하기를 오뉴월에 북쪽 창 아래 누워 있는데 때마침 시원한 바람이 한차
　　례 불어오면 스스로를 복희씨 시대의 사람이라 하였다.(北窓下臥, 遇涼風暫至, 自謂是羲皇
　　上人)"라는 말이 있다. 당나라 백거이의 「대나무 창(竹窓)」에 "맑은 바람 부는 북쪽 창 아
　　래 누우면, 복희씨처럼 즐거이 놀 수 있으리.(淸風北窓臥, 可以午羲皇)"라는 구절이 있다.

시내와 산 움직이고,

바람 그치고 구름 한가로우니   風定雲閒鳥自還[15]
  새 스스로 돌아오네.

홀로 앉아 그윽한 정회   獨坐幽懷誰與語
  누구랑 더불어 이야기할까?

바위 언덕 쓸쓸한데   巖阿寂寂水潺潺
  물 졸졸 흐르네.

저녁 暮

◆… 서쪽으로 해질 무렵이 되니 아름다운 경치가 저녁의 긴 그림자를
드리우는 것이 마치 서당 주변의 시냇물과 산을 움직이는 것 같다. 낮
에 불던 바람이 잦아들다가 그치니 빠른 속도로 흘러가던 구름도 천
천히 흘러 한가로워 보인다. 또 새는 잠자리를 찾아 보금자리를 알고
서 스스로 돌아온다. 마침 나도 한가하여 홀로 앉아 있다가 이 그윽한
정취를 누구에게 말해 볼까 둘러보았더니, 아무도 없고, 다만 쓸쓸해
보이는 바위 언덕 사이로 물만 졸졸 소리를 내며 흐르고 있는 것이 보
일 뿐이다.

---

15 석양~조자환(夕陽~鳥自還): 진나라 도연명의 「술을 마심(飮酒)」에 "산 기운 날 저무니
 아름답고, 나는 새 서로 더불어 돌아가네.(山氣日夕佳, 飛鳥相與還)"라는 구절이 있다.

38-8

뜰 조용하고 산 비었으며	院靜山空月自明[16]
달 절로 밝은데,	
갑자기 이부자리	翛然衾席夢魂淸[17]
꿈속 혼 맑네.	
홀로 깨어 하는 말 이야기 않음은	悟言弗告知何事[18]
대체 어쩐 일인가?	
누워서 언덕의 새	臥聽皐禽半夜聲[19]
한밤중에 우는 소리 듣네.	

밤 夜

---

16 원정~월자명(院靜~月自明): 당나라 낙빈왕(駱賓王)의 「여름날 산의 집에서 놀며 하소부
와 함께 하다(夏日遊山家同夏少府)」에 "골짜기 고요한데 바람소리 그치고, 산 비었는데 달
빛 깊네.(谷靜風聲徹, 山空月色深)"라는 구절이 있다.

17 금석몽혼청(衾席夢魂淸): 당나라 이중(李中)의 「새 가을에 감회가 일어(新秋有感)」에 "점
차 비단 대자리에 상쾌함 더하여지는데, 갑자기 꿈속의 혼 맑음 느껴지네.(漸添衾簟爽, 頓
覺夢魂淸)"라는 구절이 있다.

18 오언불곡(悟言弗告): 『시경·위(衛)나라의 민요·은거(考槃)』에 "혼자서 자다가 깨어서
한 말 …… 언제나 남에게 이야기하지 않으리로다.(獨寐悟言……永矢弗告)"라는 구절이
있는데, 주자는 "홀로 자고 깨어 말을 하기는 하나 그래도 이 은자의 즐거움을 잊지 않겠
다 맹세하는 것이다. 불곡은 남에게 이 즐거움을 말하지 않는 것이다."라 하였다.

19 고금반야성(皐禽半夜聲): 『회남자·산의 교훈에 대하여(說山訓)』에 "닭은 아침이 밝아 올
것을 알고, 학은 한밤중을 알지만 솥과 도마에 오르는 것을 면하지 못한다.(雞知將旦, 鶴
知夜半, 而不免於鼎俎)"라는 말이 있는데, 한나라 고유(高誘)는 "학은 한밤중에 운다."라
하였다.

◈⋯ 밤이 되어 낮에 북적거리던 뜰이 고요해지고 산새들의 울음소리도 그쳐 산마저 텅 빈 듯하다. 마침 동녘에서 달이 두둥실 떠오르더니 빛을 발하기 시작한다. 초저녁에 이부자리를 펴 놓고 잠이 들었다가 갑자기 달빛이 밝아서 깨어나니 꿈속의 혼이 맑게만 느껴진다. 자다가 홀로 깨어나는 이 은자의 즐거움을 남에게 이야기하지 않고 혼자 간직하고 가만히 누웠다. 저쪽 언덕에서 이따금씩 들려오는 밤새의 울음소리를 한밤중에 조용히 들으면서, 이 즐거움을 마음속에 깊이 간직해 본다.

가을 네 수 秋四詠

38-9

늦더위 완전히 사그러졌네,	殘暑全銷昨夜風
엊저녁 바람 불더니,	
첫 서늘함 아침에 일어나니	嫩凉朝起灑襟胸[20]
속마음이 다 시원하네.	
굴원은 도 말할 수 있는	靈均不是能言道[21]
인물 아니건만,	
천년 뒤 어이하여	千載如何感晦翁[22]

---

20 눈량(嫩凉): 조금 서늘한 기운[微凉] 또는 여름이 지나가고 가을이 되어 처음으로 오는 서늘함[初凉]이라는 뜻이다. 눈은 약하다는 뜻으로 쓰였다.

회옹이 느꼈던가?

아침 朝

◆… 어제 낮까지만 해도 기승을 부리며 남아 있던 늦더위가, 어젯밤
에 불어온 시원한 가을바람에 완전히 사라지고 말았다. 오늘 아침에
는 가을 들어 처음 느끼는 서늘한 기운에 가슴속까지 다 시원하고 후
련하게 느껴진다. 전국시대 초나라의 굴원은 공자의 유교의 도를 말

---

21 영균(靈均): 굴원을 말한다. 초(楚)나라 굴원은「슬픔을 만남(離騷)」에서 "돌아가신 아버
지 내 처음 난 것을 헤아리어, 비로소 나에게 아름다운 이름 지어주셨네. 내 이름 정칙이
라고 함이여, 자는 영균이라 하였네.(皇覽揆余于初度兮, 肇錫余以嘉名. 名余曰正則兮, 字余曰
靈均)"라 말하였다.
주자는 경원(慶元) 원년(1195) 경에『초사의 주석을 모아 놓음(楚辭集註)』을 지었으며, 이
보다 4년 뒤에는『초사를 변별하여 증명함(楚辭辨證)』을 짓는 등 만년에『초사』에 많은
관심을 가졌다. 그의 문인인 양즙(楊楫)은 후서[跋]에서 "당시 조정에서는 당파 사람들
이 반대파의 죄를 조작해 내어 치죄하느라고 바야흐로 분주하였는데, 선생은 시국을 우
려하는 뜻을 여러 차례 얼굴에 내비치셨다. 하루는 배우는 사람들에게 직접 주석을 단
『초사』를 한편 내어 보여주셨는데, 선생이 평소에 배우는 사람들에게 가르치신 것은『대
학』,『논어』,『맹자』,『중용』이었고, 그 다음은 육경이었으며, 또 그 다음은 역사책이었는
데 유독『초사』에만 해석을 하였으니 그 뜻은 어째서인가? 그러나 선생께서는 끝내 아무
런 말씀을 않으셨고 우리 또한 감히 물어보지를 못했다."라 하였다.
22 천재~감회옹(千載~感晦翁): 주자의「옛 시체를 본떠서 짓다(擬古)」여섯 번째 시에 "가
을바람 하루 저녁에 이르니, 초췌함 이미 다시 많아졌네. 추위와 더위 번갈아 미루어 옮
겨 가니, 세월 스러지는 물결과 같네.「이소」편에서는 임금에게 버림받고 늙어감 느꼈고,
「석서」편에서는 발을 헛디딤 걱정하였다네. 나의 뜻 풀어 놓으니 매우 즐거우나, 쯧쯧,
이를 어이할꼬!(秋風一夕至, 憔悴已復多. 寒暑遞推遷, 歲月如頹波. 離騷感遲暮, 惜誓閔蹉跎. 放意
極驩虞, 此可奈何)"라는 구절이 있는데,「석서」편 또한『초사』의 한 편명이다.

할 수 있는 인물은 아니었다. 그랬는데도 공자의 유교를 숭상한 주자
는 그가 살던 시대로부터 천년 뒤에 나타나 초사에 주석을 달았다. 또
한 그의 시에서도 언급한 것을 보면 가을을 느낀 감정이 서로 같아서
가 아닌가 생각한다.

38-10

서리 내리니 하늘에   霜落天空鷹隼豪
　　매와 수리 호기롭고,

물가 바위 끝   水邊巖際一堂高
　　대청 하나 높네.

요즘 들어 세 오솔길   近來三徑殊牢落[23]
　　특히나 쓸쓸하니,

손에 누런 국화 쥐고 있자니   手把黃花坐憶陶[24]

---

23 일당~삼경(一堂~三徑): 은자의 거처를 말한다. 서한(西漢) 말기에 왕망(王莽)이 세도를
잡고 있을 때 연주자사(兗州刺史)로 있던 장후(蔣詡)가 벼슬을 사직하고 고향으로 돌아
가서 은거하면서 정원에 소나무를 심은 길(松徑), 국화를 심은 길(菊徑), 대나무를 심은
길(竹徑)을 만들어 놓고 은거하였다는 고사. 남조 진(晉) 조기(趙岐)의 『삼보결록(三輔決
錄)』에 보인다. 도연명의 「돌아가자꾸나(歸去來辭)」에 "세 지름길은 황폐하여졌으나 소
나무 국화는 오히려 그냥 남아 있네.(三徑就荒, 松菊猶存)"라는 구절이 있고, 남송의 양만
리(楊萬里)도 「아홉 오솔길(三三徑)」을 지어 "세 오솔길 처음 연 이는 장후고, 두 번째 연
이는 도연명이라네.(三徑初開是蔣卿, 再開三徑是淵明)"라 읊었다.
　주자의 「유수야가 '희무다옥우, 행불애운산'을 운자로 삼아 시를 지어주다……(秀野以
熹無多屋宇幸不礙雲山爲韻賦詩……)」에 "한 대청 즐길 만하고, 세 오솔길 또한 기뻐할 만하
네.(一堂聊自瘉, 三徑亦可喜)"라는 구절이 있다.
　뇌락(牢落): 쓸쓸함, 또는 적막함을 말한다.

불현듯 도연명 생각나네.

낮 晝

◆…가을이 깊어가면서 높아진 하늘에서 서리 내리니 일기가 차가워
지면 왕성하게 활동을 하기 시작하는 매와 수리의 기세가 자못 호기롭
게 보인다. 물가 바위 곁에 위치한 서당은 주위에 다른 건물이 없어서
그런지 그저 높다랗게만 보인다. 요즘은 찾아오는 사람이 드물다. 서
한 때 장후를 본받아, 은거하면서 만들어 놓은 소나무와 국화 및 매화
등 각기 다른 나무를 심어 놓은 세 갈래 오솔길도 더욱 쓸쓸해 보인다.
그 가운데 가을을 상징하는 국화를 심어 놓은 오솔길을 거닐다가 우
연히 허리를 구부려 누런 국화를 땄다. 나는 술을 좋아하는 편이 아니
지만 술이 떨어지기만 하면 동쪽 울타리에서 국화를 따면서 술을 생각
했던 도연명이 불현듯 생각이 난다.

---

24 수파~좌억도(手把~坐憶陶): 국화는 술을 담그는 재료이다. 『남사 · 도잠의 전기』에 "안
   연지(顔延之)가 임지가 바뀌어 떠날 즈음에 도잠에게 돈 2만 전을 남겨 주었는데, 도잠은
   모두 술집에다 갖다 주고는 조금씩 술을 가져다 마셨다. 일찍이 9월 9일에 술이 떨어지
   자 집 주위의 국화 무더기에 가서 오래도록 앉아 있었다. 왕홍이 술을 보내오자 그제야
   즉시 나누어 마시고는 취해서 돌아갔다."라는 기록이 있다. 도잠의 「술을 마심(飮酒)」에
   제5수 "동쪽 울타리 아래서 국화 따노라니, 한가로이 남쪽 산 눈에 드네.(採菊東籬下, 悠然
   見南山)"라는 구절이 있다.

38-11

가을 대청에서 멀리 바라보며 　　누구와 더불어 즐길꼬?	秋堂眺望與誰娛
저녁 빛 단풍 나무숲에 비치니 　　그림 속 풍경보다 낫네.	夕照楓林勝畫圖[25]
별안간 서쪽에서 바람 불어 　　기러기 보내오니,	忽有西風吹鴈過[26]
옛 친구 천리 밖에서 　　편지 부쳐 오지 않네.	故人千里寄書無

저녁 暮

◈…가을 서당의 대청에 서서 먼 곳을 바라본다. 가을 경치를 구경하자
니 이 즐거움을 함께할 이가 없어서 누구와 즐길까 하고 가만히 생각
을 해본다. 결국 함께 이 아름다운 경치를 즐길 사람이 없어서 쓸쓸하
다. 그렇지만 혼자 감상을 하게 되었는데, 저녁이 되어 그렇지 않아도
단풍이 든 숲에 황금빛 저녁 햇살이 비치니 그 경치는 정말로 어떤 가

25　풍림승화도(楓林勝畫圖): 당나라 두목(杜牧)의 「산길(山行)」에 "수레 멈추니 저녁 단풍 숲
　　사랑스러워, 서리 맞은 나뭇잎 이월의 꽃보다 붉네.(停車坐愛楓林晚, 霜葉紅于二月花)"라는
　　구절이 있다.
26　서풍취안과(西風吹鴈過): 당나라 마대(馬戴)의 「기양에서 곡양의 친구를 만나 옛날을 이
　　야기하다(岐陽逢曲陽故人話舊)」에 "닭 우니 관문의 달 떨어지고, 기러기 지나가니 삭풍 부
　　네.(雞鳴關月落, 鴈度朔風吹)"라는 구절이 있다.

을 경치를 묘사한 그림보다도 더 훌륭하게 느껴진다. 불현듯 서쪽에서 가을바람이 불어온다. 그 바람에 편승하여 북으로 날아갔던 기러기가 다시 날아온다. 예로부터 소식을 전하는 새인 기러기의 다리에 혹 그간 보고 싶었으나 보지 못한 옛 친구가 천리 밖에서 소식 전하는 편지나 달아서 보내지 않았는가 하고 유심히 살펴보지만 전하는 편지는 없다.

38-12

달 차가운 못에 비치니
    하늘 맑고,   月映寒潭玉宇清²⁷

그윽한 은자 사는 집
    밝은 빛 온방에 가득하네.   幽人一室湛虛明²⁸

그 가운데 절로
    참된 소식 있으니,   箇中自有眞消息

불교의 공과
    도교의 명은 아니라네.   不是禪空與道冥²⁹

밤 夜

---

27 옥우(玉宇): 옥으로 만든 궁전을 말하는데, 천제(天帝)나 신선의 거처이다. 나중에는 하늘을 달리 표현하는 말로 많이 쓰였다.

28 일실허명(一室虛明): 『장자 · 인간세(人間世)』에 "저 텅 빈 것을 보라, 아무것도 없는 텅 빈 방에 눈부신 햇빛이 비쳐 환희 밝지 않느냐? 좋은 일도 이 호젓하고 텅 빈 곳에 머무는 것이다.(瞻彼闋者, 虛室生白, 吉祥止止)"라는 말이 있다.

◆… 밤이 되어 달이 떠올라 서당의 동쪽에 있는 천연대에 올랐다. 탁영담을 내려다보니 가을이 깊어 차가운 기운을 머금고 있는 물에 달빛이 비쳐 하늘은 더없이 밝다. 조금 있다가 발길을 돌려 달빛을 등지고 내가 은거하는 서당의 완락재에 들어가니 창호지로 달빛이 비쳐 밝은 빛이 온 방을 비추어 환하다. 맑은 기운이 더없이 좋다. 밝은 달이 비치는 완락재에 앉아서 가만히 생각해 보니 이 가운데 절로 참된 소식을 갖추고 있는데, 분명히 불교에서 주장하는 공(空)의 개념과 도교에서 주장하는 명(冥)의 개념이 아니라는 것만은 확실히 알 수 있다.

겨울 네 수 冬四詠

38-13

뭇 봉우리 빼어나게 우뚝	羣峯傑卓入霜空[30]
서리 서린 하늘로 들고,	
뜰 아래 누런 국화는	庭下黃花尙倚叢

---

29 선공(禪空): 선은 불교를 가리키며, 공은 불교의 만물은 인연에 의해 생겨나기 때문에 근본적으로는 일정한 형태가 없다는 개념이다. 『반야심경(般若心經)』에 "색(현상)이 공과 다르지 않고 공이 색과 다를 바 없으며, 색이 즉 공이요 공이 즉 색이니라.(色不異空, 空不異色. 色卽是空, 空卽是色)"라는 말이 있다.

도명(道冥): 명은 오묘하고 고원하다는 뜻으로 도가의 기본 이념이다. 『노자』 제21장에 "그윽함이며, 어두움이여, 그 가운데 정기가 있도다. 그 정기 참으로 참되니, 그 가운데 믿음이 있도다.(窈兮冥兮, 其中有精, 其精甚眞, 其中有信)"라는 말이 있다.

30 상공(霜空): 늦가을과 초겨울의 맑은 하늘을 말한다.

아직도 떨기 붙어 있네.

땅 쓸고 향 사르니　　　　　　　　　　　　　掃地焚香無外事[31]

　바깥일 없고,

종이 창으로 해 몰고 가니　　　　　　　　　　紙窓御日皦如衷[32]

　마음속처럼 밝네.

아침 朝

◆… 도산을 두르고 있는 뭇 봉우리들 빼어난 자태로 우뚝하게 늦가을
과 초가을의 맑으면서도 서릿발 같은 하늘로 들어가는 듯이 솟아 있
다. 서당 마당의 한켠에 심어 놓았던 국화는 원래 가을에 피는 꽃이지
만 겨울에 다 접어든 지금까지도 아직 떨기가 떨어지지 않고 그대로 붙
어 있다. 책을 읽는 틈틈이 마당을 쓸고, 그러고도 시간이 나면 향을 피
워 정신을 맑게 하니 속세 바깥의 일은 신경 쓸 만한 것이 없다. 겨울이
되어 해가 종이로 발라 놓은 창문에 비치는 것이 마치 옛날에 희화가

---

31 소지분향(掃地焚香): 원나라 신문방(辛文房)의 『당나라 재사들의 전기·위응물(唐才子
傳·韋應物)』에 "위응물은 서울 사람이다. 의협을 숭상하였으며 처음에는 삼위랑(三衛郞)
으로 현종(玄宗)을 섬겼다. 현종이 죽자 비로소 뉘우치며 (의협을 좋아하던) 절의를 끊고
책을 읽었다. 성품이 고결하였으며, 적게 먹고 욕심이 적었으며 사는 곳에는 반드시 향을
사르고 땅을 쓸고는 앉았는데(所居必焚香, 掃地而坐) 마음을 가라앉히고 물상의 세계를
초월하였다."라는 기록이 있다.

32 함일교여충(銜日皦如衷): 마음이 해와 같이 밝으면 곧 해가 마음과 같다는 뜻이다. 송나
라 진백(陳柏)의 「새벽 일찍 일어나고 저녁 늦게 잠을 맹서함(夙興夜寐箴)」에 "이 마음 가
다듬기를 환하게 해 돋는 듯하다.(提摝此心, 皦如日出)"라는 구절이 있다.

매일 해를 마차에 태우고 동쪽에서 서쪽으로 달리는 듯이 보인다. 해가
방을 밝히는 불인 듯 보이는데 내 마음도 해와 같이 환하게 빛난다.

38-14

겨울나기 준비하며 그윽하게 지내니 　무슨 일 하겠는가?	寒事幽居有底營[33]
꽃 갈무리하고 대나무 감싸며 　파리한 몸 조섭하네.	藏花護竹攝羸形
은근히 사절의 뜻 부치네, 　찾아오는 손님에게,	慇懃寄謝來尋客
앞으로 겨울 석 달 　보내고 맞는 일 끊었으면 하네.	欲向三冬斷送迎[34]

33　한사영(寒事營): 한사는 겨울을 나기 위해 추위를 막는 일을 말한다. 당나라 두보의 「작
　　은 정원(小園)」에 "풍속 물어 겨울나는 일 하면서, 시 짓는 일 좋은 경치를 기다리네.(問俗
　　營寒事, 將詩待物華)"라는 구절이 있다.

34　욕향단송영(欲向斷送迎): 『언행록』에 "감사 강사상(姜士尙)이 도산으로 선생을 찾았다.
　　문인들을 물리치고 들어가 뵈었는데 이에 주인과 원님이 마주 앉게 되었다. 선생이 이에
　　말하기를 '오랫 동안 이렇게 손님을 맞고 보내는 일을 그만두고자 하였으나 그렇게 할
　　수가 없었습니다.'라 하고는, 이어서 절구 한 수를 지어 보여주니 바로 이 시이다. 내가
　　뜻을 말한 이 시는 남들이 나를 경박하다 할까 봐 감히 남들에게 보이지 않았는데 지금
　　에야 비로소 끄집어내게 된 것은 경박하지 않아서가 아니라 어쩔 수 없이 뜻을 편 것이기
　　때문에 그런 것이다."라는 기록이 있다. 주자의 「운곡을 26수로 읊음 · 손을 내저음(雲谷
　　二十六詠 · 揮手)」에 "산의 높은 곳에서 한 번 손 휘젓고, 이제부터 맞는 일 끊으리.(山臺一
　　揮手, 從此斷將迎)"라는 구절이 있다.

낮 畫

◆…연말이 되어 모두들 휴가를 받아 고향으로 돌아가고 겨울나기 준비하느라 혼자서 그윽하게 보내는 중이니 무슨 일을 하겠는가? 겨울을 날 꽃을 움을 파서 갈무리해 두고 대나무도 동해를 입지 않도록 감싼다. 아울러 나 또한 메말라서 파리해진 몸에 조섭할 대책을 세운다. 가끔씩 손님들이 와도 좋겠는가 기별을 보내는 일이 있다. 나는 은근히 그 손님들에게 사절한다는 뜻을 부쳐서 모처럼 맞은 한가한 겨울 석 달을 손님을 맞고 보내느라 책도 못 읽고 쓸데없이 분주하게 보내는 일일랑은 그만두고자 한다.

38-15

온갖 나무 뿌리로 돌아가고　　　　　　　　　萬木歸根日易西[35]
　　해는 쉽게 지는데,

안개 낀 숲 쓸쓸하고　　　　　　　　　　　　烟林蕭索鳥深棲
　　새는 깊숙이 깃드네.

예로부터 저녁까지 두려워한 것　　　　　　　從來夕惕緣何意[36]
　　무슨 뜻에서였는가?

나태와 욕심 모름지기 숨은 곳에서　　　　　　怠欲須防隱處迷

---

35 귀근(歸根): 낙엽이 져서 땅으로 돌아가듯 근원으로 돌아감을 말한다. 『노자』 제16장의 "대체로 온갖 것은 풀처럼 쑥쑥 자라지만 모두가 결국에는 각기 뿌리로 돌아갈 뿐이다.(夫物芸芸, 各復歸其根)"라는 말에서 나왔다.

미혹함 방지하기 위함이네.

저녁 暮

겨울이 되어 봄부터 꽃을 피우고 무성하게 자라던 나뭇잎들도 결국 지고 말았다. 다시 태어났던 뿌리가 있던 땅으로 돌아가고 해는 많이 기울어 서쪽 산속으로 쉽게 진다. 그렇지 않아도 낙엽이 지고 휑뎅그렁해진 숲에 안개마저 끼니 더욱 쓸쓸해 보인다. 새는 추위를 피하려는지 보금자리로 더욱 깊이 들어가 깃든다. 벌써 2,000년 전에 지어진 『주역』의 괘 풀이에 보면 "군자는 저녁에 두려워한다."고 한 것으로 보아 옛날부터 군자들은 저녁에 두려워한다는 것을 알 수 있다. 이것이 무엇 때문인가를 곰곰이 생각해 보니, 겨울이 되면 밤이 길어지게 되는 까닭일 것이다. 나태와 욕심이 모름지기 길어진 밤의 길이에 따라, 숨은 곳에서 미혹하게 하는 시간이 길어지기 때문이 아닌가 한다.

38-16

눈앞에 불똥 아른거려 더욱 걱정되네,　　　　　　眼花尤怕近燈光

---

36 석척(夕惕): 『주역·건괘는 하늘(乾爲天)』의 밑에서 세 번째 양효[九三]의 풀이에 "군자가 종일토록 게을리 하지 않고 저녁에 두려워하면(夕惕若) 위태로운 곳에 처해서도 허물이 없을 것이다."라는 말이 있다. 남송 진덕수(眞德秀)의 「밤의 맹서(夜氣箴)」에 "비록 종일토록 게을리 하지 않아 한 번 숨 쉴 정도의 끊임도 용납하지 않았다고 할지라도, 어두워서 쉽사리 모든 일을 소홀히 하기 쉬울 때를 당해서는 더욱 경계하고 삼가는 공부를 하여야 할 것이다.(雖終日乾乾, 靡容一息之間斷, 而昏冥易忽之際, 尤當致戒謹之功)"라는 구절이 있다.

등불 빛 가까이함,

늙고 병들어 오로지 아네,   老病偏知多夜長[37]

　　겨울밤 기나긺을.

글 읽지 않아도 차라리 나으리   不讀也應猶勝讀[38]

　　글 읽는 것보다,

창에 비친 달 서리보다 차가움   坐看窓月冷於霜

　　앉아 보노라면.

밤 夜

◆…밤이 되자 책이나 읽어볼까 하고 등불을 켜서 가까이 다가가 책을
들여다보려고 하니 이제는 노안이 되어 눈앞에 불똥 같은 것이 아른거
려 더욱 걱정이 된다. 아울러 근년에는 시간이 자꾸 흘러 늙어감에 따
라 겨울밤이 자꾸만 더 길게 느껴짐을 더욱 잘 알게 되었다. 지금 생각
해 보니 기나긴 밤에 부질없이 책을 들고 읽는 것보다는, 차라리 맑은
정신을 대표하는 창에 비친 서리보다 더 차가운 겨울 달을 가만히 앉
아서 감상하는 것이 더 나으리라.

---

37 편지동야장(偏知多夜長): 당나라 이백의 「밤에 앉아 읊조리다(夜坐吟)」에 "겨울밤 밤은
　춥고 밤 길게 느껴져, 낮게 읊조리며 오래도록 앉았네, 북당에 앉아 있네.(冬夜夜寒覺夜長,
　沉吟久坐坐北堂)"라는 구절이 있고, 고시에 "날씨 추워지면 밤 깊을 안다.(天寒知夜長)"는
　구절이 있다.
38 부독~승독(不讀~勝讀): 오직 한 뜻만 몰래 길러 그 뜻이 초연함을 말한다.

도산으로 매화를 찾다

陶山訪梅[1]

묻노니 산 속의 　두 옥 같은 신선이여,	爲問山中兩玉仙
늦봄까지 머물러 어찌하여 　온갖 꽃 피는 철까지 이르렀나?	留春何到百花天
서로 만남 다른 것 같네,	相逢不似襄陽館[2]

1　이 해 일월부터 퇴계는 다시 조정에서 공조판서 같은 벼슬에 임명되어 불러 올렸으므로,
　부득이하게 다시 서울로 가기 위하여 풍기를 거쳐 소백산을 넘어가려고 하였으나 아직
　얼음이 녹지 않아서 다시 예천으로 내려가서 문경을 거쳐 새재를 넘어가려고 하였다. 그
　러다가 예천에서 병이 나서 사직을 청하는 상소를 올리고 풍산에 있는 광흥사와 봉정사
　에 머물다가 늦은 봄에야 다시 도산으로 돌아오게 되었다. 이 시와 다음의 시는 앞서 예
　천의 관가 뜰에 있는 매화를 보고 묻고, 또 매화가 퇴계에게 대답한 형식으로 쓴 다음과
　같은 시의 내용을 생각하면서 지은 것이다.

매화의 고절함은 고산을 일컫거늘,	梅花孤絶稱孤山
무슨 일로 이 관가에 일찍이 옮겨 왔나?	底事移來郡圃間
마침내는 스스로가 명리에 그릇 얽혔군,	畢竟自爲名所誤
내 늙었다 속이지 말라, 이름 때문에 시달림을.	莫欺吳老困名關

내 관가에 있으면서 고산 생각 간절하고,	我從官圃憶孤山
그대는 여관방에서도 구름 낀 시내를 꿈꾸겠지요.	君夢雲溪客枕間
서로 만나 한 번 웃음도 하느님이 마련함이니,	一笑相逢天所借
신선학이 싸리문에 아니 와도 상관없지요.	不須仙鶴共柴關

예천의 객관에서와는,

한 번 웃으며 추위 우습게 여기고   一笑凌寒向我前[3]

내 앞으로 다가왔네.

◆ … 도산에 가서 산속에 있는 두 그루 옥같이 희고 밝은 꽃을 피우며 신선의 자태를 하고 있는 매화나무에게 물어본다. 평상시에는 다른 잡꽃이 피지 않는 늦겨울이나 이른 봄에만 꽃을 피우더니 올해는 어찌하여 늦봄이 되도록 꽃을 피워 고고한 자태를 뭇 다른 잡된 꽃들과 한데 섞이게 되었는가를. 이 꽃을 보니, 벼슬을 하기 위해 서울로 가던 도중에 머물던 예천의 관아에 있던 매화가 생각난다. 속세에서 애처로운 모습을 한 그 매화와는 사뭇 다른 것 같은데, 이곳의 주인인 나를 보고는 한번 방긋이 웃네. 오로지 나를 보기 위해 그간의 모진 추위도 다 이겨 내고 내 앞으로 쓰윽 다가서는 것 같구료.

---

2 양양(襄陽): 예천(醴泉)의 옛 지명.

3 산중에서 늦게 피어난 매화꽃 향기가 예천의 객관 채마밭에 있는 이름만 근사한 곳에서 마주친 것과는 비교가 되지 않을 만큼 더 향기롭다는 표현이다.

나는 임포 신선이　　　　　　　　　我是逋仙換骨仙[1]
　선골로 바뀐 몸이요,

그대는 돌아온 학과 같다네,　　　　公如歸鶴下遼天[2]
　요동의 하늘로 내려온.

서로 보고 한번 웃는 것　　　　　　相看一笑天應許

---

1 포선(逋仙): 송나라의 임포(林逋)가 서호(西湖)의 고산(孤山)에 은거하면서 결혼도 하지
않고 매화를 심고 학을 기르며 즐겼기 때문에 후세에서는 그를 이렇게 부른다.
환골선(換骨仙): 선주(仙酒)나 선단(仙丹) 등을 먹고 신선이 되는 것을 말한다. 남당(南唐)
심분(沈汾)의 『이어 쓴 신선들의 전기·왕가교(續神仙傳·王可交)』에 "왕가교(王可交)는
소주(蘇州) 곤산(崑山) 사람이다. 어느 날 아침 고깃배를 저어 바야흐로 노를 두드려 높이
노래하며 강으로 들어가 몇 리를 갔더니 갑자기 아름다운 그림 장식을 한 꽃배 한 척이
강 가운데 떠 있는 것이 보였고 거기에는 도사 7명이 있었다. 그 가운데 한 도사가 총각
에게 왕가교를 배 위로 끌어올리게 했다. 한 신선이 말했다. '술 좀 마시도록 주게.' 모시
던 사람이 바리의 술을 두세 번 따라도 나오지 않아 모시는 사람이 모두 아뢰었다. 도사
가 말하기를 '술은 영물이니 입 안에 들어가야 선골로 바뀔 수 있다. 따라도 나오지 않는
다면 그 또한 운명인 것이다.'라 했다."고 전한다.
『매화의 계보(梅譜)』에 "오(鳴) 땅에는 홍매(紅梅)를 읊은 시가 매우 많은데 방자통만이
빼어나게 읊었다. 그의 시 가운데는 '신선이 사는 붉은 궁궐에 금단을 주어 선골로 바뀌
었고, 봄바람 술에 부니 기름이 엉겼네.(紫府與丹來換骨, 春風吹酒上凝脂)'라는 구절이 있
다."라는 기록이 있다. 방자통(方子通)은 송나라 방유심(方惟深)의 자이며, 인용된 시의
제목은 「주초의 홍매를 바라보다라는 시에 화답하여 같은 각운자를 써서 짓다(和周楚望
紅梅用韻)」이다.

하늘이 허락한 것이니,

예천의 일 가지고   莫把醴陽較後前

앞뒤의 일 비교하지 말게나!

얼마 전 예천에서 매화가 음력 2월 그믐날 무렵에 피는 것을 보았다. 도산으로 왔을 때는 봄도 이미 저물었는데 매화가 비로소 피기 시작하였다.

頃於醴泉見梅發二月晦間也. 及來山中, 春已暮矣, 而梅始發

◆…조정의 부름을 받고 서울로 가던 도중에 병이 나서 돌아온 내가 도산으로 와서 매화를 찾아보고 인사를 하였다. 매화는 마치 나를 보고 이렇게 대답하는 것 같다.

◆…"나는 송나라 때 항주(杭州)에 있는 서호의 고산에서 매화를 처로 삼고 학을 자식으로 삼아 벼슬을 버리고 신선처럼 고고하게 은거하며 살았던 임포가 신선의 모습으로 변화한 정령(精靈)의 분신이오. 퇴계 그대는 요동에서 영허산에 도술을 배우러 갔던 정령위가 학이 되어 되

---

2 군여~하요천(君如~下遼天): 진나라 도잠(陶潛)이 지었다고 전해지는 『수신후기(搜神後記)』권 1에 "정령위(丁令威)는 본래 요동(遼東) 사람으로 영허산(靈虛山)에서 도술을 배웠다. 나중에 학이 되어 요동으로 돌아왔는데 성문의 화표주(華表柱)에 날아와 앉았다. 그때 어떤 소년이 활을 들어 그를 쏘려고 하자 학이 곧 날아오르더니 공중을 맴돌며 말을 했다. '새는 새는 정령위인데, 집 떠난 지 천년 만에 이제야 돌아왔네. 성곽은 옛날과 같으나 사람들은 아니니, 어찌하여 신선술 배우지 않아 무덤만 총총한가?(有鳥有鳥丁令威, 去家千年今始歸. 城郭如故人民非, 何不學仙冢壘壘) 그리고는 마침내 하늘로 치솟았다. 지금 요동의 여러 정씨들이 말하기를 그 선조 중에 신선이 되어 승천한 사람이 있다 하나 다만 그 이름이며 자는 모를 따름이다라고 한다."

돌아왔던 것처럼 벼슬을 하러 서울로 가다가 도중에 학처럼 매화나무의 가지가 그리워 다시 돌아온 것이나 같소. 이렇게 임포가 변한 나 같은 매화나무와 고향을 떠나 학으로 화하여 돌아온 그대가 서로 보고 한번 웃는 것은 실로 하늘이 허락한 것이오. 그러니 벼슬하러 서울로 가다가 예천의 관아에서 본 속된 관리들이나 감상하는 매화를 가지고 나와 이리저리 비교하는 천박한 행동일랑 삼가 주시게나."